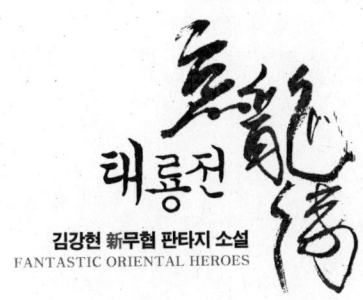

태룡전

김강현 新무협 판타지 소설
FANTASTIC ORIENTAL HEROES

태룡전 7
김강현 新무협 판타지 소설

초판 1쇄 찍은 날 § 2009년 8월 13일
초판 1쇄 펴낸 날 § 2009년 8월 20일

지은이 § 김강현
펴낸이 § 서경석

편집장 § 문혜영
편집책임 § 정서진
편집 § 문정흠

펴낸곳 § 도서출판 청어람
등록번호 § 제1081-1-89호
등록일자 § 1999. 5. 31
어람번호 § 제2-1799호

주소 § 경기도 부천시 원미구 심곡2동 163-2 서경B/D 3F (우) 420-822
전화 § 032-656-4452 팩스 § 032-656-4453
http://www.chungeoram.com
E-mail § eoram99@chollian.net

ⓒ 김강현, 2009

ISBN 978-89-251-1902-1 04810
ISBN 978-89-251-1731-7 (세트)

※ 파본은 구입하신 서점에서 교환하여 드립니다.
※ 저자와 협의하여 인지를 붙이지 않습니다.
※ 이 책은 도서출판 청어람과 저작자의 계약에 의해 출판된 것이므로,
   무단 전재 및 유포·공유를 금합니다.

태룡전

7
척마검(斥魔劍)

김강현 新무협 판타지 소설

FANTASTIC ORIENTAL HEROES

目次

제1장   파문(波紋)　　　　　　7
제2장   무림맹과 흑마성교　　　39
제3장   전쟁　　　　　　　　　69
제4장   천망칠십오대의 활약　　107
제5장   천망단의 힘　　　　　　139
제6장   척마검협　　　　　　　179
제7장   천망단　　　　　　　　221
제8장   항주　　　　　　　　　251
제9장   탐미루　　　　　　　　279
제10장 탐화루의 기녀들　　　　299

第一章

파문(波紋)

태룡전

표자흠은 짜증이 가득한 얼굴로 방 안을 서성였다. 어쩐지 일이 지나칠 정도로 잘 풀려 나간다 싶더니, 결국 이렇게 암초에 걸리고 말았다.

"철강시들이 몽땅 죽어버리다니, 대체……."

최근 며칠 사이에 철강시는 물론이고, 혈강시까지 죽어버렸다. 아니, 강시는 원래 죽은 사람으로 만드는 거니 죽었다기보다는 부서졌다는 것이 더 옳은 표현이리라. 아무튼 비문 위로부터 받은 강시가 몽땅 끝장났다.

물론 하루아침에 그렇게 된 건 아니었다. 며칠 동안 순차적으로 강시가 죽어나갔다. 그 강시들을 이용해 섬서 곳곳에 있는 문파들을 정리하던 중이었는데, 매번 강시들이 부서지니 제대로 진행이 되지 않았다.

　게다가 더 중요한 건, 강시를 조종하기 위해 함께 보낸 자들 역시 몽땅 죽어버렸다. 그들은 특별히 뽑은 마인들을 비문 위에게 보내 만들어낸 자들이었다. 그런 사람을 다시 만들려면 사람도 사람이거니와, 그들을 교육시키는 데 시간도 많이 필요했다. 즉, 다시 강시를 받아도 쓸 수가 없는 것이다.

"강시야 조만간 더 받기로 했지만……."

　한 달 정도 있으면 또 철강시들을 잔뜩 받을 수 있었다. 예전에 잔뜩 긁어모아 보냈던 파락호들이 지금 착실히 강시로 변하고 있는 중이었다.

　철강시는 그렇게 확보할 수 있겠지만 그들을 부릴 수 있는 사람이 없다면 거의 쓸모가 없을 것이다.

"대체 어떤 놈이……."

　그렇게 많은 강시들이 박살 났는데도 아직 누가 그랬는지 알아내지 못했다. 한두 명이 해낼 수 있는 일이 아니었기에 몇 군데를 의심하고 있었지만, 증거가 전혀 없었다.

"먼저 섬서를 완전히 장악해야 하는데……."

　섬서를 장악하는 건 흑마성교에게 있어 가장 먼저 해야 할 중요한 일이었다. 섬서에는 화산파와 종남파가 있다. 그들에게는 속가제자가 있다. 속가제자들이 세운 문파나 세력까지 모조리 모아서 대항하면 아무리 흑마성교라 하더라도 쉽게 상대할 수가 없다.

그렇게 타격을 입고 나면 무림맹에게 먹힐 빌미만 제공할 뿐이었다.

그래서 표자흠과 유염천이 생각한 방법이 바로 섬서를 장악해 그들을 말려 죽이는 것이었다.

아무리 강한 힘을 가진 문파라 하더라도 그 힘을 유지하고 문파를 꾸려 나가려면 돈이 필요하다. 그리고 화산파나 종남파 같은 경우는 속가제자들이 바로 그 돈을 마련하는 역할을 했다. 물론 그들도 직접 돈을 벌긴 하지만 그것은 극히 미약했다.

그러니 흑마성교가 화산파와 종남파의 속가제자들을 압박해 돈을 말려 버리면 자연스럽게 화산파와 종남파의 힘이 약해지는 것이다.

그렇게 두 문파의 힘을 약화시키면서 자연스럽게 강시의 수를 늘리고, 마인과 사파 무인들을 영입하다 보면 화산파와 종남파를 압도할 수 있게 될 것이다.

그것이 표자흠과 유염천이 세운 계획이었다.

한데 그 계획이 시작부터 삐걱거리고 있었으니 표자흠이 초조해할 만했다.

그렇게 표자흠이 골똘히 그 일에 대해 고민하고 있을 때, 유염천이 문을 벌컥 열고 들어왔다. 그의 행동이 지나치게 경박했는지라 표자흠이 살짝 눈살을 찌푸렸다.

"교주님, 큰일 났습니다."

"큰일? 강시들이 죽은 것보다 더 큰일이 아니라면 먼저 진정부터 하지?"

유염천은 답답한 얼굴로 고개를 세차게 저었다.

"그런 문제가 아닙니다. 상단들이 이번 달 상납금을 낼 수 없다고 전해왔습니다."

표자흠의 얼굴이 사정없이 일그러졌다.

"그놈들이 감히! 대체 누구 때문에 그 위치에까지 올라갔는데!"

게다가 그들의 사업 자금으로 쓰는 돈의 상당 부분이 표자흠에게서 나왔다. 더 엄밀히 따지자면 비문위에게서 나온 것이지만 말이다.

사실 지금 중소 문파들을 장악해 섬서를 손아귀에 넣는 일을 하는 가장 큰 이유가 바로 그 상단들을 키우기 위함이었다. 상단들이 커야 돈으로 화산파와 종남파를 압박할 수 있고, 궁극적으로 무림맹에 대항할 수 있을 정도의 힘을 키울 수 있을 테니까 말이다.

한데 그런 상단들이 반기를 들었다고 하니, 표자흠의 눈에서 불똥이 튀었다.

유염천은 표자흠의 얼굴이 붉으락푸르락해지는 것을 보며 다급히 손사래를 쳤다.

"그들이 배신한 게 아닙니다. 지금 그들의 상황이 상당히 어렵습니다."

표자흠의 표정이 묘하게 일그러졌다.

"상황이 어렵다고? 그러니까 장사를 잘못해서 손해를 입고 있다, 뭐 그런 얘기로군?"

"그렇습니다."

"그놈들이 그렇게 무능했나?"

"아닙니다. 셋 모두 꽤 상재가 뛰어난 자들이 모인 상단입니다. 적련에 비할 수는 없겠으나 꾸준히 키우다 보면 나중에는 충분히 그 정도 역량은 갖출 수 있다고 생각합니다."

"그런 놈들이 장사를 잘못했다는 건……."

"최근 단가상단이 섬서에서 활개를 치고 있습니다."

"제길, 그놈들이!"

단가상단의 뒤에는 흑월검마가 있다. 표자흠은 문득 떠오르는 생각에 안색이 딱딱하게 굳었다.

"설마……."

유염천도 표자흠의 생각을 알았는지 마찬가지의 표정으로 고개를 끄덕였다.

"아무래도 그런 것 같습니다."

표자흠의 얼굴이 사납게 일그러졌다.

"그놈이 감히 그랬단 말이지?"

이제야 아귀가 좀 맞아들어갔다. 이런 일을 벌이려면 상당한 무위를 갖춘 자들이 필요하다. 만일 혼자서 이런 일을 벌였다면 굉장한 고수라야 한다. 우내사존 정도 되는 고수라면 아마 이런 일이 가능할 것이다. 그리고 흑월검마는 우내사존과 거의 대등할 거라는 평가를 받는 고수 중의 고수였다.

표자흠과 유염천은 최근 강시들을 모조리 없앤 것이 흑월검마일 거라고 유추했다.

"대체 단가상단이 뭘 어떻게 했기에 우리 쪽 상단이 맥을 못 추는 건가!"

유염천은 한숨을 내쉬며 대답했다.

"후우, 지나칠 정도로 공격적으로 나온다 합니다. 우리 측 상단이 취급하는 품목에 정면으로 부딪쳐 승부를 내는데, 어찌나 절묘한지 대적할 방법이 없다고 합니다."

"으드득, 그걸 가만히 보고만 있었단 말인가! 우리가 나서서 해결을 해줬어야지!"

유염천이 살짝 고개를 숙였다. 그 역시 그런 생각을 안 해본 게 아니었다. 하지만 대놓고 하기에는 꺼려지는 점이 너무 많았다.

상단과 상단 사이의 일에 무림인이 개입하면 평판이 나빠진다. 더구나 이곳은 흑마성교의 터전이 될 곳이다. 상인들에게 잘못 보여서 좋을 것이 없었다. 물론 수틀리면 그들 또한 싹 갈아치워 버릴 생각이었지만 말이다.

그리고 흑월검마의 존재가 마음에 걸렸다. 지금은 흑월검마도 은밀히 움직이고 있었다. 하지만 흑마성교가 나서서 단가상단에 해코지를 하는 순간, 자신을 완전히 드러낼 것이다. 즉, 흑마성교와 싸우려 한다는 뜻이다. 결국 흑마성교가 이기기야 하겠지만, 극심한 피해를 각오해야 할 것이다.
 "너무 피해가 가중되면 나중에 정작 무림맹을 상대할 수가 없습니다."
 유염천의 말에 표자흠이 인상을 썼다. 실로 이러지도 저러지도 못할 상황이었다. 하지만 표자흠은 결국 결정을 내렸다. 이대로 그냥 당하기만 하는 건 체질에 맞지 않았다.
 "우리도 똑같은 짓으로 보답을 해줘야겠어."
 "똑같은 짓이라 하심은……."
 "단가상단을 습격한다. 철강시는 이제 없으니 사파 애들을 보내. 아마 지금쯤 몸이 근질근질할 거야. 잘 추려서 습격대를 제대로 한번 조직해 봐."
 "그렇게 하겠습니다."
 유염천은 대답을 하고는 밖으로 나갔다. 그의 머릿속에는 자신들을 드러내지 않고 단가상단에 큰 타격을 줄 방법들이 수십 가지나 떠올랐다 사라지기를 반복했다.

 "에휴, 대주님도 정말 너무하시지. 어쩌자고 나같이 유능한 사람을 이런 곳에 처박으려 하신단 말인가."
 연백철은 제갈무군의 한탄에 고개를 돌려 버렸다. 미고현을 떠날 때부터 시작한 푸념을 섬서에 도착한 지금까지도 계속하고 있으니 이제는 귀에 못이 박힐 지경이었다.

처음에는 제갈무군을 달래준답시고 몇 번 말이라도 섞었지만, 지금은 그때 왜 그랬는지 후회하는 중이었다.

"그나저나 전 종남산 방향으로 갈 생각인데, 형님은 어쩌시겠습니까? 그냥 서안으로 가실 겁니까?"

제갈무군은 연백철의 말에 눈을 크게 떴다.

"그게 무슨 소리야? 당연히 같이 가야지. 너도 서안으로 가자."

"단가상단이 종남산 방향으로 출발할 예정이라고 하니 늦기 전에 합류해야 하잖아요. 혹시라도 무슨 일이 생기면 대주님께서 가만 계시겠습니까?"

"끄응."

대주님이라는 말에 제갈무군은 몸을 살짝 움츠리며 침음성을 흘렸다. 아마 이번에 사고를 치면 정말로 무사하지 못할 것이다. 단유강은 이번 일에 이상할 정도로 신경을 많이 쓰고 있었다. 제갈무군이 보기에는 집착에 가까울 정도였다.

"형님은 서안으로 가시죠. 흑마성교를 제대로 살펴보려면 형님 정도의 능력이 아니고선 힘들지 않겠습니까?"

"뭐, 그렇긴 하지."

제갈무군은 씨익 웃으며 그렇게 대답했다. 문득 자신이 연백철에게 말려들고 있다는 느낌도 들었지만 아무려면 어떠랴, 이렇게 기분이 좋은데 말이다.

"좋아, 그럼 난 서안으로 갈 테니 넌 종남산 쪽으로 가라. 이쯤에서 갈라질까?"

"그게 낫겠습니다."

제갈무군은 일단 결정이 나자 즉시 움직였다. 뒤도 돌아보지 않고 경공을 발휘해 떠나 버렸다. 연백철은 순식간에 사라진 제갈무군의 모습에 잠시 멍하니 서 있었지만 이내 고개를 저으며 쓴웃음을 지었다.

"정말로 예측이 불가능한 사람이라니까. 뭐, 대주님보다야 못하지만."

연백철은 문득 얼마 전 연무장으로 자신을 찾아왔던 단유강의 모습이 떠올랐다. 당시 단유강은 자신이 나아가야 할 새로운 길을 보여주겠다며 함께 온 사람을 소개해 주었다.

"정말로 놀랄 만한 일이었지."

정말로 놀랐다. 단유강이 소개해 준 사람은 다름 아닌 천망검법을 창시했다고 알려진 삼절신군이었다.

처음엔 믿지 않았다. 삼절신군이 어떤 사람인가. 무림맹에서 천망단을 조직할 때, 가장 큰 힘이 되었던 사람이다. 그가 전해준 천망검법은 제대로 익히면 검막까지 펼칠 수 있을 정도로 대단한 검법이다. 물론 무림맹에서 그것을 완전히 천망단에 전해주지는 않았지만 말이다.

한데 단유강이 데려온 사람은 이십대 초반으로 보였다. 단유강과 나이가 비슷해 보여서 처음에는 친구인 줄 알았다. 그런 사람이 삼절신군이라고 주장하니 바로 믿는 게 더 이상했다.

하지만 다른 사람도 아닌 단유강의 일이다. 단유강과 관계된 사람들 중에서 일반적인 상식으로 재단할 수 있는 자가 있을지도 궁금할 지경 아닌가.

"할머니라는 분도 그렇고……."

우문혜를 떠올리니 심장이 쿵쾅거렸다. 자태를 떠올리는 것만으로도 가슴이 떨릴 지경이었다. 아무리 잘 봐줘도 절대 할머니라고 부를 수 있는 사람이 아니었다.

연백철도 무림에서 살아가며 무공의 경지가 높아지면 반로환동을 한다는 얘기는 심심찮게 들었다. 실제로 우내사존의 경우, 청년으로 보인다는 소문도 많이 들었다. 화룡신검만 해도 스무 살이라고 해도 믿을 수 있을 정도라지 않은가.

그러니 삼절신군이라고 그러지 말라는 법은 없었다. 확실히 우문혜를 겪고 나니 그런 것을 훨씬 쉽고 간단하게 받아들일 수 있었다.

단유강과 삼절신군이 연무장에 나타나서 한 일은 별것 없었다. 모든 대원을 모아놓은 후, 자신들의 무공을 간단히 보여준 것뿐이었다.

먼저 단유강이 내려치기를 보여줬다. 하지만 그것만으로 그동안 연백철과 하후량, 하후령 형제가 매달렸던 내려치기가 얼마나 무모한 짓인지 깨달을 수 있었다.

단유강은 처음 연백철의 수준에 맞는 내려치기를 보여줬다. 그리고 조금씩 그 수준을 높이며 내려치기를 반복했다. 그렇게 몇 번 반복되자, 천망단의 대원들은 각자 자신의 수준이 단유강이 보여주는 내려치기와 얼마나 무지막지한 격차를 가지고 있는지 알 수 있었다. 그것은 도저히 따라갈 수 없는 벽이었다.

 그 모든 시연을 마친 단유강이 마지막에 한 말은 그들 모두의 의지를 송두리째 뽑아버렸다.

 "너희와 내 차이가 그분과 나의 차이보다는 훨씬 낫다."

 너무 심한 격차를 느껴서 실망이나 좌절도 하지 않았다. 그저 멍한 얼굴로 서 있었을 뿐이었다. 천망단의 대원 모두가 같은 심정이었을 것이다. 그리고 그때 삼절신군이 나섰다.

 그는 말없이 검법 하나를 보여주고 돌아서서 연무장을 나가 버렸다. 그가 보여준 검법은 너무나 익숙한 것이었다. 다름 아닌 천망검법이었으니까. 하지만 달랐다. 그냥 천망검법이 아니었다. 연백철은 그것을 보는 순간 새로운 목표를 얻었다. 그리고 그 목표는 현실에 훨씬 더 가까울 거라고 믿었다.

 연백철은 삼절신군의 움직임을 떠올리며 검을 뽑았다. 산길로 들어선 지 꽤 되었기 때문에 주변에는 아무런 인적이 없었다.

연백철의 검이 허공을 수놓았다. 그의 검에서 올올이 뿜어져 나온 검기가 사방을 휘저었다. 촘촘한 검기의 그물이 숲을 헤집어놓았다.

콰콰콰콰!

나뭇가지들이 싹둑싹둑 잘려 나가고, 흙먼지가 피어올랐다. 나뭇잎들이 우수수 떨어지다가 찢어져 날아갔고, 날카로운 바람이 그 모든 것을 다시 한 번 뒤흔들었다.

그것이 바로 천망검법이었다.

무림맹의 군사 사마자문은 사마자혜로부터 온 서찰을 읽으며 살짝 눈살을 찌푸렸다.

"대체 무슨 생각이지?"

사마자혜는 그녀가 받은 임무를 완벽히 성공했다. 우내사존 중 일인인 화룡신검이나 미고현에서 은거하고 있는 흑월검마를 움직여 흑마성교를 견제하고 그들이 벌이는 일을 막는 임무였는데, 벌써 그 임무에 성공해 흑마성교가 섬서에서 철강시를 이용해 벌이는 살육을 막아낸 것이다.

거기까지는 아주 좋았다. 한데 흑월검마가 대가로 내건 조건이 계속 사마자문의 고개를 갸웃거리게 만들었다.

"천망단에 들어오라니. 게다가 이 녀석은 벌써 그걸 허락했으니······."

일단 조건을 수락했으니 들어주는 수밖에 없다. 사마자혜를 천망단에 넣는 건 어려운 일이 아니다. 게다가 그녀가 가야 할 천망칠십오대에는 흑월검마가 있다. 그와 친해져서 나쁠 것은 전혀 없다. 앞으로 무림맹의 일을 처리해 나가는 데 큰 도움이 될 수도 있었다.

하지만 흑월검마가 그녀를 원한 이유가 무엇인지 알아내는 게 중요했다. 정말로 얼토당토않은 이유로 사마자혜를 원하는 거라면 사마자문이 나서서 그것을 막아야 했다.

"설마 우리 자혜에게 빠져서 그러는 건 아니겠지?"

흑월검마는 자식을 낳을 수 없는 몸이라는 소문이 있었다. 하지만 그렇다 하더라도 여인을 품는 데는 별문제가 없다. 그건 또 다른 문제니까. 만일 흑월검마가 정말로 사마자혜의 몸을 원하는 거라면 사마자문은 무슨 수를 써서라도 그것을 막을 생각이었다.

"일단은 정확한 사실을 파악한 후에 움직여야겠지만."

사마자문은 그렇게 중얼거리며 다른 서류들을 읽었다. 그 서류들에는 최근 무림의 동향이 자세히 적혀 있었다.

흑마성교의 등장은 무림을 들썩이게 만들었다. 지금까지 무림맹에 대적할 세력은 천마신교뿐이었다. 천마신교는 수백 년 동안이나 무림맹과 평화를 유지해 왔다. 천마신교가 청해와 신강에 틀어박혀 나오지 않는 한, 무림맹과는 싸울 일이 없었다.

한데 흑마성교가 등장했다. 흑마성교는 등장할 때부터 무림맹과 싸우겠다고 천명했다. 덕분에 천하 각지에 스며들어서 숨죽이던 사파 무리가 속속 합류했다. 결국 흑마성교는 짧은 시간 동안 무림맹이 쉽게 부술 수 없을 정도로 성장해 버렸다.

흑마성교는 섬서에 자리를 잡았다. 하지만 무림맹과 관계된 것들은 전혀 건드리지 않았다. 무림맹과 싸우겠다고 천명했으면서도 아무런 행동을 보이지 않았다.

대신 뒷구멍으로 섬서의 중소 문파를 건드리기 시작했다. 그대로 놔뒀으면 상당한 타격을 받았겠지만, 다행스럽게도 적절한 시기에 흑월검마가 나서주었다.

"정말로 한시름 놓았지. 그렇게 생각하면 요구하는 걸 들어주긴 해야 하는데……."

그런데 왠지 꺼림칙했다. 흑월검마가 사마자혜를 노리는 듯한 기분이 들어 생각하면 할수록 찜찜했다. 하지만 사마자혜는 아예 돌아올 생각조차 없는 듯했다.

"아예 자리를 잡아버리다니, 고얀 녀석."

사마자혜는 기다렸다는 듯이 미고현에 자리를 잡아버렸다. 미고현에 앉아서 자신이 천망단원이 되도록 모든 조치를 취했다. 그 정도쯤 사마자혜에겐 일도 아니었다. 그렇게 일이 끝난 후에야 사마자문에게 보고를 올렸다. 그래서 달리 손쓸 틈이 없었다.

"이게 흑월검마가 여기까지 원한 건지, 아니면 자혜가 알아서 이렇게 행동하는 건지 모르겠단 말이야."

사마자문은 그렇게 중얼거리다가 고개를 저었다. 지금은 그런 걸 생각할 때가 아니었다. 지금 고민해야 할 문제는 흑마성교였다.

"이놈들을 어쩐다……."

가장 단순한 방법은 그냥 몰려가서 쓸어버리는 것이었다. 하지만 그렇게 하려면 한 가지 큰 문제를 해결해야만 한다. 바로 천마신교였다.

"좀 공들여 협상을 하면 괜찮을 것도 같은데, 다들 반대를 하니 어쩔 수가 없단 말이야."

사마자문은 그렇게 말하면서도 자신이 지나치게 천마신교를 믿는 것 같아 쓴웃음을 지었다. 아무리 믿을 만하더라도 가장 의심을 많이 해야 하는 사람이 바로 자신과 같은 군사다.

"이래서야 군사로서 실격이지만, 그래도 아쉽단 말이야. 아주 간단히 처리할 수 있는 걸 어렵게 돌아가야 하니."

천마신교까지 끼어들면 상황은 정말로 어려웠다. 일단 흑마성교가 섬서에 자리 잡았다는 게 가장 큰 문제였다. 흑마성교가 만일 사천에 자리를 잡았다면 이렇게 신경을 쓸 이유가 없었다. 사천에는 당가가 있고, 그들이 알아서 견제를 해줄 것이기 때문이다.

섬서에는 화산파와 종남파가 있었다. 하지만 이들은 당가와는 좀 달랐다. 그들은 무림맹의 커다란 기둥을 이루는 문파들이었다. 지금 그들은 흑마성교와 일촉즉발의 상황이었다. 무림맹이 신경 쓰지 않을 수 없는 상황인 것이다.

그들이 무너지면 무림맹의 기둥 두 개가 뽑히는 것과 같다. 힘이 약해지는 것이다. 그건 종국에 치명적인 결과를 가져올 수도 있었다.

"지원을 하긴 해야 하는데……."

일단 청룡단과 백호단을 준비시켰다. 조만간 그들은 섬서로 출발할 것이다. 하지만 그들만으로 사태를 해결하기에는 문제가 너무 컸다. 다른 전투부대를 더 동원하게 되면 천마신교를 견제하는 데 빈틈이 생길 수도 있다.

"그래도 흑마성교가 먼저겠지."

사마자문은 결국 결정을 내렸다. 나름대로 모든 걸 재봤지만, 일단 지금은 힘을 집중해 그들을 밀어버려야 했다. 문제는 이 결정을 맹주와 다른 장로들이 받아들이느냐 하는 것이었다.

"받아들이게 만들어야지, 어떻게 해서든."

사마자문은 결연한 표정으로 자리를 박차고 일어났다. 그리고 맹주의 집무실로 향했다.

연백철은 종남산 근방에 도착한 후, 어렵지 않게 단가상단을 찾을 수 있었다. 상당한 규모의 행렬이었기에 아주 먼 곳에서부터 눈에 띄었다. 지나가는 걸 본 사람도 많아 금세 발견했다.

상단 행렬의 중간쯤에 있던 사람 하나가 연백철을 발견하고 헐레벌떡 달려왔다. 그는 연백철의 얼굴을 알고 있는지 즉시 포권을 취하며 인사했다.

"연백철 대협을 뵙습니다. 전 이번 상행을 책임지고 있는 포형인이라고 합니다."

연백철은 황급히 마주 포권했다. 포형인은 마흔이 훨씬 넘어 보였다. 자신보다 나이가 훨씬 많은 사람이 먼저 인사를 하는데도 아무렇지도 않다면 연백철이 아니다.

"연백철입니다."

"이렇게 와주셔서 얼마나 마음이 든든한지 모릅니다. 최근 흑마성교에서 사파 무인들을 무더기로 풀었다는 소문이 돌아서 걱정을 하던 참이었습니다."

"걱정 마십시오. 제가 최선을 다해 돕겠습니다."

연백철은 그렇게 대답을 하면서도 마음 한구석이 무거워졌다. 사파 무인들이 무더기로 몰려온다면 혼자서 그들을 모두 막아낼 수 있을지 걱정이 되었다.

'뭐, 그래도 이 정도면······.'

연백철은 상단의 구성원들을 대충 살폈다. 기세가 제법 뛰어난 무사들이 섞여 있었다. 그들은 싸움이 났을 때, 큰 도움이 될 것이다. 생각해 보면 당연했다. 단가상단은 단가표국과 함께 움직인다. 그리고 단가표국의 표사들은 하후량, 하후령 형제의 지독한 수련을 버텨낸 독종들이었다.
"그럼 서두르시죠. 시간도 많지 않으실 텐데."
연백철의 말에 포형인이 반색을 하며 고개를 끄덕였다.
"알겠습니다. 하면 전 마음 편하게 상행에만 신경을 쓰도록 하겠습니다."
단가상단이 다시 움직였다. 그들은 목적지를 향해 빠르게 이동하기 시작했다. 이들의 목표는 상주시였다. 그곳에는 단가상단의 지부가 있었고, 그 지부를 통해 근방으로 물건들이 팔려 나갔다.
연백철이 합류한 뒤로 상단의 이동 속도가 빨라졌다. 연백철이 상당히 신경 쓰고 있었기에, 상단 사람들은 이동에만 집중할 수 있었다. 물론 연백철은 언제 나타날지 모르는 사파 무인들을 경계하느라 한시도 긴장을 풀 수 없었지만.
그렇게 하루쯤 이동했을 때였다. 상단은 어느새 진안 근방을 지나고 있었다. 이런 식으로 닷새 정도면 상주시에 도착할 수 있었다. 한 가지 문제는 그 길이 모두 험한 산길이라는 점이었다. 물론 관도가 나 있긴 했지만 수레를 끌고 이동하기가 쉽지 않은 길이었다.
연백철은 근방을 둘러보며 날카롭게 눈을 빛냈다.
'습격을 받으면 골치 아프겠군.'
적이 기습을 하면 상대하기가 만만치 않은 지형이었다. 게

다가 그들이 작정을 하고 물건만 부수고 도망친다면 더 골치 아파진다. 연백철은 한껏 긴장감을 끌어올렸다. 그의 단전에서 내력이 휘몰아치기 시작했다.

내공을 끌어올린 연백철의 감각에 뭔가가 찌르는 듯한 반응이 왔다. 연백철은 눈을 크게 뜨며 감각에 걸리는 곳을 바라봤다. 장애물이 많아 보이지는 않았지만 누군가 숨어 있는 게 분명했다.

"정지!"

연백철은 한 손을 들어 올리며 상행을 멈췄다. 상단의 누구도 연백철의 말을 거스르지 않고 움직임을 멈췄다. 그리고 긴장한 눈으로 사방을 경계했다.

포형인이 당황한 얼굴로 달려왔다.

"연 대협, 무슨 일입니까? 습격입니까?"

포형인은 비록 상인이지만 단가 상단의 상인이다. 기본적으로 몇 수 무공을 배운 사람이었다. 만일 싸움이 벌어지면 나름대로의 전력이 될 만했다.

"잠시만 기다리십시오. 지금 파악 중입니다."

연백철은 그렇게 말하고는 감각을 더욱 예리하게 갈았다. 연백철의 감각이 순식간에 주변을 장악했다.

'하나, 둘, 셋……. 모두 마흔 명이나 되는군. 게다가 이놈들 같은 계열의 무공을 익혔어.'

최근 연백철의 무공 수준은 스스로가 놀랄 정도로 급격히 늘어났다. 내려치기에 대한 집착을 버리고 다시 천망검법으로 돌아오면서 벽 하나를 부쉈다. 제갈무군의 표현에 의하면, 빌어먹게도 운이 좋았다고 했다.

그렇게 늘어난 무공 덕분에 감각도 상당히 날카로워졌다. 예전에는 이런 식의 분류까지는 못했을 것이다. 하지만 지금은 가능했다.

"공격보다는 방어에 치중합니다. 나머지는 제가 해결하겠습니다."

연백철의 말에 표사들이 긴장했다. 그들은 검을 뽑으며 방어 자세를 취했다. 그들이 보호해야 할 것은 상인들과 물건이었다. 수가 많긴 했지만 상황에 따라 쉽지 않은 일이었다.

연백철은 감각을 계속 퍼뜨리며 숨은 사람들이 있는 곳을 향해 천천히 걸어갔다. 연백철의 몸에서 기세가 피어올랐다. 그 기세에 압박을 느낀 자들이 분분히 튀어나왔다.

"으하하핫! 눈치가 귀신같은 놈들이로구나!"

마흔 명이나 되는 무사들이 우르르 쏟아져 나왔다. 표사들과 상인들은 깜짝 놀라며 긴장했지만, 연백철은 전혀 그렇지 않았다. 그들의 등장을 신호삼아 연백철이 몸을 날렸다. 어느새 연백철의 손에는 날카로운 검이 들려 있었다.

쉬가가각!

검기가 허공에 몇 개의 선을 그렸다. 길게 늘어난 검기의 선에 다섯 명의 사내가 그대로 걸려들었다. 그들은 당황하며 검을 들어 올렸지만 너무 늦었다.

"크어억!"

"크악!"

비명과 함께 다섯이나 되는 사내가 피를 뿌리며 쓰러졌다. 그 서슬에 나머지는 잠시 놀라 몸이 굳었다. 그것은 상당히 짧은 시간이었지만 연백철이 느끼기엔 아주 길고 충분한 시간이었다.

쉬아아아악!

바람 소리와 함께 연백철의 몸이 다시 움직였다. 연백철은 몰려 있는 무사들 틈으로 파고들었다. 그와 동시에 연백철을 중심으로 검기의 폭풍이 휘몰아쳤다.

콰콰콰콰콰!

순식간에 십여 명의 사내들이 추풍낙엽처럼 쓰러졌다. 나머지는 깜짝 놀라 사방으로 흩어졌다. 그들은 연백철의 막강한 실력에 제대로 대응을 하지 못했다.

연백철은 다시 몸을 날렸다. 연백철의 검에 또 몇 명의 사내들이 쓰러졌다.

이제 남은 건 고작 스무 명도 채 되지 않았다. 그들은 연백철과 싸울 수 없다고 판단했다. 그들이 선택한 것은 도망이 아니라 인질이었다. 결심을 굳힌 그들은 이내 물건을 보호하는 표사들을 향해 사납게 달려들었다. 일단 그들을 물리치고 무사들 뒤에 숨어 있는 상인들을 인질로 잡을 생각이었다.

하지만 그들의 계획은 표사들을 마주함과 동시에 그대로 무산되었다. 표사들의 실력은 생각보다 뛰어나 그들의 공격을 빈틈없이 막아냈다. 그리고 그렇게 잠시 지체하는 사이에 연백철이 달려들었다.

마흔 명이나 되는 적이 모두 쓰러지는 데 반 각도 채 걸리지 않았다. 연백철이 뛰어나가 검을 휘두를 때부터 이미 승패는 결정된 거나 다름없었다.

싸움이 모두 끝나자 연백철은 무사들을 능숙하게 지휘해 쓰러진 자들을 처리했다. 산길이었기에 근처에 대충 버려두기만 해도 산짐승들이 알아서 처리하겠지만, 그래도 땅을 파고 묻어주었다.

포형인은 모든 처리가 끝나자 연백철에게 연방 고개를 숙이며 감사 인사를 했다.

"정말로 감사합니다. 대협 덕분에 아무런 피해 없이 저들을 막아낼 수 있었습니다. 만일 대협이 아니었다면 정말로 커다란 피해를 입었을 것입니다."

연백철은 쑥스러운 듯한 얼굴로 가볍게 손사래를 쳤다.

"다들 잘 싸우시던데요, 뭘. 자, 이렇게 지체하지 말고 어서 가시죠. 빨리 마을에 도착해서 좀 쉬는 게 어떻겠습니까?"

"하하하, 이를 말씀이십니까. 당연히 그렇게 해야지요."

포형인은 크게 웃으며 다시 상행을 출발시켰다. 솔직히 처음 연백철이 합류했을 때는 과연 얼마나 도움이 될지 몰라 조금 걱정을 했다. 하지만 이렇게 한 번 실력을 보고 나니, 더없이 마음이 편해졌다.

그들은 그렇게 마을을 향해 이동했다. 마을에 도착하기 전, 한 번 더 공격을 받았지만, 이번에는 처음보다 더 수가 적었다. 물론 실력은 조금 더 뛰어났지만, 연백철에게는 거기서 거기로 느껴졌다.

앞으로도 계속 습격이 있을 테지만, 이런 상태라면 아무것도 두렵지 않았다. 포형인은 상단을 이끌고 당당히 마을로 들어섰다. 연백철은 그런 포형인을 보며 문득 제갈무군이 떠올랐다.

'과연 형님은 어쩌고 계실런지…….'

제갈무군의 실력은 정말로 대단하지만, 성격을 너무 종잡을 수 없어서 연백철은 오히려 더 걱정이 되었다. 물론 그 걱정은 아주 잠깐이었다. 제갈무군은 연백철보다 훨씬 호락호락하지 않은 사람이다. 연백철은 씨익 웃으며 걸음을 서둘렀다.

연백철의 걱정과는 달리 제갈무군은 참으로 편안한 생활을 영위하고 있었다. 제갈무군은 서안에 도착하자마자 그곳에 있는 월영단 지부를 장악했다. 제갈무군은 월영단의 정보를 이용해 흑마성교에 대해 조사하는 한편, 단가상단 서안 지부에서 자신이 할 수 있는 일을 했다.

제갈무군은 서안에 위치한 단가상단의 지부와 월영단 지부에 진을 설치했다. 혹시 있을지 모르는 습격에 대비한 것이었다. 그 두 곳을 시작으로 제갈무군은 곳곳에 진을 설치해 나갔다.

진을 설치할 때 들어가는 돈은 모두 단가상단에서 나왔다. 제갈무군은 정말로 마음껏 진을 설치하면서 그동안 공부했던 진을 실전에 써먹었다. 덕분에 진법에 대한 성취가 나날이 늘어갔다.

"허어, 이놈이 감히 도망을 가다니, 더 이상 살기가 싫은 모양이로구나."

단유강은 종칠의 말에 어색하게 웃었다. 문노는 종칠이 도착하기가 무섭게 도망쳤다. 종칠은 문노의 그림자도 못 보고 그냥 천망단의 장원에 눌러앉아야 했다.

문노가 무사히 도망칠 수 있었던 건, 당연히 단유강 덕분이었다. 단유강은 종칠을 발견하자마자 바로 문노에게 전음을 보냈다. 문노와 단유강은 상당히 멀리 떨어져 있었지만 단유강에게 그 정도 거리는 아무런 문제도 되지 않았다. 항상 기감을 열어놓고 있었기에 문노의 위치도 확실히 파악한 상태였다.

문노는 단유강의 말을 듣고 즉시 도망쳤다. 물론 그냥 무작정 도망만 친 것은 아니었다. 혼자서 나름대로 암혈을 찾아보기로 하고 갔다.

'뭐, 찾을 가능성은 아주아주 낮겠지만.'

단유강은 거의 기대를 하지 않았다. 하지만 문노가 조금 들쑤시고 다니면 숨어 있는 혈교 무리가 움직일 거라 기대했다. 그렇게 움직이기 시작하면 꼬리를 잡을 수 있을 것이고, 결과적으로는 그들이 장악했을 게 분명한 암혈을 찾을 수 있을 것이다.

"설마 네가 빼돌린 건 아니겠지?"

"그럴 리가 없잖아요. 빼돌린다고 알아차리지 못할 숙부도 아니고."

"흐음, 그야 그렇다만……."

종칠은 눈을 가늘게 뜨고 단유강을 살폈다. 그러더니 이내 감탄을 했다.

"허어, 이제 나도 쉽게 경지를 짐작하지 못하겠구나."

"뭐, 이제부터는 슬슬 수련을 해야 할 것 같긴 하더라고요."

단유강은 지난 오 년 동안 게으름의 정수를 보여주며 쉬었다. 그럼에도 수련을 할 때보다 더 강해졌다. 하지만 이제는 그것도 한계에 달했다. 이제부터는 다시 수련을 통해야 성장을 할 수 있을 듯했다.

"암혈을 하나 메웠다고 들었다."

단유강이 고개를 끄덕였다. 사실 지금 가장 걱정되는 것이 바로 암혈이었다.

"하나는 어찌어찌 메웠는데, 나머지 하나는 아직 어디 있는지 감도 못 잡겠더라고요. 빨리 찾아야 할 텐데."

"암혈 근처에 어떤 놈들이 있더냐?"

"어설픈 독각철괴들이 우글거리고, 괴목도 하나 보이더라고요."

종칠이 고개를 끄덕였다.

"어설픈 독각철괴라면 사람이 변한 모양이로구나."

"예, 괴목도 그런 것 같았어요. 아직 암혈이 충분히 자라지 않아서 제대로 된 놈들이 나오지 않은 모양이에요."

"아마 다른 하나는 상황이 좀 다를 거다."

단유강이 눈을 빛냈다.

"그게 무슨 말이죠?"

"오 년이나 지났는데 암혈이 고작 그 정도밖에 안 자랐다면 다른 구멍이 더 커졌다는 뜻이다. 구멍이 두 개 뚫렸다 해도 어차피 하나나 다름없다."

단유강은 잠시 곰곰이 생각하더니 고개를 끄덕였다.

"확실히 그럴 수도 있겠네요. 구멍이 두 개면 분출하는 힘도 둘로 나뉠 테니까요."

"그래. 시간은 지났지만, 그래도 한쪽이 다른 쪽을 억제한 셈이 되지. 그래도 고작 독각철괴나 괴목이 나오기 시작할 정도면 다른 쪽은 상당히 커졌다는 뜻이다. 어쩌면 혈인(血人)

이 나왔을 수도 있지."

혈인이라는 말에 단유강의 안색이 살짝 굳었다.

"그런 표정 지을 거 없다. 네가 혈인 정도를 상대하지 못할 리 없지 않느냐."

"혈인이 수백 마리 몰려온다 해도 끄떡없죠. 다만 그놈들이 나한테 몽땅 몰려오지는 않는 게 문제죠."

"하긴, 보통 사람이 상대하기에 꽤 위험한 놈들인 건 확실하지. 그래도 묵조(墨鳥)나 혈조(血鳥)보다야 낫지 않겠느냐."

단유강의 표정이 더 안 좋아졌다.

"그놈들까지 나왔을까요? 설마 묵피괴인(墨皮怪人)까지 나오지는 않겠죠?"

"그놈들이야 우리도 보기 힘든 놈들인데 설마 여기까지 나올 수나 있겠느냐?"

"그래도 나오면 문제가 좀 심각해지겠죠?"

"한 놈이라면 네가 혼자 처리할 수 있겠지만, 수가 많으면 좀 곤란하겠지. 그놈들 잔머리가 보통이 아니잖느냐. 그놈들이라면 천하에 스며들어 사람들과 어우러질 수도 있으니 정말로 골치 아프지."

단유강은 고개를 절레절레 저었다. 암혈로 인해 벌어질 사태들을 이렇게 대충만 생각해도 골치가 지끈지끈 아파왔다. 그래도 어쩌겠는가, 자신 때문에 벌어진 일이니 알아서 처리해야지.

"빨리 못 찾으면 곤란하겠는데요."
"곤란하지."
종칠은 그렇게 말하며 자리에서 일어났다.
"어디 가시려고요? 아는 데도 없으시면서."
"아는 데가 없긴 왜 없어? 무림맹에 천망검법을 전해준 게 누군데. 당장 무림맹만 가도 칙사 대접을 받으면서 떵떵거릴 수 있다."
"그래서 무림맹에 가시게요?"
"뭐, 그건 아니고. 오랜만에 나왔으니 좀 돌아다녀 봐야 하지 않겠느냐. 으하하핫!"
종칠은 그렇게 말하며 횅하니 밖으로 나갔다. 단유강은 의심스런 눈초리로 종칠의 뒷모습을 바라봤다.
"이거, 혹시… 문노 찾으러 가는 거 아냐?"
아무래도 그게 정답인 듯했다.

무림맹 맹주의 집무실. 무거운 분위기 안에 맹주를 비롯한 장로들이 침중한 얼굴로 앉아 있었다.
"맹주, 정말로 그 정보가 확실한 것이오? 내 믿을 수가 없어서 그러는 거요. 혈교라니……."
"완전히 확신하지는 못하겠소. 하지만 거의 확실하오. 혈강시까지 등장했으니 혈교가 아니라면 대체 누가 그런 마물을 만들어내겠소?"

"하지만 꼭 혈교가 아니라도 강시를 만들어냈던 예가 없는 건 아니지 않소. 게다가 이번에 등장한 혈강시들은 알려진 것보다 훨씬 못하다고 하던데……."

 "아무튼 제대로 알아보지 않으면 나중에 낭패를 당할 수도 있소. 혈교는 천마신교보다 더 위험한 자들이오."

 그 말에 반대하는 사람은 아무도 없었다. 그만큼 혈교는 위험하다. 지금까지의 무림사를 살펴보면 혈교가 등장하면 반드시라고 해도 좋을 정도로 혈겁이 일어났다. 그리고 혈교는 하나같이 무림 정복을 원했다. 아직까지 한 번도 성공하지는 못했지만 말이다.

 사마자문은 아무런 말도 하지 않고 심각한 얼굴로 회의를 지켜보기만 했다. 사실 머릿속은 딴생각으로 가득했다.

 '하필이면 혈교라니. 흑마성교에 대한 얘기는 아예 꺼낼 엄두도 나지 않는군.'

 본래 사마자문은 흑마성교를 토벌하자는 주장을 하려고 했다. 하지만 지금 상황에서 그 말을 꺼내봐야 동의를 얻어내지도 못한다. 아니, 동의하는 장로가 두 명은 있을 것이다. 화산파와 종남파 출신의 장로는 분명히 동의할 것이다.

 혈교가 얼마만큼 강한 힘을 가지고 있는지, 또 얼마나 비밀스러운 세력을 보유하고 있는지는 아무것도 알려져 있지 않다. 그러니 무림맹의 전력을 함부로 나눌 수가 없었다.

 '천마신교도 버거운 마당에 흑마성교에 혈교까지 나타나

다니. 무림의 앞날에 복보다 화가 더 많겠구나.'
 사마자문은 속으로 탄식을 했다. 혈교라는 이름이 던진 파문이 앞으로 무림에 어떤 파장을 미칠지 알 수 없었다.

第二章
무림맹과 흑마성교

쾅!

"그게 말이나 되는 소리인가!"

표자흠의 주먹에 탁자가 쪼개졌다. 유염천은 그저 고개를 숙인 채 어떤 변명도 하지 않았다. 이미 벌어진 일을 어쩌겠는가.

"그 사파 버러지 놈들은 고작 그따위 일도 제대로 처리하지 못한단 말이냐!"

표자흠은 관자놀이를 손가락으로 꾹꾹 누르며 화를 조금 가라앉혔다.

"그래서 지금 우리 쪽 상단 상태는 어떠냐? 많이 안 좋으냐?"

"위태롭습니다. 단가상단의 능력이 정말로 대단합니다."
"그놈들 칭찬이나 듣자고 물어본 게 아니다."
유염천은 고개를 살짝 숙인 후, 다시 말을 이었다.
"이번 일로 그들의 목표가 확실해졌습니다. 우리 쪽 상단들을 무너뜨리기 위해 움직이고 있습니다."
"완전히 목표를 정하고 움직이는 거란 말이지?"
"그렇습니다."
"대체 그놈들이 그 사실을 어떻게 안 거야? 상단들이 어떻게 연결되어 있는지 우리 흑마성교 내에서도 아는 자들이 거의 없는데 말이야."
"아무래도 적련과 관계가 있는 것 같습니다."
"적련?"
"그들이 적련과 싸우고 있었지 않습니까. 적련을 무너뜨린 게 우리라는 걸 알고 있는 듯합니다."
표자흠이 고개를 갸웃거렸다. 대체 그걸 단가상단이 어떻게 안단 말인가.
"어떻게 알아냈는지는 모르겠습니다만, 분명합니다. 그렇지 않으면 설명되지 않는 일들이 너무 많습니다. 이번처럼 정확히 우리 측 세 개의 상단을 목표로 싸움을 걸어온 것도 그게 아니라면 설명이 되지 않습니다."
"단가상단은 적련과 싸우던 사이 아닌가. 그런 놈들을 무너뜨려 줬으면 고마워해야지, 왜 우릴 공격한단 말인가."

"아마 적련과 원래 손잡았던 것이 우리라는 것도 알고 있 겠지요."

표자흠은 여전히 이해가 안 갔지만 일단 고개를 끄덕였다. 지금은 그런 건 사소한 문제다. 가장 중요한 건 이 위기를 어떻게 넘기느냐 하는 것이었다.

"역시 너무 성급했나? 세상에 드러내지 않고 조금 더 힘을 키우는 편이 좋았을까?"

표자흠이 약한 소리를 하자 유염천이 단호히 고개를 저었다.

"절대 그렇지 않습니다. 만일 그렇게 하지 않았다면 우리는 제대로 힘을 응집시키지도 못한 상황에서 단가상단의 공격을 받았을 것입니다. 만일 그렇게 되었다면 상황이 훨씬 복잡하고 어려워집니다."

"그건 그렇겠군. 그럼 그나마 다행인 건가. 어쨌든 중요한 건 그게 아니야. 이 상황을 어떻게 타개할지가 문제야. 우리가 키운 마인들을 풀어서 단가상단을 싹 쓸어버릴까?"

"지금 상황에서라면 그것도 한 가지 방법입니다. 하지만 단가상단의 뒤에는 흑월검마가 있습니다. 싸우면 이기기야 하겠지만 피해가 클 것입니다. 그 상황에서 무림맹이 움직이면 끝장입니다."

표자흠의 얼굴에 짜증이 어렸다.

"그럼 대체 어떻게 하잔 말인가."

"아예 대놓고 움직이는 건 어떻습니까?"

"대놓고?"

"어차피 단가상단 때문에 상황이 좋지 않습니다. 이대로 손 놓고 있다간 말라 죽을지도 모릅니다. 그러니 아예 일을 크게 키워 버리는 겁니다."

"무림맹과 싸우잔 말인가?"

"그렇습니다. 무림맹과 싸우면 돈 문제도 자연스럽게 해결이 됩니다. 무림맹은 천하 곳곳에 지부가 있습니다. 게다가 천망단이 쫙 깔려 있습니다. 그들만 치고 정리해도 막대한 돈이 나옵니다. 그 돈을 이용해 단가상단까지 압박하면 일석이조입니다."

"그렇게 생각대로 된다면야 좋겠지만, 무림맹이 우리보다 몇 배나 더 강하다고 하지 않았던가? 이길 가능성이 있긴 있는 건가?"

"우리만 싸우면 힘듭니다. 하지만 꼭 우리만 싸우란 법은 없습니다."

"우리만 싸우지 않으면? 우릴 도와줄 놈들이 있나? 설마 비문위를 염두에 둔 건 아니겠지?"

"물론 그도 염두에 뒀습니다. 하지만 그는 어느 정도 도움은 주겠지만 적극적으로 움직이지는 않을 것입니다. 제 목표는 신강과 청해입니다."

표자흠의 눈이 화등잔만 해졌다. 신강과 청해를 일컫는다는 건 천마신교를 움직이겠다는 뜻이다. 그들이 움직여 주기만 한다면 무림맹쯤이야 우습겠지만 대체 어떻게 그들을 끌어낸단 말인가.

"천마신교를 말하는 게 아닙니다. 천마신교는 아마 어떤 미끼를 던져도 움직이지 않을 것입니다. 제가 노리는 건 신강과 청해에 흩어져 있는 마인들입니다."

"마인들? 천마신교에 속하지 않은, 피를 머금은 놈들 말인가?"

"그렇습니다. 그들은 지금도 갖은 핍박을 받고 있습니다. 우리가 조금만 충동질해 주면 당장에라도 넘어올 것입니다."

"지금의 천오백을 모으는 것만 해도 막대한 돈과 시간이 들었는데, 과연 무림맹과 싸울 정도로 모을 수나 있을까? 그전에 우리가 말라 죽을 것 같은데? 내 말이 틀렸나?"

"몰래 들여오면 그렇습니다만, 그럴 필요가 없습니다."

"그럴 필요가 없다니, 설마……."

"그들을 신강과 청해에서 모아 이쪽으로 쳐들어오게 하면 됩니다. 무림맹은 그들을 막느라 우리를 신경 쓸 여력도 없을 것입니다. 그때 화산파와 종남파를 정리하고 섬서만 제대로 장악할 수 있어도 더 이상 무림맹이나 단가상단을 신경 쓸 필요가 없어질 것입니다."

표자흠이 눈을 빛냈다. 확실히 괜찮은 계획이었다. 하지만 이 계획을 성공시키기 위해서는 반드시 넘어야 할 산이 있었다.

"마인들을 모아 전쟁을 일으킬 수는 있고?"

"어떻게든 해내겠습니다."

표자흠이 굳은 표정으로 고개를 끄덕였다.

"좋아, 해봐. 필요한 건 뭐든 지원해 주지."

"맡겨만 주십시오."

유염천이 고개를 숙였다. 유염천의 뇌리에 비문위의 모습이 떠올랐다. 그의 도움을 받으면 분명히 가능할 것 같았다.

'거기다 비문위가 보내줄 철강시들을 이용하면 성공 확률은 훨씬 높아진다. 이건 해볼 만한 도박이야.'

사마자문은 온 힘을 다해 경공을 전개했다. 목적지는 무림맹주의 집무실이었다.

"맹주님! 큰일입니다!"

집무실 안으로 뛰어들며 사마자문이 외치자, 맹주 혁무길이 살짝 눈살을 찌푸렸다. 사마자문이 이렇게 흥분하며 당황하는 모습은 처음이었다.

"무슨 일이기에 군사가 이렇게 당황하는가. 천마신교라도 쳐들어왔는가?"

혁무길이 살짝 농을 섞어 말했다. 하지만 그 말에 사마자문의 안색이 더 나빠졌다.

"신강과 청해의 움직임이 심상치 않다는 보고가 들어왔습니다."

혁무길의 눈썹이 몇 차례 꿈틀거렸다.

"그게 무슨 말인가! 정말로 천마신교가 쳐들어온다는 말인가!"

"예전에 신강과 청해 쪽으로 보냈던 비룡단으로부터 연락이 왔습니다."

비룡단은 사마자문이 심혈을 기울여 준비한 정보 조직으로, 천마신교로부터 정보를 수집하기 위한 조직이었다. 그들은 성공적으로 신강과 청해 지역에 정보망을 구축했고, 계속해서 정보를 보내왔다. 그동안은 그다지 쓸 만한 정보가 없었는데, 이번에 그들이 보낸 정보는 벽력탄이 터지는 듯한 충격을 가져왔다.

"신강과 청해 쪽 마인들의 움직임이 심상치 않다고 합니다."

"마인들? 천마신교와는 관계가 없는 마인들을 말하는 것인가?"

"그렇습니다. 그들이 조금씩 결집하고 있다고 합니다."

천마신교와 관계없는 마인들은 피와 광기에 취해 있다. 그들은 항상 살육을 갈구한다. 색에 취해 입에 담을 수조차 없는 일들을 자행하기도 한다.

그런 자들이 모여봐야 결코 좋을 일은 없다. 아니, 그들은 사실 모이기가 힘들다. 흑마성교의 대단함이 바로 그런 점이다. 그들은 그런 미친 마인들을 한데 모았다. 흑마성교만으로도 골치가 아픈데 지금 또 신강과 청해 쪽에서 그런 마인들이 모이고 있다고 하니 걱정이 될 수밖에 없었다.

"그들이 결집하는 이유는 알아냈나?"

"아직 확실치는 않습니다만, 아무래도 사천과 감숙으로 넘어가려는 듯합니다."

쾅!

혁무길 앞에 놓인 탁자가 가루로 변했다. 혁무길의 눈에서 분노가 이글거렸다.

"천마신교는 어쩌고 있는가!"

"천마신교 쪽에는 아무런 움직임도 없다고 합니다. 그들은 평소와 전혀 다름없이 조용하다고 합니다."

"마인들이 몰래 넘어오는 것도 엄밀히 따지면 협정에 위배되는 일인데, 이런 일까지 좌시하고 있단 말인가!"

"그렇기는 합니다만······."

그렇긴 하지만 천마신교가 꼭 그걸 막아줘야 할 의무는 없다. 협정은 천마신교와 무림맹 간의 약속이지, 마인들이 한 약속은 아니다. 신강과 청해 지역에 있는 모든 마인들이 천마신교에 속했다면 모르겠지만, 그건 현실적으로 불가능했다.

"천마신교에 항의를 하게. 일단 그들의 힘으로 급한 불을 끄고, 확실히 대비를 하도록 하게."

"일단 천마신교 측에 항의 서신을 보내긴 했습니다만, 효과를 보기는 쉽지 않을 듯합니다."

"끄응."

혁무길은 침음성을 흘리며 고개를 저었다. 상황이 심상치 않았다. 물론 아직 그들이 넘어올 거라고 단정할 수는 없지만 흘러가는 모양새를 보면 거의 확실했다.

"그들이 넘어온다면 막을 수는 있겠나?"

"지금 상황만 본다면 충분히 막을 수는 있습니다만, 피해가 상당할 듯합니다. 미리 방비를 하면 피해를 줄일 수 있겠지만, 흑마성교와 혈교가 마음에 걸립니다."

"그렇지, 그들이 있었지. 으음."

혁무길은 심각한 표정을 지었다.

"사천 쪽은 흑월검마가 막지 않겠나? 당가도 있고. 생각보다 그쪽은 쉽게 막을 수 있을 것 같은데, 어떤가?"

"저도 그렇게 생각합니다. 아마 그들도 그것을 염두에 두고 있을 것입니다. 사천 쪽의 마인들은 아마 최대한 시간을 끄는 방향으로 움직일 듯합니다. 문제는 감숙입니다."

"우리가 감숙을 정리하는 동안 흑마성교가 반드시 움직이겠군."

"아마 그럴 것입니다. 어쩌면 지금 이 일 자체가 흑마성교의 계략일지도 모릅니다."

혁무길이 고개를 끄덕였다. 충분히 가능했다. 어쨌든 흑마성교는 마인들이 모여 만든 단체였으니까.

"어떻게 하면 좋겠나?"

"섬서를 포기하는 방법이 있습니다."

"그건 안 되네. 일단 그곳을 잃지 않도록 최선의 노력을 해야 하네. 섬서를 잃으면 화산파와 종남파를 포기해야 하네. 과연 그 둘을 잃고 혈교와 맞설 수 있겠는가? 천마신교와 대적할 수 있겠는가?"

사마자문 역시 말은 그렇게 했어도 섬서를 포기하고 싶지 않았다. 섬서를 포기하는 건 최악의 상황을 상정했을 때의 일이었다. 아직은 쓸 수 있는 수가 몇 개 더 남아 있었다.

"그럼 우내사존을 움직이는 방법도 있습니다."

"우내사존이라……. 과연 그들이 움직이겠는가? 어디 있는지도 모르지 않나."

"일단 화룡루에 연락을 취해보겠습니다. 그리고 다른 우내사존도 찾아보겠습니다. 그들이 나서주기만 하면 이번 일은 쉽게 해결할 수 있습니다."

혁무길은 결국 고개를 끄덕였다. 과연 우내사존을 움직일 수 있을지 모르겠지만 만일 움직일 수만 있다면 정말로 쉽게 상황이 끝날 것이다. 우내사존의 힘은 그 정도로 대단했다.

"차선책도 강구를 해놓게."

"당연히 그렇게 할 것입니다."

우내사존만을 믿고 있을 수는 없다. 우내사존은 인세에서 선계로 한 발을 뗀 자들로 알려져 있다. 그런 사람들이 이런 일에 힘을 보탤지 확신할 수 없다. 게다가 정작 그들을 만나는 것 자체가 불가능할 수도 있다. 그런 상황이니 모든 일을 그들에게 맞출 수는 없었다.

사마자문은 고개를 숙인 후 밖으로 나갔다, 어떻게든 이번 위기를 헤쳐 나가겠다고 다짐하며.

사천 미고현. 천망칠십오대의 장원이 상당히 바쁘게 돌아가고 있었다. 수많은 사람들이 정신없이 오갔고, 여기저기서 고성이 터져 나왔다. 그러나 그 모든 소란의 중심인 월영각은 마치 태풍의 눈처럼 고요했다.

월영각 최상층. 백설영은 심각한 표정으로 사방에서 몰려드는 정보를 살피고 있었다. 그녀의 손으로 수천 장의 서류가 거쳐 갔으며, 그렇게 분류된 정보들이 차곡차곡 서탁 위에 쌓였다.

백설영 주위에 세 명의 여인이 모여앉아 각자 바쁘게 서류를 검토 중이었다. 그녀들의 표정 역시 백설영과 마찬가지로 심각하기 그지없었다.

"감숙 쪽의 상황은 어떤가요?"

백설영의 질문에 사마자혜가 즉시 대답했다.

"그쪽 천망단의 움직임이 심상치 않아요. 천망단을 이용해 방어진을 구축할 모양이에요. 천망단의 희생을 통해 시간을 벌고 무림맹의 정예를 투입해서 단번에 끝내 버릴 셈이겠죠."

"천망단을 희생시키다니, 정말로 최악의 선택이로군요."

"아마 무림맹으로서도 다른 수가 없었을 거예요. 흑마성교의 위협이 생각보다 심각한 모양이니까요."

잠시 침묵이 감돌았다. 현재 그녀들 대부분이 천망단 소속이기에 남일 같지 않았다. 아무런 망설임 없이 천망단을 버리는 무림맹의 선택이 실망스럽기도 하고, 한편으로는 그렇게 흑마성교의 힘이 대단한가 하는 생각이 들기도 했다.

그렇게 침묵이 감도는 공간에 한 사내가 나타났다. 당당히 문을 열고 안으로 들어선 사람은 다름 아닌 단유강이었다.

"흑마성교 때문이 아니라 혈교와 천마신교 때문이야."

"혈교요?"

여인들의 눈빛에 놀람이 어렸다. 혈교의 등장을 미리 예측했던 백설영이나 담교영은 비교적 담담했지만, 그녀들 역시 미미하게 눈빛이 흔들렸다. 단유강이 이렇게 단정적으로 말했다는 건 혈교의 본격적인 움직임을 파악했다는 뜻이었다.

"천마신교도 아마 이번 기회를 그냥 날려 버리지는 않을 걸?"

"그들은 수백 년 동안이나 평화를 유지해 왔어요. 그동안 이보다 더 좋은 기회가 몇 번이나 있었는데도 그들은 결코 움직이지 않았어요. 그런 천마신교가 이런 일로 과연 움직일

까요?"

 사마자혜는 천마신교가 움직이지 않을 거라고 믿었다. 정보를 다루는 일을 하다 보면 사건이나 상황의 이면을 읽을 수 있게 된다. 그녀가 판단하기에 천마신교는 신강과 청해에 틀어박혀 있는 이유가 분명히 있다.

 "그때는 그때고, 지금은 지금이지. 사람은 영원히 살 수 없는 법이거든. 두려움을 아는 사람이 사라지면 두려움 자체가 사라지는 법이지."

 "그 말씀은 천마신교가 지금까지 움직이지 않은 이유가 두려움 때문이었단 말씀인가요?"

 사마자혜는 이해할 수가 없었다. 천마신교가 대체 두려울 게 뭐가 있단 말인가. 더구나 예전의 무림맹은 지금보다 훨씬 약했다. 반면 천마신교의 힘은 예나 지금이나 거의 변화가 없다. 그러니 예전에 무림을 넘보지 않은 게 두려움 때문이었다는 말은 정말로 이상했다.

 "사천 쪽은 어때?"

 단유강의 물음에 모두 심각한 표정을 지었다.

 "무림맹에서는 아무런 조치를 취하지 않았어요. 마치 알아서 하라는 것 같아요."

 "우리를 너무 믿는 거 아냐? 천망단을 움직이려는 시도도 안 보여?"

 사마자혜가 고개를 저었다. 무림맹 천망단의 움직임은 사마자혜가 거의 완벽하게 파악하고 있었다. 비록 천망단으로 소속을 옮겼지만 그녀가 가지고 있던 권한은 전혀 건드리지 않은 상태였다. 그녀는 그 정보망을 이용해 무림맹의 상황을 고스란히 파악할 수 있었다.

"무림맹의 움직임은 마치 사천을 완전히 포기한 것 같아요."

"포기한 게 아니라 흑월검마와 당가를 믿는 거겠지. 아니, 이용하는 건가?"

사마자혜가 쓴웃음을 지었다.

"확실히 그럴 가능성이 크네요. 저희 아버지라면 아마 그러셨을 거예요."

"좋아, 사천 쪽은 우리가 막는다 치고. 감숙은 정말로 천망단만으로 방어진을 구축하는 거야?"

"지금 드러난 정보만으로는 그래요."

단유강은 눈살을 찌푸렸다. 무림맹을 완전히 이해 못하는 건 아니지만 지금 하는 짓은 정파의 기둥이라 말하기엔 너무 심한 처사였다.

"대체 무슨 생각인 거야?"

사마자혜는 단유강이 불만을 터뜨리자 머뭇거리며 말을 이었다.

"사실… 아버지로부터 제게 명령, 아니, 부탁이 왔어요."

"부탁? 흑월검마를 움직인 것만으로는 부족한 거야?"

"맞아요. 저보고 화룡신검을 만나보라고 하셨어요."

"훗, 화룡신검에게 자식을 팔아먹으려는 거야? 화룡신검이 어떤 사람이라는 건 아주 잘 알고 있을 텐데?"

"최근 정보에 따르면, 화룡신검이 크게 변했다고 해요. 더 이상 여자를 안지 않는다고 하더군요. 그가 움직여 주기만 하면 감숙 쪽도 충분히 막을 수 있을 거예요."

"과연 그럴까?"

"당연하죠. 우내사존의 힘을 우습게 보지 마세요."

"마인들이 몇 명이나 몰려올 것 같아?"

단유강이 바라보며 묻자 백설영이 난감한 표정을 지었다.

"일단 무림맹 쪽에서 넘어온 정보에 따르면, 각각 천여 명에 달하는 것 같아요. 하지만 정확한 정보는 아닌 것 같아요. 무림맹도 아직 정보를 지속적으로 얻을 수 없는 듯하고, 마지막으로 정보를 얻은 지 시간이 많이 지났어요. 어쩌면 몇 배 정도 차이가 날 수도 있습니다."

백설영의 설명에 단유강이 심각한 표정으로 고개를 끄덕였다.

"좋아, 상황을 일단 최악으로 상정해야겠군. 신강과 청해에 흩어진 마인들이 모조리 몰려온다고 가정해야겠어."

"그건 불가능해요!"

"그래도 일단은 그렇게 가정해야 최악의 상황은 막을 수 있지 않겠어?"

"그건 그렇지만……."

"당가와 연계해서 계획을 짜도록 해. 당가도 웬만하면 도와줄 거야. 과거의 영광을 재현하기 일보직전인데 여기서 마인들 때문에 고꾸라지고 싶지는 않을 테니까."

"알겠어요."

네 여인이 거의 동시에 대답을 했다. 단유강은 대답을 듣자마자 다음 얘기를 했다.

"화룡신검은 내가 맡지. 성공 보수는 몽땅 여기로 돌려."

단유강은 그 말을 끝으로 돌아섰다. 네 여인, 특히 사마자혜는 멍한 표정으로 단유강이 나가는 모습을 바라봤다. 대체 화룡신검을 어떻게 맡겠다는 건지 감이 잡히지 않았다. 우내사존은 누군가의 말로 움직일 수 있는 사람이 결코 아니었다. 게다가 화룡신검은 그런 우내사존 사이에서도 괴팍하기로 이름이 높았다.

"대체 어떻게 하려고……."

"단가상단과 화룡루가 손잡은 지 꽤 됐어요. 모르셨나요?"

백설영의 말에 사마자혜가 화들짝 놀랐다. 그건 정말로 몰랐던 일이다. 사실 화룡루와 단가상단이 손잡은 건 그리 오래되지 않았다. 그리고 그 정보를 어느 정도 차단했기에 아직 사마자혜의 손에는 들어가지 않은 것이다.

"그럼 단가상단 차원에서 화룡루에 제안을 할 수도 있겠군요?"

"그럴 수도 있지만 굳이 그럴 필요가 있을까요?"

사마자혜는 백설영의 말을 이해하지 못하고 아리송한 표정을 지었다. 백설영은 빙긋 웃으며 설명을 덧붙였다.

"대주님이 움직이시면 화룡신검은 알아서 따라올 거예요."

사마자혜는 믿을 수 없다는 표정으로 백설영을 바라봤다. 지금까지 자신이 쌓아온 상식이 와르르 무너지는 소리가 들려오는 듯했다.

"화룡신검이 도와주겠다고 합니다!"

사마자문이 맹주의 집무실로 거의 뛰다시피 들어왔다. 그의 목소리에는 기쁨이 가득했다. 거의 기대하지 않았던 일이 해결되었으니 그럴 만했다. 게다가 그 일을 해결한 사람이 바로 그의 딸 사마자혜였으니 그 기쁨이 배가되었다.

"그게 정말인가?"

맹주 혁무길의 음성에도 놀람이 깃들었다. 그 역시 거의 기대를 하지 않았던 탓이다.

"방금 자혜한테 연락이 왔습니다. 화룡신검을 성공적으로 설득했다고 합니다. 화룡신검이 직접 나서서 감숙 쪽으로 들어오는 마인들을 막는 데 힘을 보태기로 했답니다."

"그거 잘되었군, 허허허허. 자혜의 능력이 하늘에 닿았어.

이렇게 중요한 일을 맡기기만 하면 즉시 해결해 버리니 말이야. 허허허허."

사마자문은 혁무길의 말에 기분 좋게 웃다가 문득 사마자혜의 상황이 떠올랐다. 이렇게 능력이 있으면 뭐 하는가. 어차피 천망단에서 썩어가고 있는데 말이다.

혁무길은 사마자문의 안색이 살짝 어두워지자 의아한 표정을 지었다.

"자네, 왜 그러는가? 걱정되는 일이라도 있는 겐가? 그런 게 있으면 말해보게. 내 힘닿는 데까지 도와줄 테니까 말일세."

사마자문은 난감한 표정을 지었다.

'맹주님께서 알아차리실 정도로 표정에 마음이 드러났다니, 확실히 자식 일이 얽히니 내 맘대로 조절이 되지 않는구나.'

사마자문이 아무런 말도 못하자 혁무길은 더 의아한 생각이 들어 재차 물었다.

"정말로 무슨 일이 있나 보군. 대체 무슨 일이기에 그러는가? 혹시 자혜의 일인가?"

혁무길이 계속 묻자 사마자문은 결국 고개를 끄덕이고 말았다.

"자혜가 천망단에 들어갔습니다."

"천망단?"

혁무길의 눈이 휘둥그레졌다. 천망단이라니, 사마자혜 같은 인재가 왜 천망단에 간단 말인가. 물론 천망단도 중요한 조직임에는 분명하다. 그들이 모아들이는 방대한 정보는 무림맹의 중요 사안을 정리하는 데 막대한 도움을 준다. 하지만 사마자혜와 같은 능력자는 더 중요하고 핵심적인 정보를 다루는 것이 옳다.

"대체 천망단에는 왜 보낸 건가. 천망단의 정보 또한 비조각으로 가게 되어 있을 텐데."

사마자문이 더욱 난감한 표정을 지었다. 혁무길이 자신의 말을 제대로 이해하지 못했기 때문이다. 하긴 어떻게 그것을 단숨에 받아들일 수 있겠는가. 자신 역시 아직까지도 믿기 어려운데 말이다.

"맹주님, 자혜는 천망칠십오대로 갔습니다."

혁무길의 표정이 묘해졌다. 전혀 예상치 못했던 말이었다. 사마자문은 씁쓸한 표정으로 말을 이었다.

"흑월검마가 내건 조건이었습니다."

혁무길의 눈이 분노로 일렁였다.

"자네는 그런 말도 안 되는 조건을 받아들였단 말인가!"

"자혜가 모든 상황을 끝내고서야 보고를 했습니다. 손쓸 방법이 거의 없었습니다."

"허어, 아무리 그래도 그렇지, 어떻게 그냥 손을 놓고 있을 수 있는 겐가. 조치를 취했어야지."

"자혜가 원했습니다. 제가 할 수 있는 일이라고는 비조각의 권한을 그대로 남겨주는 것뿐이었습니다."

혁무길은 한숨을 내쉬었다.

"허어, 이런 일이 있나……. 그런 상황에서 화룡신검까지 설득하다니, 자혜가 대단하긴 대단하네. 안 그런가?"

사마자문이 고개를 살짝 숙이자 혁무길이 안쓰러운 눈으로 그를 바라봤다.

"이번 일이 끝나면 적당한 방법을 찾아보게. 그런 인재를 천망단에서 썩힐 수는 없지 않나. 내가 보니 차기 군사감으로 손색이 없는 듯한데, 그쪽으로 한번 해결책을 만들어보게."

사마자문이 정중히 허리를 숙였다.

"방법을 강구해 보겠습니다."

혁무길은 그 모습에 고개를 몇 번 끄덕이다가 입을 열었다.

"그건 그렇고, 이제 어떻게 할 생각인가? 화룡신검이 감숙으로 움직여 준다면 우리는 흑마성교에 집중할 수 있겠군. 안 그런가?"

"확실히 편해지긴 하겠습니다만, 상황은 여전히 좋지 않습니다. 그 넓은 감숙을 화룡신검 혼자서 막아낼 수 있는 건 아니지 않습니까. 숨통은 트였지만 아직은 상황이 좋지 않습니다."

"하긴, 그렇겠군."

잠시 심각한 분위기가 흘렀다. 하지만 고민해 봐야 더 나올 것은 없었다. 지금은 할 수 있는 모든 걸 해보는 수밖에 없었다.

"어떻게든 화산파와 종남파는 지켜야 하네. 그 둘을 잃으면 앞으로가 너무 힘들어져."

"명심하겠습니다."

그건 사마자문이 더 잘 알고 있었다. 사마자문은 결연한 표정으로 고개를 숙였다. 무림이 폭풍에 잠겨들 날이 머지않은 듯했다.

"나 혼자 감숙으로 가라고? 가서 마인들이나 때려잡으란 말이냐? 네놈은 안 가고? 네놈이 안 가면 나도 안 간다."

우내사존 중 한 명인 화룡신검 우원길의 입에서 투정이 나오자 단유강은 잠시 어이가 없다는 눈으로 그를 바라봤다.

"나이에 맞지 않게 웬 어리광이십니까?"

"네놈도 생각을 해봐라. 나야 안휘에 있는 화룡루만 지키면 그만이다. 한데 내가 왜 감숙까지 가서 마인들과 드잡이질을 하겠다고 허락을 했겠느냐. 다 네놈 때문이다. 한데 네놈이 안 가면 내가 거길 왜 가겠느냐."

"남자가 내기에서 패배했으면 깔끔하게 인정을 하고 약속을 지켜야지, 우내사존씩이나 되는 분이 왜 이러십니까?"

"나, 이제부터 우내사존 안 한다. 네놈이나 해라."

"헐, 정말로 약속을 안 지키실 겁니까? 남자가?"

단유강이 의심스런 눈으로 우원길의 하체 부분을 쳐다보자 우원길의 머리카락이 불길처럼 위로 솟아올랐다.

"그 불순한 시선을 저리 치우지 못할까!"

"내가 뭘 어쨌다고 그러십니까. 아무튼 저랑 같이 움직일 생각은 마십시오. 그동안 얻은 걸 마음껏 확인할 수 있는 기회인데 왜 이리 고집을 부리시는 겁니까? 가서 감숙의 천망단원들에게 하늘이란 이런 거라고 보여주고 오시라니까요?"

"끄응, 아무튼 난 혼자서는 절대 안 간다."

단유강이 빙긋 웃었다. 그 미소를 본 우원길은 흠칫 놀랐다. 뭔가 불길한 일이 벌어질 것 같은 예감이 불현듯 스쳤다.

"그래서 동행을 준비했습니다. 아마 아주 만족하실 겁니다."

단유강의 말이 끝나기가 무섭게 단유강의 옆에 한 사람이 나타났다. 우원길은 정말로 깜짝 놀랐다. 기척을 전혀 알아차리지 못했기 때문이다. 우원길의 눈에도 마치 사람이 단유강의 옆에 갑자기 생겨난 것처럼 보였다.

"곤란한 일을 시키려고 하는구나."

나타난 사내, 종칠은 살짝 눈살을 찌푸렸다. 하지만 단유강은 아랑곳하지 않고 말했다.

"그리 어려운 일은 아니잖습니까."

"쉽고 어렵고의 문제가 아니다. 너도 잘 알지 않느냐."

"너무 잘 알아서 탈이죠. 아무튼 부탁드립니다. 마인들을 때려잡으라는 말이 아닙니다. 숙부님도 마무리를 하러 오신 거 아니었습니까?"

종칠은 묵묵히 고개를 끄덕였다. 사실 이렇게 세상에 내려온 건 그런 이유도 있었다.

"좋다, 내가 뭘 어떻게 하면 되느냐?"

"그냥 저분과 함께 다니시면 됩니다."

"따라만 다니면 된다고? 그럼 아무런 도움이 안 될 텐데?"

단유강이 씨익 웃었다.

"저분이 감숙 쪽을 지킬 겁니다. 마인의 수가 얼마나 되는지 아직 정확히 파악이 안 되었습니다. 아마 혼자서 막는 건 거의 불가능할 겁니다. 하지만 좀 빨리 이동하면 가능하지 않겠습니까?"

종칠의 얼굴이 살짝 구겨졌다.

"끄응, 제일 힘든 일을 시키는구나."

단유강과 종칠의 대화를 옆에서 계속 지켜보고 있던 우원길은 뚱한 표정으로 종칠을 노려봤다. 겉으로는 스무 살 정도로 보였다. 둘의 대화를 듣지 않았다면 단유강과 비슷한 또래로 여겼을 것이다.

"내 의견은 묻지도 않고 결정을 하는구나. 내가 허락하지 않으면 두 사람이 아무리 좋은 의견을 도출해 내도 아무 소용이 없어 보인다만."

우원길은 그렇게 말하고는 오연한 눈으로 단유강과 종칠

을 바라봤다. 단유강이 얼마나 대단한 힘을 가지고 있는지는 잘 알고 있다. 아마 예상컨대 종칠도 굉장한 강자일 것이다. 하지만 우원길은 자신이 화룡을 완전히 얻을 수 있다면 두 사람을 압도할 거라고 믿었다. 그리고 지금도 착실히 화룡이 그의 것으로 녹아들고 있었다.

"화룡을 얻은 건가?"

종칠의 말에 우원길의 눈썹이 꿈틀거렸다. 종칠은 그 모습을 보며 피식 웃었다.

"아직 반도 얻지 못했군. 앞으로 백 년쯤 애쓰다 보면 다 얻을 수도 있겠어."

우원길의 눈에서 불똥이 튀었다.

"감히!"

우원길의 몸에서 거센 불길이 일어났다. 그 불길은 용의 형상으로 소용돌이치며 우원길의 몸을 칭칭 감았다.

"그게 화룡인가?"

종칠의 말에 우원길이 득의만만한 표정을 지었다. 그리고선 마치 과시하듯 화룡의 크기를 더 키웠다. 우원길을 감싼 화룡이 용틀임을 하며 화염을 뿜었다.

종칠은 그 광경을 물끄러미 바라보다가 입을 열었다.

"이제 내 화룡을 보여주지."

우원길은 잠시 종칠의 말이 무엇을 의미하는지 알아차리지 못했다. 하지만 이내 그 뜻을 파악하고는 어이없다는 표정을 지었다. 그러나 그 표정은 순식간에 변했다.
 종칠의 몸에서 새파란 불길이 확 솟아올랐다. 그 불길은 용의 형상을 이루며 종칠의 몸을 휘감았다. 우원길이 보여준 것과 똑같은 광경이었다. 하지만 근본적으로 우원길의 화룡과 달랐다.
 우원길은 멍한 눈으로 종칠의 화룡을 바라보며 중얼거렸다.
 "마, 말도 안 돼. 어찌······."
 우원길의 화룡은 그저 용처럼 보이는 불길일 뿐이었다. 불꽃을 휘날리며 뱀처럼 불길이 길게 늘어나면 그것은 용과 비슷한 형상이 된다. 우원길의 화룡은 그것이었다.
 반면 종칠의 화룡은 전혀 달랐다. 종칠의 화룡 역시 불로 이루어지긴 했지만, 모양이 완전히 달랐다. 종칠의 화룡은 진짜 용이었다. 불길로 비슷한 모양만 만든 우원길의 것과는 근본적으로 완전히 달랐다.
 "이게 바로 진짜 화룡이다. 네가 백 년쯤 애쓰면 만들 수 있게 되는 게 바로 이놈이지."
 우원길은 입을 꾹 다물었다. 뭐라 말을 할 수 없었다. 이런 굉장한 광경을 보고 무슨 말을 하란 말인가. 게다가 자신의 화룡이 반쪽짜리도 안 된다는 것을 알았으니 그 실망감이 오죽하겠는가.
 종칠은 실망한 우원길을 바라보며 말을 이었다.

"그래도 제대로 된 수련법은 찾은 모양이군. 어설프게나마 내부의 화룡을 끌어낼 수 있다는 건 제대로 된 수련법을 익히지 않으면 불가능하지."

그나마 그 말에 조금 위안을 했다. 하지만 그 말만으로 절망감이 쉽게 사라지지는 않았다. 우원길은 멍한 눈으로 종칠과 단유강을 번갈아 쳐다봤다.

"이제 함께 가실 마음이 좀 드세요?"

우원길은 고개를 끄덕였다. 화룡을 완벽히 다룰 수 있는 사람과 함께 간다면 분명히 큰 도움이 될 것이다. 마인들을 쓸어버리는 건 자신이 알아서 다 할 수 있었다.

"이제야 마음이 좀 놓이네요. 그럼 감숙은 두 분만 믿겠습니다."

"넌 어쩔 셈이냐?"

단유강이 빙긋 웃었다.

"사천으로 가야죠."

표자흠은 지극히 만족스런 표정으로 유염천을 바라봤다.

"아주 수고했어. 정말로 대단한 일을 해냈군. 신강과 청해의 마인들을 움직였으니 이제 우리 흑마성교가 섬서를 장악하는 건 시간문제야. 때마침 철강시들도 왔으니 슬슬 일을 시작해 보자고."

"그리 하겠습니다."

유엽천은 고개를 숙이며 그렇게 대답했다. 그리고 신중한 표정으로 말을 이었다.

"너무 쉽게만 생각하시면 안 됩니다. 무림맹의 저력을 결코 무시해선 안 됩니다. 무림맹은 그 자체의 힘도 뛰어나지만 거미줄처럼 얽힌 인맥의 힘이 훨씬 더 무섭습니다."

"나도 그쯤은 알아. 아마 사천 쪽은 흑월검마가 움직이겠지. 그리고 당가도 있고 말이야. 사천 쪽은 시간만 끌어줘도 성공이야. 하지만 감숙은 그렇지 않지. 섬서가 우리에게 막혔으니 지원을 해주는 것도 쉽지 않을 테고 말이야."

"그건 그렇습니다만, 무림맹이 우내사존을 움직일지도 모릅니다. 화룡신검이 움직이려 한다는 정보를 얻었습니다."

"흥, 우내사존이 대단하긴 하지만, 그렇다고 혼자서 뭘 어쩔까. 넷이 몽땅 움직이면 얘기가 조금 달라지겠지만, 그건 불가능하잖아."

표자흠은 표정을 바꾸며 화제를 돌렸다.

"그건 그렇고, 신강과 청해를 들쑤셨는데도 천마신교가 가만히 있는 모양이군. 의외야. 어쩌면 함정일지도 모르니 철저히 감시를 해."

"이미 그렇게 하고 있습니다. 하지만 천마신교는 움직일 생각이 아예 없는 것 같습니다."

"그놈들, 대체 무슨 생각이지?"

유엽천은 잠시 뜸을 들이다가 어렵게 입을 열었다.

"어쩌면… 천하를 집어삼키려 할지도 모릅니다."

표자흠의 눈이 화등잔만 해졌다. 방금 유염천이 한 말의 의미는 조만간 전쟁이 벌어진다는 뜻이었다. 천마신교가 천하에 대한 야욕을 세우면 당연히 무림맹과 충돌하게 될 것이다.

"아직 확실치는 않습니다만, 준비를 미리 해서 나쁠 것은 없을 듯합니다."

표자흠은 흔쾌히 고개를 끄덕였다.

"좋아, 군사가 모든 걸 알아서 하도록."

"명을 받듭니다."

유염천은 고개를 깊이 숙여 인사했다. 그의 입가에 득의의 미소가 감돌았다.

第三章
전쟁

당가의 심처. 당미려가 심각한 표정으로 뭔가를 골똘히 생각하고 있었다. 그녀가 고민하는 것은 당연히 호시탐탐 사천을 노리고 있는 마인들이었다.

당가의 정보망은 단유강과 한 번 얽힌 이후, 더욱 강화되어 지금은 사천 근방에도 서서히 뿌리를 내리는 중이었다. 물론 청해 쪽은 다른 지역에 비해 정보망을 깔기가 어려웠지만, 그래도 어느 정도는 준비된 상태였다.

그러니 당가에서 청해 쪽에 비정상적으로 많은 마인들이 모여들고 있다는 사실을 아는 건 너무나 당연했다.

"이대로라면 정말로 사천으로 넘어올 기세인데……."

당가가 대충 파악한 것만 해도 마인의 수가 삼천 명에 달했다. 물론 삼천이 한군데에 모인 것은 아니었고, 여기저기 나뉘어 있긴 했지만 그들이 한꺼번에 사천으로 넘어오면 모여 있는 것보다 더 문제였다.

"자칫하면 사천이 완전히 발칵 뒤집힐 수도 있겠네?"

그건 당가가 원하는 바가 아니었다. 이제야 간신히 자리를 잡았다. 과거의 영광을 재현하기 위한 발판을 만들었는데, 지금 마인들이 쳐들어오면 그 발판 자체가 다시 부서지고 말 것이다.

"그걸 재차 복구하려면 또 얼마나 많은 시간과 돈이 들어갈지······."

그렇다고 마인들을 그냥 방치할 수는 없다. 마인들은 보통 무림인들과 다르다. 그들이 원하는 건 그저 파괴와 살육뿐이다. 그냥 방치하면 사천 자체가 회생이 불가능할 정도로 망가질 것이다. 그것 역시 당가가 원하는 바가 아니었다.

"그나저나 대체 무림맹은 무슨 생각인 거지?"

당미려는 무림맹의 심중을 전혀 이해할 수 없었다. 지금 무림맹이 하는 행태를 보면 사천 지역은 그냥 포기한 듯했다. 감숙과는 달리 사천 지역은 천망단의 움직임조차 없었다. 그들까지 몽땅 포기하지 않았다면 이런 식으로 나올 수는 없는 법이다.

무림맹이 나서지 않으면 사천은 당가가 주축이 되어 지켜내야 했다. 사천에 유수의 문파들이 있긴 했지만 그들만으로 수천에 달하는 마인들을 막아내는 건 너무나 버거운 일이었다.

문득 당미려의 뇌리에 단유강의 얼굴이 스쳐 지나갔다. 당가의 막강한 힘에도 거의 영향을 받지 않고 자유롭게 움직이는 자였다. 단유강이 구축한 독자적인 정보망은 어떤 면에서는 당가를 넘어설 정도였다. 실로 대단한 인물이었다.

"게다가 그에게는 흑월검마가 있지."

당미려는 머릿속이 환해지는 것 같아 미소를 지었다. 단유강의 기반도 사천에 있다. 그런 그가 사천이 마인들의 손에 짓밟히는 꼴을 그냥 두고 볼 리가 없었다. 그 역시 당가와 마찬가지의 입장인 것이다.

"이번 일만 제대로 해결하면 사천은 무림맹의 영향력에서 완전히 벗어날 수도 있겠구나."

위기는 곧 기회다. 무림맹이 개입하지 않은 상태에서 이번 일을 해결해 버리면 무림맹의 영향력 자체가 크게 약화될 수밖에 없다. 물론 마인을 물리치면서 당가가 힘을 많이 잃어버리면 곤란하지만 말이다.

"그럼 문제는 이 일을 어떻게 해결하느냐, 하는 건가?"

"그리고 천망단도 문제가 되겠지?"

당미려는 갑자기 뒤에서 들려온 소리에 등줄기가 오싹해졌다. 그 어떤 기척도 느끼지 못했다. 또한 굳게 닫힌 문도 열리지 않았다.

'설마 나보다 먼저 이곳에 들어와서 기다렸단 말인가? 자객인가?'

당미려는 속으로 고개를 저었다. 자객이라면 이렇게 굳이 말을 꺼낼 필요가 없다. 그저 검을 찔러 넣기만 하면 끝이다.

'절대 피하지 못했겠지. 검이 목을 꿰뚫은 후에야 알아차렸을 거야.'

당미려는 긴장한 얼굴로 천천히 고개를 돌렸다. 만일 상대가 조금이라도 달리 마음을 먹고 검을 내지르면 자신은 죽은 목숨일 것이다.

고개를 돌리는 것도 모자라 몸까지 완전히 돌아선 당미려는 그제야 뒤에 선 사람이 누구인지 볼 수 있었다. 당미려의 눈이 경악으로 커다래졌다.

"다, 당신은……!"

"오랜만이오."

그녀를 바라보며 빙글빙글 웃음 짓고 있는 사람은 바로 단유강이었다. 단유강은 언제 갖다 놨는지 의자까지 하나 가져다 느긋하게 앉아 그녀를 바라보고 있었다.

"대, 대체 언제 그곳에……!"

"뭐, 오래되지 않았소. 그나저나 무림맹에 대한 견해는 아주 잘 들었습니다."

당미려의 눈가가 파르르 떨렸다. 무림맹에 대해 중얼거릴 때 들어왔다는 뜻이다. 이렇게 의자까지 가져왔는데 못 알아차릴 정도면 얼마나 대단한 능력을 가졌는지 알 수 있다.

당미려는 놀라면서도 한편으로는 의문이 들었다. 그렇게 큰 힘을 가졌으면서 예전에는 대체 왜 그런 행동을 했는지 이해할 수 없었다. 만일 그때 힘을 드러냈다면 당미려는 결코 단유강을 허투루 대하지 않았을 것이고, 미고현에 그런 짓을 하지도 않았을 것이다.

"내가 잘생긴 건 알지만 그렇게 빤히 쳐다보면 좀 부끄러운데…… 하하하."

단유강의 말에 당미려는 퍼뜩 정신을 차렸다. 그 말대로 지금은 이럴 때가 아니었다. 이건 굴러들어온 기회 아닌가.

"이렇게 은밀한 방문을 한 건 이유가 있어서겠죠? 혹시 사천을 호시탐탐 노리는 마인들 때문인가요?"

단유강이 빙긋 웃었다.

"역시 똑똑한 사람이랑 얘기하니 진척이 빠르군."

"전 사천만 달랑 지키고 말 생각은 없어요."

"그럼 청해로 밀고 들어가기라도 할 거요?"

당미려가 고개를 저었다.

"당가는 사천 하나면 충분해요. 예전에도 그랬고, 앞으로도 그럴 거예요."

"그럼 무림맹?"

당미려가 무겁게 고개를 끄덕였다.

"맞아요. 이번 기회에 무림맹의 영향력에서 완전히 벗어나고 싶어요."

단유강이 고개를 갸웃거렸다.

"그러려면 사천의 천망단을 모두 치워야 할 텐데……. 과연 그게 가능하겠소?"

당미려가 고혹적인 미소를 머금었다.

"그러니 지금부터 그 얘기를 해야죠. 전 당신이라면 분명히 방법이 있을 거라고 믿어요. 아닌가요?"

"이거, 날 너무 과대평가하고 있는 것 같은데."

단유강이 약간 난처한 표정을 지었다. 물론 의도된 표정이었다. 그 표정을 바라보는 당미려도 그것을 충분히 알고 있었다. 당미려는 그것을 보며 회심의 미소를 지었다. 역시 예상대로 대안을 가져온 것이다.

당미려는 두근거리는 심장을 억누르며 단유강의 입에서 나올 말을 기다렸다.

"당가야 사천을 얻는다 치고, 그럼 난 뭘 얻는 거요?"

단유강의 말에 당미려는 잠시 멍한 표정을 지었다. 기대하던 것과 전혀 다른 말이 단유강의 입에서 나왔기 때문이다. 당가와 단유강의 정보 단체인 월영단이 무림맹의 영향력에서 완전히 벗어날 복안이 튀어나올 줄 알았는데, 난데없이 이득에 관한 얘기가 나오니 어리둥절했다.

"그야 자유죠. 당신의 월영단 역시 무림맹의 영향 아래에서 벗어날 수 있잖아요. 그거면 충분하지 않은가요?"

단유강이 고개를 갸웃거렸다.

"글쎄, 난 그런 거엔 관심이 없는데?"

당미려가 입을 떡 벌렸다. 그녀는 크게 당황해 다시 물었다.

"과, 관심이 없다고요? 지금 상황이 마음에 든다는 거예요? 무림맹의 눈이 곳곳에 박혀 있는 이 상황이?"

"무림맹이 딱히 무슨 나쁜 짓을 하는 것도 아니고, 마음에 안 들 건 없다고 보는데, 안 그렇소?"

단유강의 너무도 담담한 말에 당미려는 할 말을 잃었다. 하지만 내심 마음에 안 들었다. 자신만 안달하는 것 같지 않은가. 이대로라면 주도권을 단유강에게 빼앗겨 버릴 수밖에 없었다. 그건 결코 원하지 않는 상황이었다.

"그럼 그쪽이 원하는 건 뭔가요?"

단유강은 즉시 엄지와 검지를 이어 붙여 동그랗게 만든 손을 들어 올렸다. 그것이 말하는 바가 너무나 명확해서 당미려는 일순 어이없다는 표정을 지어야 했다.

"돈이란 말인가요?"

단유강은 굳이 대답하지 않았다. 돈이란 많으면 많을수록 좋다. 물론 지금도 충분하지만, 앞으로의 일을 생각하면 훨씬 더 많은 돈이 필요하다. 가능할 때 충분히 모아두어야 한다.

당미려는 한동안 단유강의 기색을 살피다가 이내 할 수 없다는 듯 고개를 저었다.
"좋아요. 원하는 액수나 말해보세요."
당가도 최근 여러 상단을 운영하며 꽤 많은 돈을 모았다. 정보망이 완성되지 않았을 때는 그렇게 모든 돈이 무한정 빠져나갔지만, 이제 대부분이 안정된 상태라 돈이 산처럼 쌓이는 시기였다. 물론 앞으로 몇 가지 일을 진행하다 보면 또 썰물처럼 빠져나가겠지만 말이다.
"알아서 정하시오. 뭐, 많으면 많을수록 좋을 거요. 그게 당가를 위해서도 좋은 일이 될 테니까."
단유강의 말에 당미려가 눈을 가늘게 뜨고 바라봤다. 단유강이 한 말의 의미를 곱씹어봤지만 선뜻 속에 담긴 뜻을 알아차릴 수 없었다.
단유강은 그런 당미려를 보며 씨익 웃었다. 말 그대로 회심의 미소였다.
"일단 사천 지방의 천망단을 흡수할 생각이오."
당미려의 눈이 화등잔만 해졌다. 천망단을 흡수한다니, 그럼 무림맹과 척을 지겠다는 뜻 아닌가.
'아니지. 꼭 그렇게 생각할 수만은 없지. 어쩌면 무림맹과 손을 잡겠다는 뜻일 수도 있어.'
어쨌든 명목상으로 단유강은 무림맹 천망단 소속이다. 무림맹의 사람인 것이다. 만일 그렇게 되면 당가는 뼈아픈 상황을 맞이하게 된다. 당가의 입장에서는 무림맹보다는 단유강이 보유한 월영단이나 단가상단이 훨씬 더 골치 아프다. 그런 존재에게 천망단이라는 힘까지 주어진다면 당가로서도 섣불리 상대할 수 없게 된다.

"무림맹이 과연 가만히 두고 보기만 할까요?"

"아마도."

단유강의 자신만만한 대답에 당미려가 살짝 놀랐다. 이렇게까지 말하는 건 뭔가가 있다는 뜻인데, 그 뭔가를 전혀 추측할 수 없었다.

"의심이 가는 것도 당연하겠지. 하지만 분명한 건 언제가 되었든 천망단은 무림맹에서 떨어져 나올 거라는 점이오."

당미려의 안색이 굳었다. 천망단은 무림맹에서 천대받고 있지만 실제로는 상당히 중요한 조직이다. 무림맹의 눈과 귀이자 손발이 되는 조직이다. 그것을 맥없이 잃어버릴 이유가 없다. 즉, 처음 예상대로 무림맹과 단유강이 손을 잡았거나, 아니면 싸우겠다는 의미다.

"무림맹과 싸울 생각인가요?"

"싸운다기보다는 아주 자연스럽게 그렇게 되도록 만들 생각이오."

"자연스럽게 천망단을 흡수한다고요? 그게 가능한가요?"

그게 가능하다면 당미려도 당장 나설 의향이 있었다. 정보망을 구축하는 것만큼이나 힘든 일이 각지에 지부를 설치하는 일이다. 무림맹 천망단을 흡수할 수 있다면 그것이 단번에 해결된다.

'하지만…….'

달리 생각하면 아예 길이 없는 것도 아니다. 천망단은 무림맹에서 상당히 천대받고 있다. 천망단원들은 단주나 부단주를 제외하면 일반적인 무사 취급도 받지 못한다. 그들의 무공 수준이 있으니 어찌 보면 당연하지만, 그 취급을 받는 당사자도 그것을 당연히 받아들이지는 않을 것이다. 그 틈을 이용하면 어쩌면 가능할지도 모른다.

'희생이 얼마나 될지는 모르지만.'

어마어마한 희생이 뒤따를 것이다. 그 막대한 희생을 과연 천망단의 무사들이 감당할 수 있을까? 묵묵히 그것을 감내할까? 당미려는 회의적인 표정으로 고개를 저었다.

"정말로 천망단을 흡수할 생각인가요? 설마 그들을 끌어들여서 마인의 침공을 막겠다는 건 아니겠죠?"

"그럴 필요까지 있겠소? 흑월검마가 있는데."

"흑월검마가 아무리 대단하다고 해도 혼자서 수천에 달하는 마인을 모두 막아낼 순 없어요."

"당가는 구경만 할 셈이오?"

그 말에 당미려는 입을 다물었다. 당가와 단유강은 힘을 모으기로 한 것이지, 한쪽이 모든 마인을 막기로 한 것이 아니다.

"좋아요. 어쨌든 일단 마인을 먼저 막아낸 다음 차근차근 다시 얘기를 하기로 해요."

단유강이 빙긋 웃었다.

"조만간 월영단의 요원 한 명을 보낼 테니 그를 통해서 서로의 움직임을 파악하도록 합시다."

단유강은 그 말을 남기고 안개처럼 흩어졌다.

그렇게 순식간에 사라진 단유강의 모습에 당미려는 멍한 눈으로 방금 전까지 단유강이 있던 곳을 바라봤다. 눈앞에서 사라지는 모습을 보면서도 아무것도 알아차리지 못했다. 심지어는 문이 열리는 기척도 느끼지 못했다.

"생각보다 훨씬 대단하구나."

당미려는 감탄을 하며 자리에서 일어났다. 일단 단유강과 손을 잡기로 한 이상, 당장 처리해야 할 일이 몇 가지 있었다. 왠지 일이 잘 풀릴 것 같은 예감에 당미려의 안색이 밝아졌다.

마인들이 가장 먼저 움직인 쪽은 사천이었다. 청해와 사천의 경계에 머물던 마인들이 일제히 사천으로 넘어온 것이다. 사천에는 당가와 월영단의 정보망이 치밀하게 깔려 있었다. 당연히 마인들이 넘어오자마자 그 정보가 당가와 천망칠십오대의 장원으로 날아갔다.

당미려는 마인들이 움직인다는 소식을 듣자마자 당가의 정예를 움직였다. 쓸데없이 수만 많아봐야 희생만 늘어날 뿐이다. 이럴 때는 정예를 투입해서 최대한 빠르게 일을 마무리하는 것이 가장 최선이라고 판단했다.

그리고 천망칠십오대의 장원에서는 단유강과 문노가 가볍게 몸을 풀고 있었고, 백설영이 한쪽에서 두 사람을 지켜보고 있었다.

"공자님, 우리는 정말로 둘만 가면 됩니까?"

"데려갈 만한 사람은 있고?"

"쓸 만한 애들이 몇 명 있습니다. 박박 긁어모으면 얼추 백은 되지 싶은데, 다들 데려올까요?"

종칠이 조금 먼 곳으로 떠난 덕분에 다시 천망단으로 돌아온 문노는 의욕이 넘쳤다. 단유강에게 뭔가 도움이 되어야 또 위기에서 구해줄 것 아닌가.

"상대는 마인들이야. 괜히 피해를 늘릴 필요는 없다."

단유강은 그렇게 말한 후, 옆에서 긴장한 얼굴로 서 있는 백설영을 바라봤다.

"그리고 설영이는 당가에 연락해서 쓸데없이 희생을 늘리지 말고 시간만 끌라고 해. 마인들이 설치지만 못하게 하면 돼. 나머지는 나랑 문노가 해결하면 되니까."

백설영은 무거운 표정으로 고개를 끄덕였다. 단유강이 얼마나 강한지 잘 알고 있다. 아니, 모른다. 그 끝이 어딘지 모를 정도로 강한 사람이다. 하지만 이번에는 상대가 좋지 않다. 마인은 인간의 탈을 쓴 마귀나 다름없다. 그런 마귀들이 수천이나 되는데 혼자서 상대하겠다고 하니 걱정이 될 수밖에 없었다.

"그런 표정 짓지 마. 걱정을 하려거든 나 말고 섬서에서 발바닥에 땀나도록 뛰고 있는 철판이한테나 해."

제갈무군의 얘기를 꺼내니 백설영이 표정이 조금 더 어두워졌다. 지금 상황에서 섬서에 있는 흑마성교가 가만히 있을 리 없기 때문이다.

"종 숙부가 감숙 쪽 일을 마무리하면 섬서로 갈 테니까 크게 걱정하지는 말고. 그리고 우리 애들이 좀 하잖아. 걔들이 힘을 합하면 아마 죽지는 않을 거야. 무림맹도 움직이고 있고 말이야."

단유강이 말하는 종 숙부가 누군지 알기에 백설영은 그제야 조금 안심을 했다. 하지만 걱정을 완전히 떨쳐 버릴 수는 없었다.

"아무튼 당가 쪽 일은 확실히 처리해 둬. 당가가 무너지면 곤란하니까."

"예, 염려 마세요."

백설영의 대답에 단유강이 만족스런 표정을 지었다. 백설영은 항상 든든했다. 이제 뒤를 완전히 맡기고 싸우러 갈 수 있을 듯했다.

"그럼 슬슬 가볼까?"

단유강이 천천히 걸어서 장원 밖으로 나갔다. 그리고 문노가 그 뒤를 따랐다.

　백설영은 두 사람이 안 보일 때까지 바라보다가 이내 월영각으로 돌아갔다. 그리고 장원의 기관과 진을 발동시켰다. 당분간 이곳은 누구도 침범할 수 없는 철옹성으로 변할 것이다.

　"마인들이 경계를 넘었습니다."
　사마자문의 다급한 보고에도 무림맹주 혁무길은 담담한 표정으로 그저 고개를 한 번 끄덕이기만 했다.
　"어느 쪽이 먼저 움직였나?"
　"사천입니다."
　처음 예상했던 대로였다. 사천에서 시간을 끌고 감숙 쪽에서 결판을 낼 거라 예측했고, 그대로 이루어졌다.
　"감숙 쪽은 어떤가?"
　"아직은 조용합니다만, 조만간 움직일 것 같습니다."
　"흑마성교는 어쩌고 있나?"
　"분위기가 심상치 않습니다. 아마 감숙 쪽의 마인들이 움직이면 바로 일을 벌일 듯합니다."
　혁무길이 안타까운 표정을 지었다.
　"화산파와 종남파가 위험할 수도 있겠군."
　그래도 화룡신검을 끌어들여서 그나마 괜찮다. 감숙 쪽에 몰려드는 마인을 처리하려면 무림맹도 상당수의 무사들을 보낼 수밖에 없는데, 화룡신검 덕분에 그것을 최소로 줄여 이제 남은 여력은 섬서로 돌릴 수 있게 되었다.

"천마신교는 어떨 것 같은가?"

사실 최근 천마신교가 보여준 것만으로 추측하면 그들은 도움을 주면 줬지, 천하를 도모하겠다고 나서지는 않을 것이다. 사마자문도 그런 느낌이 들었다. 하지만 군사는 느낌만으로 일을 처리해선 안 되는 법이다.

"일단 그쪽도 뭔가 방비를 해야 할 듯합니다. 최대한 맹의 힘을 남겼으니, 그들이 도발을 해오더라도 그리 간단히 당하지는 않을 것입니다."

혁무길이 무거운 표정으로 고개를 끄덕였다.

"그렇겠지. 아니, 그래야지."

두 사람은 내심 마음이 무거워졌다. 이번 일이 끝나고 나면 어떤 식으로든 무림의 정기가 크게 훼손될 것 같았다. 흑마성교나 사천과 감숙으로 밀려드는 마인들, 그리고 천마신교까지. 어느 하나 예사로운 게 없었다. 게다가 아직 모습을 드러내지 않고 암중에 숨어 있는 혈교의 무리까지 있지 않은가.

"혈교가 제일 큰 문제일세."

"그렇긴 합니다만, 아직 그들이라고 확신할 수는 없습니다."

"그러기를 바라야지."

방안에 무거운 공기가 감돌았다. 이윽고 혁무길이 입을 열었다.

"백호단과 청룡단은 지금 어디 있나?"

"섬서에 있습니다. 흑마성교와 싸울 준비를 끝냈다는 보고를 얼마 전에 받았습니다."

혁무길은 잠시 고민했다. 사천에서는 지금 당가가 본격적으로 움직이고 있다. 아마 그냥 내버려 둬도 어렵지 않게 상황이 마무리될 것이다. 하지만 감숙 쪽은 그렇지 않다.

'고작 화룡신검 혼자서 상황을 끝낼 수 있을 리 없지.'

감숙 쪽으로 오는 마인의 수와 질이 심상치 않다는 보고는 이미 받았다. 사천은 미끼고 감숙이 진짜라는 뜻이다. 물론 그렇다고 사천에 신경을 안 쓰면 그건 그것대로 큰일이겠지만.

"감숙으로 보내게."

"예?"

사마자문은 갑작스런 맹주의 말에 깜짝 놀랐다.

"청룡단과 백호단을 감숙으로 보내란 말씀입니까? 그럼 섬서가 초토화될 수도 있습니다!"

"피해가 적기를 바라야지. 어쩔 수 없네. 그렇다고 감숙을 마인들에게 내줄 수는 없지 않은가."

"감숙에는 화룡신검이 있습니다. 우내사존은 결코 쉽게 당하지 않습니다."

"그는 당하지 않겠지. 하지만 수많은 문파들이 당할 걸세.

그리고 감숙을 잃어버리면 결과적으로 천마신교가 감숙에 들어설 핑계를 만들어주게 되네. 섬서야 언제든 다시 되찾을 수 있지 않겠나."

"그야 그렇지만······."

사마자문은 순간 머릿속이 혼란스러웠다. 섬서는 하남이나 호북과 맞닿아 있다. 나중에 압박을 하기도 쉬운 곳이다. 하지만 아무리 그렇다 하더라도 이렇게 그냥 포기하는 건 곤란했다.

"빨리 끝내 버리지. 현무단도 움직이게. 일단 감숙을 최대한 빨리 마무리한 다음, 섬서를 지원하는 걸로 하지."

사마자문은 어쩔 수 없다는 표정을 지었다. 맹주의 마음이 확고하게 선 이상, 그냥 따를 수밖에 없었다. 그리고 생각해 보면 혁무길의 결정이 그렇게 크게 잘못된 것도 아니었다. 아니, 어떻게 생각하면 훨씬 합리적이었다.

"명을 이행하겠습니다."

사마자문은 결국 고개를 숙이며 그렇게 대답했다.

무림맹의 움직임은 속속 사마자혜에게 전해졌다. 그리고 그렇게 전해진 정보는 고스란히 백설영에게 들어갔고, 백설영은 그것을 잘 정리하고 추려서 단유강에게 보고했다.

단유강이 비록 미고현에 있는 것은 아니었지만 언제든 백설영의 보고를 받을 수 있었다. 전서구를 이용한 정보망이 사천 내에는 아주 촘촘하고 치밀하게 짜여 있었다.

사천 각지에는 월영단 지부가 있었고, 월영단 지부와 월영단 총단인 미고현과는 항시 전서구를 이용해 정보를 주고받았다. 단유강이 사천 어디를 가든 자신의 종적을 숨기지만 않으면 근방에 있는 월영단 지부의 정보원이 찾아가 정보를 전달할 수 있는 체계가 확실하게 잡혀 있었다.

"이거 무림맹이 완전히 작정을 했네."

"왜요? 무림맹은 안 움직이겠답니까?"

"아니, 섬서는 포기하고 감숙으로 몰려갈 모양이야."

"예? 그럼 섬서에 있는 우리 애들은 어쩝니까?"

"걔들 그렇게 약하지 않아. 걱정할 거 없어. 철강시 몇 구로는 끄떡없어."

"그야 그렇지만, 거긴 철강시만 있는 게 아니지 않습니까?"

"화산파랑 종남파는 가만히 있겠어? 그리고 섬서에 문파가 한둘도 아니고. 괜찮아, 버틸 수 있어. 어쩌면 그동안 겪어보지 못했던 위기를 넘어서면서 크게 발전할 수도 있고."

문노는 고개를 갸웃거리긴 했지만 결국 단유강의 말을 인정했다. 그가 생각해도 제갈무군이나 연백철, 그리고 하후량, 하후령 형제의 무위는 그리 녹록치 않았다. 흑마성교가 아무리 대단하다 하더라도 그들이 힘을 모으면 충분히 버틸 수 있을 것이다.

"그런데 그놈들이 과연 힘을 합해서 대처할까요?"

단유강이 씨익 웃었다.

"결국은 하겠지, 죽기 싫으면. 이번 싸움이 끝나면 그놈들 꽤 친해지겠는데? 하하하."

단유강은 즐겁게 웃으며 걸음을 서둘렀다. 일단 사천의 일을 최대한 빨리 끝낼 생각이었다. 말은 그렇게 하지만 섬서의 일이 아예 걱정 안 될 수는 없었다.

단유강과 문노의 신형이 빨랫줄처럼 늘어나더니, 순식간에 점이 되어 사라졌다.

당충평은 긴장한 얼굴로 수풀 사이에 숨어 전방을 주시했다. 당가와 월영단의 정보망을 총동원해 마인들의 움직임을 파악했고, 그중 한 무리가 곧 이쪽을 지날 거라는 연락을 받았다.

지금 당충평이 이끌고 온 무사들은 모두 오십 명이었다. 그 자신까지 합하면 쉰하나였다. 정보에 의하면, 이곳으로 오는 마인의 수는 스물이라고 했다. 수적 우위가 대단하지만, 그래도 상대는 마인이었다. 마인에게 고작 두 배 반의 차이는 없는 거나 다름없었다.

"꿀꺽."

당충평은 마른침을 삼켰다. 소리를 최대한 죽였지만 스스로가 느끼기엔 마치 천둥이 치는 것 같았다. 마인들에게 이기기 위해선 기습이 최선이었다. 기습에 실패하면 이번 싸움은 진 것이라고 봐야 했다.

'초반에 다섯은 잡아야 한다, 어떻게든.'

아무런 피해도 없이 다섯을 죽일 수 있다면 그 뒤로는 어찌어찌 이길 수 있을 것 같았다. 물론 이곳으로 오는 마인들의 수준이 그리 높지 않아야 가능한 가정이지만 말이다.

한참 동안 긴장감에 잠겨 있던 당충평의 눈이 번득였다. 멀리서 숲으로 들어오는 일단의 무리를 발견한 것이다. 당충평은 그들을 확인하고서는 당황을 금치 못했다. 예상했던 것보다 수가 훨씬 많았다.

'스물이 아니잖아! 백 명은 되겠다!'

당충평은 놀란 눈으로 주위를 살폈다. 숨어 있는 무사들도 그것을 발견하고 당충평과 똑같은 표정을 지었다. 지금 상황에서는 기습을 해봐야 아무런 효과도 거두지 못하고 개죽음을 당할 뿐이다.

'기다린다.'

당충평은 손을 살짝 들어 자신을 주목하고 있는 무사들에게 신호를 보냈다. 일단 기다렸다가 저들이 지나간 뒤에 천천히 추적해서 다음 길목에 매복한 동료들이 기습을 할 때에 뒤를 치는 게 최선이라고 판단했다.

기습을 위해 준비한 것들을 모두 쓸 수 없게 된 것이 아깝긴 했지만 어쩔 수 없었다.

미인들이 그들 근처를 지나갔다. 마인답게 온몸에서 마기를 풀풀 풍겨내고 있었다. 마인들을 상대할 때 기습이 효과적인 이유가 바로 그것이었다. 마인은 온몸에서 마기를 풍겨내기 때문에 숨은 자들의 기척을 쉽게 알아차리지 못했다. 물론 경지에 이른 자라면 얘기가 달라진다. 바로 지금처럼 말이다.

"멈춰!"

마인 중 한 명의 외침에 모든 마인들이 일제히 걸음을 멈췄다.

당충평은 가슴이 철렁 내려앉았다. 방금 전 외침에 실린 내력이 심상치 않았기 때문이다. 아마 상당한 수준의 마공을 익힌 듯했다. 그가 매복한 무사들의 기척을 읽어냈으리라.

"쥐새끼 같은 놈들이 숨어 있구나. 지금 당장 나서면 고통 없이 목을 잘라주마. 만일 숨어 있다가 걸리면 팔다리 뽑히는 걸로는 끝나지 않을 것이다."

섬뜩한 내용의 말을 아무렇지도 않게 내뱉는 마인의 서슬에 숨은 무사들이 동요했다. 하지만 그들은 당가의 정예. 당충평의 명 없이 함부로 나서거나 움직이는 사람은 한 명도 없었다.

"큭큭큭큭, 쥐새끼들."

마인의 무리 중에서 한 명이 앞으로 나섰다. 숨 막힐 듯한 마기를 줄기줄기 뿜어대며 당충평과 당가 무사들이 숨은 곳을 정확히 노려보는 마인의 모습에 당충평은 결국 몸을 일으켰다. 이대로 앉아서 당하면 피해가 더 클 것이 자명했다. 당충평 뒤로 당가 무사들이 하나둘 일어나기 시작했다.

"과연 쥐새끼처럼 생겼구나."

마인이 그렇게 말하며 눈가에 비웃음을 걸었다. 당충평은 욱하고 뭔가가 치밀어 올랐지만 화를 꾹 눌러 참았다. 그리고 차분한 눈으로 마인들을 살폈다.

'응?'

당충평은 눈에 이채를 띠었다. 자세히 보니 마인들 중 절반 정도는 그 행색이 상당히 처참했다. 여기저기 찢어진 옷에 상처도 상당했다. 그리고 온몸이 먼지로 가득했다.

"크하하, 마침 잘됐구나. 뭣들 하는 거냐! 어서 저놈들을 제압하지 않고!"

마인의 명에 당충평은 더욱 명확히 상황을 인식했다. 이들은 자신들을 인질로 삼아 위기에서 벗어나려 하고 있었다. 어쩌면 근처에 당가에서 파견한 고수들이 있을지도 몰랐다.

챙!

당충평은 검을 뽑았다. 그리고 다른 한 손에 암기를 한 움큼 쥐었다. 최대한 발악을 해봐야 했다. 도망가다가는 오히려 더 빨리 죽거나 제압당할 뿐이다.

"물러서지 마라! 죽기 전에 한 놈이라도 지옥으로 끌고 가라!"

당충평의 외침을 신호로 당가 무사들의 손에서 수많은 암기들이 허공을 가르고 날아갔다.
 슈슈슈슈슈슉!
 채채채채챙!
 마인들은 암기를 각자의 무기로 쳐내며 당가 무사들에게 짓쳐들었다. 그리고 두 집단이 격렬하게 충돌했다.
 쩌저저정!
 챙! 챙! 챙!
 무기와 무기가 부딪치는 소리가 숲을 뒤흔들었다.
 싸움의 흐름은 금세 마인들 쪽으로 흘러갔다. 숨 막히는 마기 속에서 싸우는 당가 무사들은 금세 손발이 어지러워졌다. 그런데다가 수까지 마인들이 많으니 당해낼 수가 없었다.
 당충평은 어려움 속에서도 이를 악물고 싸웠다. 마인들을 그나마 제대로 상대할 수 있는 사람은 그뿐이었다. 하지만 그 역시도 금방 위기를 맞았다. 처음 나섰던 마인, 가장 강한 마인이 당충평에게 달려들었다.
 "크하하하! 쥐새끼가 여기 있었구나!"
 마인의 외침에 당충평이 눈을 부라리며 소리쳤다.
 "네놈이 더 쥐새끼처럼 생겼다!"
 마인의 안색이 딱딱하게 굳어지며 온몸에서 살기가 흘렀다.
 "감히 날 쥐새끼 따위에 비교하다니, 네놈은 곱게 죽이지 않겠다."

마인의 검에 막대한 마기가 몰려들었다. 당충평은 그것을 보고 얼굴이 창백해졌다. 지금 자신을 향해 날아오는 마기 가득한 검을 막을 자신이 없었기 때문이다. 당충평은 이를 악물고 검을 마주 쳐갔다.

쾅!

폭음이 일었다.

당충평은 멍한 눈으로 저 멀리 날아가는 마인의 모습을 바라봤다. 방금 전의 격돌로 마인이 날아갈 거라고는 생각도 못했다. 하지만 더 놀라운 일은 지금부터 시작이었다.

쾅! 쾅! 쾅! 쾅!

폭음이 연달아 울렸다. 그리고 그렇게 폭음이 울릴 때마다 마인들이 하나둘 날아갔다. 마인들이 날아가는 방향은 매우 일정해서 한곳에 정신을 잃거나 죽은 마인들이 산처럼 쌓여갔다.

"이런, 힘을 너무 많이 줬나?"

당충평은 목소리가 들려온 쪽으로 고개를 돌렸다. 그의 눈은 여전히 멍한 채였다. 그의 시선이 향한 곳에 노인 한 명이 뒷짐을 지고 서 있었는데, 언제 손을 썼느냐는 듯 여유 가득한 모습이었다. 당충평은 퍼뜩 정신을 차리고 급히 포권을 취했다.

"구해주셔서 감사합니다."

당충평의 인사에 노인, 문노가 손을 휘휘 저었다.

"됐다. 어차피 한편인데. 그나저나 혹시 살아남은 놈 있나 확인 좀 해라."

문노의 말이 떨어지기 무섭게 당충평과 당가 무사들이 산처럼 쌓인 마인들에게 우르르 몰려갔다. 그들은 마인들을 하나하나 끌어내며 숨을 살폈다.

당충평은 모든 마인을 확인한 후, 문노에게 달려가 보고를 했다.

"두 명을 제외하고 모두 숨이 끊어졌습니다."

"뭐, 두 명은 살렸으니 그나마 괜찮군. 죽은 놈은 태우고, 산 놈은 혈도를 제압해서 데려가라."

문노는 그 말을 남기고 홀연히 사라졌다. 아직도 돌아봐야 할 곳이 산더미였다. 기습에 성공한 곳은 성공한 대로, 또 실패한 곳은 실패한 대로 손쓸 일이 많았다. 그 모든 곳을 다 돌아보려면 몸이 열 개라도 모자랐다.

문노가 사라진 뒤에도 당충평은 한동안 아무것도 못하고 멍하니 서 있었다. 문노가 사라지는 모습도 보지 못했다.

"저… 대주님, 이제 어떻게 할까요?"

무사 중 하나가 묻자 당충평은 정신을 차리고 능숙하게 지시를 내렸다.

"일단 시체부터 태우자. 불길이 번지지 않게 준비를 해라. 그리고 살아남은 마인 두 놈은 다음 집결지로 데리고 간다. 서둘러."

당충평의 명에 따라 당가 무사들이 분주히 움직이기 시작했다. 그들의 움직임에는 생기가 흘러넘쳤다. 당연했다. 죽을 거라 여겼는데, 아무도 죽지 않고 살아남았다. 심지어 크게 다친 사람도 없었다. 마치 오늘 다시 살아난 기분이었다.

단유강은 기감을 퍼뜨리며 느긋하게 걸어갔다. 단유강이 향하는 곳은 사천으로 넘어온 마인들의 본대가 있는 곳이었다. 단유강은 마인들이 뿔뿔이 흩어져서 오지만은 않을 거라 생각했다. 분명히 큰 힘을 한데 모아 사천을 강하게 휘몰아칠 본대를 준비했을 거라고 판단했다.

"역시 생각대로로군."

단유강은 회심의 미소를 지었다. 월영단과 당가의 모든 정보를 살피고 머리를 굴려서 찾아낸 몇 군데 길을 샅샅이 뒤졌고, 결국 이렇게 찾아냈다.

훌쩍 몸을 날린 단유강은 근처에 있는 가장 높은 나무 꼭대기로 올라섰다. 그리고 방금 발견한 쪽으로 기감을 모아 쏘아냈다. 점점 확실한 마인들의 정보가 속속 머리에 새겨지기 시작했다.

"대략 이천인가? 많기도 하군."

이곳에서 꽤 멀리 떨어진 곳에 마인들이 진을 치고 있었다. 그들은 다른 마인들이 뿔뿔이 흩어져 사천을 흔드는 동안 본격적으로 큰 타격을 줄 기회를 노리고 있는 듯했다.

"일단 근처에 숨어서 좀 지켜봐야겠군. 혼자서 몽땅 처리하기에는 너무 많아. 도망가기라도 하면 곤란하고 말이야."

단유강은 그렇게 중얼거리며 나무에서 슬쩍 뛰어내렸다. 그 순간 그의 몸이 허공에 녹아들어 갔다.

사백광은 사천 쪽으로 들어온 마인들을 총괄하는 자였다. 그는 마인들 사이에서도 강자로 이름을 날렸다. 또한 피를 취하는 걸로도 유명했다.

사백광은 천마신교의 핍박에 대항하던 마인 중 하나였다. 그는 수많은 마인들을 모아 천마신교의 정책에 정면으로 반대하는 자였다.

그런 그가 사천으로 넘어간다고 하니, 피와 광기를 탐하는 마인들이 따라가는 건 어찌 보면 당연한 일이었다.

사백광을 자발적으로 따라온 마인의 수만 삼백이 넘었다. 물론 나머지는 혈교와 흑마성교가 은밀히 펼친 공작을 통해 모은 마인들이었다.

그렇게 사천에 가까운 마인을 모았고, 이천을 제외한 나머지는 몇십 명 단위로 뿔뿔이 흩어서 사천 전역으로 보내 버렸다. 그들은 알아서 분탕질을 칠 것이다.

사백광은 마인들 한가운데 앉아 혈광이 번득이는 눈으로 사방을 둘러보고 있었다. 그의 입가에는 비릿한 미소가 끊이지 않았다.

"극명, 당가 쪽 상황은 어떤지 알아봤느냐?"

여극명은 사백광 옆에 시립하고 있다가 그의 물음이 떨어지기 무섭게 품에서 서찰 하나를 꺼내 공손히 내밀었다.

사백광은 그것을 받아 펼쳤다. 그의 입가에 걸린 미소가 조금 더 비틀렸다.

"아무 동요가 없다? 이 정보, 확실한가?"

"당가 근처에 있는 조력자들이 보내온 정보입니다. 내부적으로는 어떤지 모르나, 겉으로는 확실합니다."

"그래? 이상하군. 지금쯤 사천 곳곳이 피에 잠겼을 텐데 말이야."

"아직 섣불리 단정할 수는 없습니다. 당가에서도 정예를 움직였습니다. 우리의 수가 많다고 하지만, 그들도 만만치 않습니다."

사백광은 코웃음을 쳤다.

"흥, 아무래도 상관없다. 우리는 그저 우리 할 일만 하면 돼. 그게 전부다. 우리는 그저 사천을 흔들고 당가를 부순 다음 차근차근 무림맹에 관계된 놈들의 피를 뽑아 마시면 충분해."

사백광과 마인들은 사천을 치는 대가로 흑마성교와 대등한 단체를 만들 수 있도록 지원받기로 했다. 사천 쪽을 치는 마인과 감숙 쪽을 치는 마인이 따로 있으니, 총 두 개의 단체가 더 생기는 셈이었다.

사백광은 사실 최근 절박한 상황에 처해 있었다. 천마신교에서 들어오는 압박이 상당했기에 이대로 가다가는 그저 허무하게 목숨만 잃어버릴 수도 있는 상황이었다. 그런 상황 속에서 이런 제안은 가뭄에 단비와 같았다.

"사흘쯤 더 기다렸다가 바로 당가를 향해 출발한다. 아마 그때쯤이면 우리가 대놓고 활보를 해도 변변히 막아설 놈도 남아 있지 않을 거야."

여극명은 그 말에 고개를 숙였다. 그 역시 그렇게 생각했다. 이천에 가까운 마인들이 사천 곳곳에서 난리를 피우고 있는 상황이다. 사흘도 너무 많다. 이틀 정도면 사천의 무가들은 거의 마비될 것이다.

"좋아, 오늘은 다들 충분히 쉬게 해. 근처에 마을이 있나?"

"백 리 안에 세 개의 마을이 있습니다."

사백광이 이를 드러내며 웃었다.

"좋군. 그 세 마을을 접수해. 이놈들 더 굶주리면 통제가 불가능해진다. 마을 세 개면 적당하군. 정리하고 피를 취하게 해."

"존명."

여극명은 기꺼운 얼굴로 대답하고는 돌아서서 마인들에게로 향했다. 잠시 후, 마인들이 있는 쪽에서 함성이 들려왔다. 사백광은 마기가 잔뜩 담긴 함성을 들으며 기분 좋게 눈을 감았다.

그렇게 얼마나 시간이 지났을까.

마인들은 몇 무리로 나뉘어 각각 마을을 찾아 나섰다. 이천이나 되는 마인들 중 움직이지 않고 남은 자는 수십에 불과했다. 사백광은 눈을 뜨고 남은 마인들을 살폈다. 그들은 모두 사백광과 마찬가지로 가부좌를 틀고 앉아 마공을 운기하고 있었다. 사백광은 그들을 보며 비틀린 미소를 지었다. 이들 역시 자신과 마찬가지의 부류였다.

"역시 피는 모든 일이 끝났을 때, 천천히 즐기면서 마셔야 제맛이지. 크크크크."

사백광의 눈에 일순 광기가 돌았다. 하지만 이내 광기가 잠잠하게 가라앉았다. 사백광은 마기를 다스리며 다시 눈을 감으려 했다.

"응?"

사백광은 감으려던 눈을 크게 치켜뜨고 자리에서 벌떡 일어났다. 그리고 고개를 돌려 한쪽을 바라봤다. 그곳에는 언제부터 서 있었는지 사내 한 명이 담담한 미소를 머금은 채 사백광을 바라보고 있었다.

"네놈은 누구냐?"

사백광은 긴장했다. 서 있는 사내의 몸에서 그 어떤 기세나 기운도 느껴지지 않았기 때문이다. 적어도 자신보다 윗줄의 고수임이 분명했다.

어느새 다른 마인들도 모두 일어나 긴장한 눈으로 서 있었다.

"서른 정도로군. 몸 풀기로는 딱 적당하겠어."

사내, 단유강은 그렇게 중얼거리며 빙긋 웃었다. 너무나 고맙게도 사백광이 알아서 마인들을 사방으로 흩어주었다. 이곳에는 서른 명 정도의 마인만 남아 있을 뿐이었다. 이들을 처리하는 데는 반 각이면 충분했다.

"자, 시간 없으니까 빨리 빨리 가자고. 마을 사람들을 다시 집에 돌려보내려면 빠듯하니까."

단유강의 말에 사백광은 뭔가 이상함을 눈치챘다.

"마을 사람들을 돌려보내? 그게 무슨 말이지? 설마 근방에 있는 마을에서 사람들을 대피시킨 건가? 내가 이렇게 나올 줄 알고?"

"뭐, 비슷해. 그보다 빨리 끝내자고. 바쁘다고 했잖아."

단유강은 더 이상 기다릴 생각이 없었다. 말을 마침과 동시에 사백광을 향해 몸을 날렸다.

"어딜!"

사백광은 단유강을 향해 검을 뻗었다. 막대한 마기가 그의 검을 통해서 쏟아져 나갔다.

단유강은 가볍게 손을 휘젓는 것으로 그 마기를 모두 흩어버렸다. 그리고 사백광 앞에 도착해서 진한 미소를 지었다.

사백광은 크게 당황하며 검을 휘두르려 했지만 단유강이 훨씬 빨랐다.

퍽!

 그리 크지도 않은 소리였다. 하지만 사백광에게는 그 어떤 소리보다 더 크게 들렸다. 그것은 그의 단전이 깨지며 마공이 흩어지는 소리였기 때문이다.

 "끄으으."

 사백광이 비틀거리며 뒤로 물러났다. 단유강은 더 이상 그를 쫓지 않았다. 그럴 필요가 없었다. 단전이 박살 나고 마공이 깨진 이상 그는 마인이라 할 수도 없었다.

 단유강이 돌아서서 남은 마인들을 바라보며 씨익 웃었다.

 남은 마인 중 절반은 단유강을 향해 달려들었고, 남은 절반은 몸을 돌려 도망치기 시작했다. 단유강은 그럴 줄 알았다는 듯 도망치는 자들을 향해 몸을 날렸다.

 쉬쉬쉬쉬쉭!

 단유강의 검이 민활하게 움직였다. 도망가는 마인들의 등에서 핏줄기가 뿜어져 나왔다. 열다섯이나 되는 마인이 거의 동시에 쓰러졌다. 단유강은 즉시 몸을 돌려 자신을 향해 달려들었다가 목표가 사라져 우왕좌왕하고 있는 마인들을 덮쳤다.

 퍼버버버버벅!

 그들의 가슴에서 핏줄기가 솟구쳤다.

 그것으로 싸움이 끝났다.

 쿠구궁!

삼십여 명의 마인들이 거의 동시에 쓰러졌다. 그들이 쓰러진 자리가 흥건하게 피로 젖어갔다.
"생각보다 약하네. 강한 놈들은 마을로 간 건가?"
사백광은 믿을 수 없는 지금의 현실에 창백한 얼굴로 고개를 저었다.
"이, 이럴 수가……!"
지금까지 이런 공포를 느껴본 적이 없었다. 그동안 공포를 주기만 했지, 받아본 것은 처음이었다. 그 생소한 감정에 사백광은 다리가 후들후들 떨려왔다. 그리고 단전에서 일어나는 통증 때문에 몸을 움직일 수도 없었다.
단유강은 그런 사백광을 향해 천천히 걸어갔다.
"오, 오지 마!"
사백광은 그렇게 외치며 뒤로 물러나려다 뒤로 넘어져 바닥에 주저앉았다. 그렇게 앉은 채로 다리와 엉덩이를 움직여 열심히 뒤로 물러났다. 하지만 아무리 그렇게 움직여 봐야 단유강이 걷는 속도보다 빠를 수는 없었다.
어느새 사백광 앞에 선 단유강은 그의 목에 검을 겨눴다.
"너한테 이 짓을 하라고 시킨 놈이 누구지?"
단유강의 물음에 사백광은 잠시 멍한 표정을 지었다. 그리고 이내 가슴 깊은 곳에서 삶에 대한 욕구가 샘처럼 솟아났다.
"비, 비검운이라고 했다."

"비검운?"

단유강은 살짝 눈살을 찌푸렸다. 비문위라는 이름은 들어봤지만 비검운은 처음이었다.

"하긴, 한 놈만 움직일 리는 없지. 혈교가 어떤 곳인데."

단유강은 다시 서늘한 눈으로 사백광을 노려봤다. 사백광은 단유강의 눈빛에 움찔 몸을 떨며 뒤로 주춤 물러났다.

"그놈과 다시 연락할 방법은 알고 있겠지?"

사백광은 잠시 머뭇거렸다. 그렇게라도 해서 시간을 좀 끌어야 했다. 그래야 자신이 살아날 확률이 높아진다. 마을로 갔던 자들이 돌아오면 상대가 아무리 괴물 같은 놈이라 하더라도 어쩔 수 없을 것이다. 이천이나 되는 마인을 홀로 상대할 수 있는 자는 존재하지 않을 테니까.

"무슨 생각을 하는지 알겠는데, 쓸데없는 일이니까 하던 말이나 계속해."

단유강의 말에 사백광이 흠칫 놀랐다. 마치 자신의 마음을 꿰뚫어 본 것 같았다. 단유강은 그런 사백광의 눈을 똑바로 노려보며 말을 이었다.

"다 네 덕분이야. 알아서 부하들을 흩어줘서 고마워. 아까 물었지, 마을 사람들을 피신 시켰냐고?"

단유강이 고개를 끄덕였다.

"그래, 피신시켰지. 그럼 마을에 사람이 없으니 그곳에 간 놈들이 금방 돌아올 것 같지?"

단유강은 고개를 저었다.

"절대 그럴 일 없으니까 안심해도 돼. 이 근방에 있는 마을 세 군데에다 진을 펼쳐 놨거든. 위험한 진은 아니지만 빠져나오기가 상당히 까다로운 진이지. 아마 며칠은 꼼짝도 못할 거야. 그러니까 괜히 힘 빼지 말고 순순히 말해. 목숨은 살려줄 테니까."

사백광은 단유강의 말을 믿을 수 없었다. 진이라니, 진이 뉘 집 개 이름도 아니고, 그렇게 간단히 뚝딱 펼쳤다는 걸 어찌 믿으란 말인가.

"의심도 많군."

단유강은 사백광의 뒷덜미를 잡고 몸을 날렸다. 사백광은 갑작스런 단유강의 행동에 깜짝 놀랐지만 얼마 지나지 않아 그 행동의 의미를 알 수 있었다.

두 사람이 도착한 곳은 근방에 있다는 마을 근처였다. 마을이 있던 곳은 뿌연 안개로 뒤덮여 있었다.

"의심나면 들어가 보던가. 아마 빠져나오는 게 만만치 않을 거야."

사백광은 이제 믿을 수밖에 없었다. 마을은 분명 진으로 둘러싸여 있었다. 그렇지 않다면 저렇게 딱 마을만 감싸는 안개가 존재할 리 없었다.

사백광의 체념어린 표정을 확인한 단유강이 씨익 웃으며 다시 물었다.

"이제 대답할 맘이 좀 생겨? 비검운이라는 놈, 어떻게 하면 만날 수 있지?"

질문을 하는 단유강의 눈이 먹이를 노리는 맹수의 그것처럼 빛났다.

第四章
천망칠십오대의 활약

"사천 쪽의 상황이 대부분 종결되었습니다."

사마자문의 보고에 혁무길은 정말로 깜짝 놀랐다. 지금 감숙에 투입한 무림맹의 전투 부대들은 아직도 그쪽의 마인들과 치열하게 싸우고 있었다. 한데 아무런 도움도 주지 않은 사천 쪽의 상황이 벌써 끝났다니, 믿을 수가 없었다.

"그게 정말인가? 당가의 힘이 그 정도로 대단했나? 전혀 예상 밖이로군."

"온전히 당가의 힘만은 아닙니다. 흑월검마가 움직인 모양입니다."

"흑월검마라……. 아무리 그가 우내사존과 비등한 무위를 가졌다 해도 혼자서 뭘 할 수 있겠나. 당가의 힘이 없다면 불가능한 일일세."

"그건 그렇습니다만, 드러난 정황만으로 보면 당가의 힘은 결코 그 정도가 아닙니다. 만일 당가가 의도적으로 힘을 숨기고 마인들을 물리쳤다면 그들의 힘은 상상을 초월할 정도가 됩니다."

사마자문은 그런 사실을 인정할 수도, 이해할 수도 없었다. 당가가 최근 급부상하고 있으며, 힘을 꾸준히 키워왔고, 또 강력한 것도 맞지만 이 정도는 아니었다.

"하면 자네 생각은 흑월검마의 무공이 우리가 예상했던 것보다 더 높다는 것인가?"

"흑월검마의 무공이라기보다는 힘이 대단한 것 같습니다."

힘이라는 것에는 무공도 있지만 다른 여러 가지가 포함된다. 돈도 힘이고, 사람도 힘이다. 사마자문은 흑월검마가 사천에 이뤄놓은 세력이 상당할 거라고 판단했다. 단가상단을 봐도 그렇고, 이번에 당가와 함께 움직인 것도 개별적으로 정보 단체를 운영하지 않으면 불가능한 일이었다.

"어쨌든 사천은 해결이 되었으니 다행 아닌가. 흑월검마나 당가가 천하를 뒤집어엎겠다고 나선다면 모를까, 지금 상황에서는 좋은 것 아닌가? 적어도 사천을 통해 마인이 쳐들어올 가능성은 이제 거의 없을 테니까 말일세. 안 그런가?"

"그건 그렇습니다만……."

사마자문은 혁무길의 반응에 대해서는 충분히 이해했다. 혁무길은 그런 사람이었다.

만일 자신이 맹주 자리에 앉아 있었다면 다른 고민들을 했을 것이다. 당가나 흑월검마의 힘이 강해지면 향후 무림맹의 위상이나 영향력에 문제를 미칠 수도 있었다. 그것들을 경계하고 고려해서 모든 걸 정리했을 것이다.

하지만 혁무길은 그렇지 않았다. 혁무길이 가장 중요하게 여기는 것은 무림 천하의 안녕과 평화였다. 당가의 힘이 강해지면 무림맹의 영향력은 줄어들지 몰라도 평화를 유지하는 데에는 더 큰 도움이 될 것이다. 사천 쪽으로 들이는 힘을 대폭 줄일 수 있으니 단기적으로는 무림맹에도 이득이다.

'하지만 나까지 그렇게 따라가면 안 되지.'

혁무길은 계속 이렇게 해주면 된다. 그리고 궂은일, 또 독한 일은 다 자신이 떠안으면 된다, 지금까지 그래왔듯이.

"당가에 연락을 해보게. 사천이 해결되었으면 감숙이나 섬서에도 도움을 줄 수 있지 않겠나?"

사마자문은 고개를 숙였다. 이 또한 자신이었다면 내리지 않았을 결정이다. 자칫 당가의 힘이 감숙이나 섬서까지 뻗어 나갈 수도 있기 때문이다. 하지만 혁무길으로서는 아무렇지도 않게 내릴 수 있는 결정이었다. 혁무길이 생각하기에는 당가의 힘을 이용하는 것이 이번 일을 가장 빨리, 또 가장 적은 희생으로 마무리할 수 있는 방법이기 때문이다.

"일단 연락은 해보겠습니다만, 아마 그들도 쉽지는 않을 것입니다. 그들도 아직 뿔뿔이 흩어진 마인들을 모두 잡아내지 못했습니다. 처음에 얼마나 많은 마인이 들어왔는지 파악이 불가능한지라 완벽히 처리하는 데에는 어려움이 많을 것입니다."

혁무길은 대수롭지 않다는 듯 말했다.

"주작단의 힘을 빌려주게. 그리고 천망단도 있지 않나. 정보를 제공하고 당가로부터는 힘을 받도록 하게."

사마자문이 쓴웃음을 지었다. 결국은 이렇게 될 줄 알고 있었다. 그는 결국 공손히 고개를 숙이며 대답했다.

"명대로 이행하겠습니다."

단유강의 활약 덕분에 사천의 상황이 일찍 종결된 데에 반해 감숙 쪽은 난전의 연속이었다.

사천으로 들어온 마인의 수는 고작 사천 정도였지만 감숙으로 들어온 마인은 육천이 훌쩍 넘어갈 정도로 많았다. 그나마 무림맹에서 청룡단과 백호단을 비롯해 현무단까지 지원을 해줬고, 화룡신검이 동분서주하며 활약을 했기에 큰 피해 없이 막아내고 있었다.

하지만 마인들의 수가 워낙 많고 수십 명에서 수백 명 단위로 쪼개서 감숙 곳곳으로 스며들었기 때문에 무림맹이나 화룡신검은 상당히 애를 먹고 있었다.

그렇게 감숙의 상황이 수렁 속으로 빠져들 무렵, 섬서의 흑마성교가 움직이기 시작했다.

연백철은 불만 어린 눈으로 제갈무군을 바라봤다.

"아니, 형님. 갑자기 그렇게 상단의 활동을 전면적으로 중단해 버리면 어떡합니까?"

"그럼 흑마성교가 저렇게 발광을 하는데 속 편하게 장사나 하고 있을래? 그놈들이 누굴 노리는지 몰라서 그래?"

"우리를 노린다는 건 알지만 우리도 충분히 스스로 지킬 수 있는 힘이 있잖습니까?"

연백철의 말에 방에 함께 있던 하후량, 하후령 형제도 크게 고개를 끄덕였다. 그들도 제갈무군의 방침에 불만이 있었다. 지금까지 갈고닦았던 실력을 제대로 점검해 보고, 실전을 통해 뭔가 발전할 수 있는 실마리를 잡아가고 있었는데 그것이 모두 중단되니 마음이 조급해졌다.

제갈무군은 그런 세 사람의 불만을 들으며 고개를 끄덕였다. 그리고 진정하라는 듯 양손으로 가볍게 허공을 다독였다.

"자자, 뭘 원하는지는 잘 알고 있으니까 진정들 하시고, 우선 내 말을 잘 들어보라고."

제갈무군은 세 사람이 자신에게 집중하자 눈을 빛냈다.

"흑마성교에서 철강시를 잔뜩 풀고 있어."

철강시라는 말에 세 사람의 눈이 번득였다.
"철강시?"
"놀라지 말라고. 철강시를 무려 천 구나 풀었어. 지금 그놈들이 절반씩 나뉘어서 화산파와 종남파로 향하고 있다고."
섬서를 장악하는 가장 빠른 방법이 바로 화산파와 종남파를 제거하는 것이다. 그만큼 섬서에는 그 두 문파의 그림자가 컸다. 그밖에도 섬서에 있는 유수의 문파나 무가들도 대부분 화산파나 종남파와 연결되어 있었다.
"이놈들이 본격적으로 야욕을 드러내는군요."
"그렇지. 아마 사천이랑 감숙의 일도 흑마성교와 꽤 연관이 있을 거야. 시기가 참으로 공교롭지 않아?"
그것은 대부분의 사람들도 충분히 예상하고 있던 것이었다. 그래서 흑마성교가 움직였음에도 그리 놀랍지는 않았다. 어차피 예정된 수순이었다.
"그쪽은 수가 많고 우리는 달랑 네 명뿐이야. 그러니 어떻게 해야겠어? 그냥 보고만 있을까?"
제갈무군의 말에 나머지 세 명의 눈이 활활 타올랐다. 제갈무군은 그것을 보며 만족스런 표정으로 고개를 끄덕였다.
"이제 슬슬 작전을 짜보자고. 화산파랑 종남파를 간단히 내줄 수야 없잖아. 안 그래?"
제갈무군의 입가에 짓궂으면서도 신비로운 미소가 맴돌았다.

"젠장, 대주님이 있었다면 훨씬 더 쉽고 편하게 해치울 수 있었을 텐데."

제갈무군은 그렇게 중얼거리며 분주히 손을 놀렸다. 그는 지금 진을 설치하는 중이었다. 시간이 별로 없었다. 이렇게 짧은 시간에 진을 설치하는 것은 처음이었기 때문에 불안한 마음이 컸다. 하지만 실패는 용납할 수 없었다.

"고작 이 정도 범위에 이렇게 단순한 진을 설치하는 것도 버거우니, 원."

제갈무군은 진을 설치하면서 자신의 한계를 절감했다. 그리고 앞으로 그 한계를 넘어서려면 얼마나 죽을힘을 다해야 하는지 벌써부터 암담했다. 그래도 포기할 수는 없었다. 제갈무군의 목표는 어디까지나 천하제일진법가였다.

"지금은 대주님 발끝에도 못 미치지만, 언젠가는 최고가 되고야 만다."

제갈무군은 이를 악물고 진을 설치했다. 애쓰고 또 애쓴 덕분에 목표로 했던 시간에서 반 각이나 단축시킬 수 있었다. 제갈무군은 기쁜 얼굴로 자신이 펼친 진을 바라봤다.

"부디 제대로 돌아가야 할 텐데……."

진이 제대로 돌아가는지 확인할 시간이 없었다. 이제 조금 있으면 철강시들이 떼로 몰려올 것이다. 제갈무군은 긴장한 눈으로 넓게 펼쳐진 들판을 바라봤다. 이내 지평선 끝에 새까만 점들이 나타나기 시작했다.

"왔군."

제갈무군은 급히 몸을 숨겼다. 이제는 저들을 이 진 안으로 유인하는 것만 남았다. 별다른 손을 쓰지 않아도 진에 뛰어들어 주면 좋겠지만 그럴 가능성은 아마 거의 없을 것이다.

콩알만 한 점이었던 것들이 점점 커졌다. 그리고 이내 그것들은 흑의를 입은 거무튀튀한 사내들이 되었다. 철강시들이었다.

제갈무군은 재빨리 철강시들을 살폈다. 아직 제대로 된 철강시가 아닌지라 반드시 강시들을 부릴 존재가 필요했다. 무려 오백 구나 되는 철강시이다 보니 부리는 사람도 최소한 다섯은 필요했다. 제갈무군은 어렵지 않게 그들을 찾을 수 있었다. 목표는 바로 그들이었다.

"멈춰라! 이놈들!"

제갈무군은 갑자기 모습을 드러내고 철강시들을 향해 장(掌)을 연달아 내갈겼다.

퍼버버벙!

강렬한 폭음과 함께 앞에서 달려가던 철강시들이 잠시 주춤했다. 하지만 그뿐이었다. 철강시들은 달리는 걸 멈추지 않았다.

제갈무군은 철강시를 조종하는 강시술사들을 살폈다. 그들은 잠시 놀란 기색이었지만 이내 입에 비웃음을 물고 피식 웃었다. 그들은 제갈무군을 그냥 무시하고 가기로 했다. 오백 구나 되는 철강시를 혼자서 어쩔 수 있겠는가.

그렇게 그냥 지나가려는 그들의 속셈을 제갈무군이 모를 리 없었다. 제갈무군은 이럴 때를 대비해 미리 준비해 둔 한 수가 있었다. 제갈무군이 손을 번쩍 들어 올리자 그의 손에서 불꽃이 쏘아져 나갔다.

푸슉!

긴 꼬리를 단 불꽃이 하늘 높이 솟구쳤다. 그리고 그것을 신호로 수많은 화살이 하늘을 새까맣게 메웠다.

강시술사들은 크게 당황했다.

"어서 날 지켜라!"

그들은 철강시를 이용해 하늘에서 날아오는 화살들을 막아냈다. 아무리 강력한 화살이라도 철강시의 몸에는 티끌만 한 상처도 낼 수 없었다.

"으하하하! 어떠냐! 여길 그냥 지날 수 있겠느냐!"

제갈무군이 호기롭게 외쳤다. 강시술사들은 제갈무군을 처리하지 않고는 이곳을 지나기 어렵겠다고 생각했다.

활을 쏘는 자들은 이곳에서 상당히 멀리 떨어진 곳에 있는 듯했다. 그들은 제갈무군이 쏘는 신호를 기준으로 화살을 날려 보내는 것이 분명했다. 즉, 제갈무군만 죽이면 더 이상 화살이 날아올 일이 없는 것이다.

"저놈을 먼저 죽여라!"

누군가의 명령이 떨어졌다. 백 구의 강시가 제갈무군을 향해 달려들었다. 제갈무군은 강시들의 공격을 이리저리 피하며 조금씩 물러났다. 그리고 다시 손을 하늘로 들어 올렸다.
푸슉!
불꽃이 하늘을 수놓는 순간, 강시술사들이 화들짝 놀랐다.
"어서 날 지켜!"
철강시들이 그들의 몸을 감쌌고, 그 순간 하늘을 새까만 화살이 메웠다.
터더더더덩!
화살비가 한차례 지나간 후, 강시술사들은 더 이상 참을 수 없다는 듯 일제히 명령을 내렸다.
"저놈을 죽여!"
강시들이 일제히 움직였다. 그리고 이번엔 강시술사들도 함께 움직였다. 따로 떨어져 있다가 자칫 다시 화살 공격을 받기라도 하면 큰일이기 때문이다. 강시들 옆에 있으면 언제든 화살을 막아낼 수 있으니 비교적 안심할 수 있었다.
제갈무군은 회심의 미소를 지으며 재빨리 도망갔다. 그리고 그 뒤를 강시들이 닿을락 말락 한 거리에서 뒤쫓았다.
그렇게 잠깐 아슬아슬하게 도망치던 제갈무군은 위치를 가늠하고는 순식간에 거리를 벌렸다. 제갈무군을 쫓아가던 강시술사들은 깜짝 놀랐다. 제갈무군이 실력을 속이고 있다는 걸 깨닫자 불길한 느낌이 들었다.

그리고 그 순간 그들이 지나치던 땅에서 눈부신 빛이 솟구쳤다. 강시술사들은 당황해서 그 자리를 벗어나려고 했지만 이미 늦었다. 그들은 그대로 진에 빠져들었다.

"성공이다! 으하하핫!"

제갈무군은 크게 웃으며 달리는 걸 멈추고 돌아섰다. 철강시들은 더 이상 제갈무군을 쫓지 않고 강시술사들이 갇힌 진 근방을 헤매고 다녔다.

지금 제갈무군이 설치한 진은 사실 철강시들에게는 전혀 쓸모가 없었다. 해서 제갈무군이 노린 것은 철강시가 아니라 강시술사들이었다. 그리고 계획에 따라 다섯이나 되는 강시술사를 몽땅 진에 가둘 수 있었다.

"아주 제대로 걸려들었군. 아마 고생 좀 할 거다."

제갈무군은 기분 좋은 미소와 함께 천천히 강시들에게 다가갔다.

강시술사들은 정신이 하나도 없었다. 사방이 안개였고, 가끔 안개를 뚫고 뭔가가 날아오는 것 같았다. 그게 뭔지 알아볼 수는 없었지만 너무나 두려웠다. 그들은 서로의 모습도 볼 수 없었기에 섣불리 움직이지 않고 강시만 열심히 불렀다.

"여기서 날 꺼내달란 말이다! 뭣들 하는 거냐!"

강시술사들이 아무리 그렇게 외쳐도 강시들은 그들 앞에 나타나지 않았다. 결국 그들은 걸음을 옮기며 진을 빠져나갈 방도를 모색해야 했다. 하지만 아무리 돌아다녀도 소용없었다. 그들은 안개에 갇힌 채, 하염없이 강시만 불렀다.

"이거 너무 쉽잖아."
텅!
제갈무군이 휘두른 검에 강시의 목 하나가 또 날아갔다. 일단 목이 잘리면 철강시는 더 이상 제 기능을 하지 못한다. 참수(斬首)는 철강시를 죽이는 가장 간단하고 명료한 방법이었다.

철강시들은 우왕좌왕하고 있었다. 자신들의 주인이 뭔가 명령을 내리는 것 같은데, 그것이 제대로 전달되지 않아 혼란이 가중되었다.

제갈무군은 바로 옆으로 다가가 검을 휘둘러도 전혀 알아차리지 못하는 철강시를 차근차근 해치워 나갔다. 아무리 간단하다고 해도 무려 오백 구나 있었다. 그걸 모두 처리하려니 시간이 정말로 만만치 않게 걸렸다.

"아참, 그나저나 그 사람들은 잘 돌아갔으려나 모르겠네."
제갈무군은 이곳에 펼친 함정을 제대로 하기 위해 활과 화살을 준비했다. 미리 치밀하게 계산해서 딱 이곳으로 화살이 떨어지게 설치를 해뒀다. 대기하던 사람들은 그저 몇 가닥의 줄만 끊으면 끝이었다. 팽팽하게 당겨져 있던 시위가 자동으로 화살을 하늘로 날리게 되어 있었다.

딱 두 번 쓸 수 있게 해뒀기에 더 쓰고 싶어도 쓸 수 없었다. 만일 강시술사들이 제갈무군을 쫓지 않고 기다렸다면 이 유인 작전은 실패할 확률이 상당히 높았다.

제갈무군은 품에서 통 하나를 꺼내 하늘로 향했다.

푸슉!

이번에는 푸른 불꽃이 하늘에 길게 선을 그었다. 돌아가라는 신호였다. 이 신호를 본 사람들은 서안의 단가상단 분점으로 돌아갈 것이다. 그리고 자신의 성공을 알릴 것이다.

제갈무군은 빙긋 웃으며 다시 검을 휘둘렀다. 그의 검에서 엷은 검강이 일어나 철강시의 목을 단번에 날려 버렸다.

제갈무군은 진법을 이용해 종남파로 향하는 철강시들을 무력화시켰다. 하지만 화산파 쪽으로 이동하는 철강시들을 막아야 하는 연백철과 하후량, 하후령은 그럴 능력이 없었다. 그들이 할 수 있는 것은 그저 열심히 검을 휘두르는 것뿐이었다.

"하압!"

쩡!

연백철은 손이 저릿저릿해지는 것을 느끼며 인상을 썼다. 철강시는 정말로 강했다. 한 구를 상대하는 것도 쉽지 않았다. 물론 일대일이라면 상황은 금방 끝났을 것이다. 하지만 지금은 사방에서 밀려드는 철강시를 막으며 싸워야 했다. 이건 정말로 힘든 싸움이었다.

만일 몰려드는 자들이 강시가 아니라 사람이었다면 이렇게까지 힘들지는 않았을 것이다. 한 사람을 여럿이서 한꺼번에 공격하는 건 생각보다 쉽지 않다. 정교한 합격술을 익히지 않으면 오히려 서로의 공격이 방해가 될 수도 있기 때문이다.

하지만 철강시는 그런 게 없었다. 자신의 공격이 동료의 몸에 적중되더라도 전혀 동요하지 않았다. 아니, 아예 그런 것 자체를 신경 쓰지 않았다. 두려움이 없으니 공격이 훨씬 매서웠고, 그런 공격을 막으며 싸우려니 정말로 죽을 맛이었다.

"젠장! 이걸 어떻게 다 막아!"

연백철은 이를 갈았다. 제갈무군은 자신들 셋이 나서면 철강시를 충분히 막을 수 있을 거라고 했다. 철강시들을 모두 쓰러뜨릴 필요는 없었다. 그저 막아내기만 하면 된다.

제갈무군이 세운 계획은 단순했다. 진법을 이용해 종남파로 향하는 절반의 철강시들을 막고, 화산으로 향하는 남은 절반의 철강시들은 힘으로 눌러 버리는 것이다.

철강시 오백 구를 힘으로 물리치는 걸 아무나 할 수 있을 리 없다. 더구나 고작 세 명이서 그것을 해낼 수는 없다. 지금쯤 화산파와 종남파의 고수들이 이쪽으로 달려오고 있을 것이다. 그들과 힘을 합쳐 철강시들을 막아내는 것이 최종 계획이었다.

이 계획의 핵심은 모두 힘을 모아 한꺼번에 철강시와 싸우는 데 있었다.

흑마성교의 계획은 각기 오백 구의 철강시로 화산파와 종남파에 심각한 타격을 주는 것이다. 비록 오백 구나 되는 철강시지만 그들만으로 화산파나 종남파를 완전히 무너뜨릴 수는 없었다. 구대문파의 힘은 그 정도로 대단했다. 물론 흑마성교가 지금 쓰고 있는 철강시들이 완전치 않아서 제 능력을 온전히 발휘하지 못하는 이유도 있긴 했지만.

"크윽! 그런데 이거, 정말 오긴 하는 건가?"

연백철은 이를 철강시들의 파상적인 공세를 간신히 막아내며 중얼거렸다. 철강시들이 연백철과 하후량, 하후령을 계속해서 공격하는 이유는 딱 하나였다. 세 사람이 강시술사들을 노리고 있기 때문이었다.

강시술사들은 이대로 빠르게 이동하면 자신들이 당할 수도 있다는 위기감에 어떻게든 세 사람을 죽이려고 안달이 났다. 강시들에 둘러싸인 상태에서도 약간의 빈틈만 생기면 득달같이 자신에게 돌진해 오는 서슬 퍼런 공격에 강시술사들은 강시들로 장벽을 치고 세 사람을 죽이려 무던히 애쓰고 있었다.

쩌저정!

연백철은 검을 휘둘러 강시들의 공격을 한꺼번에 막아냈다. 그가 익힌 천망검법은 이런 상황에서 굉장한 힘을 발휘했다. 천망검법을 익힌 건 연백철뿐만이 아니었다. 하후량과 하후령도 그 검법을 익혔다. 덕분에 어찌어찌 막아내고는 있지만 이대로 가면 오래지 않아 파탄이 드러나고 말 것이다.

'이대로는 안 돼. 뭔가 돌파구가 있어야 해.'

연백철은 이를 악물고 주위를 살폈다. 시선이 분산되자 금세 손발이 어지러워졌다. 몸에 작은 상처가 몇 개 늘어났다. 하지만 연백철은 더욱 면밀히 사방을 주시했다.

"일단, 저기로!"

연백철은 드러난 빈틈을 찾아 몸을 날렸다. 순식간에 첫 번째 포위에서 벗어났다. 하지만 철강시의 수가 너무 많아 포위를 돌파해도 별 소용이 없었다. 물론 그건 연백철도 잘 알고 있는 사실이었다. 하지만 연백철은 포기하지 않았다. 그가 노리는 것은 포위를 벗어나는 것이 아니었다.

'좋아, 가능성이 있어.'

연백철은 다시 검에 신경을 집중했다. 또 다른 빈틈을 노리기 위해선 집중력이 생명이었다.

한동안 검을 휘두르던 연백철의 눈이 또 빛났다.

'이번에도 내가 원하는 방향이다.'

연백철은 즉시 빈틈을 찌르며 포위에서 벗어났다. 그리고 다시 포위되기 전에 추뢰보를 극성으로 펼쳐 몇 발 더 이동했다. 그렇게 이동하고 나니, 연백철은 하후량 근처에 도착할 수 있었다. 연백철과 하후량의 눈이 마주쳤다. 두 사람은 동시에 고개를 끄덕였다.

"하아압!"

쩌저저정!

서걱!

연백철과 하후량의 검이 동시에 폭풍처럼 몰아쳤다. 그리고 그 여파로 인해 두 사람 사이에 큰 빈틈이 생겼다. 그 와중에 철강시 한 구의 목이 날아가기도 했다.

연백철과 하후량은 서로 등을 맞대고 섰다. 훨씬 싸움이 편해졌다. 뒤를 완전히 맡길 수 있는 동료가 있다는 건 굉장한 힘을 더해주었다.

두 사람은 다시 검을 휘둘러 철강시를 막아냈다. 그러면서 조금씩 하후령이 있는 곳으로 이동을 시작했다. 둘이 힘을 합하니 이동은 훨씬 쉬웠다. 그렇게 하후령까지 합류하고 나니, 엄청나게 싸움이 편해졌다. 그리고 천망검법의 새로운 묘용을 깨달을 수 있었다.

'이건……!'

'검진(劍陣)!'

처음에는 못 느꼈다. 아니, 검진이 아니었다. 그저 서로 등을 맞대고 천망검법의 검로에 따라 정신없이 검을 휘둘렀을 뿐이었다. 하지만 각자 휘두르는 초식의 검로가 중첩되고 검로와 검로가 얽히기 시작하면서 천망검법이 묘하게 변화하기 시작했다.

서로의 검로에 방해가 안 되도록 신경을 쓰기 시작하면서 부터였다. 근처에 있는 사람이 어떤 초식을 펼칠 때 가장 방해가 안 되는지 고민했고, 그동안 천망검법에 열심히 매달린 덕분에 그 답도 수월하게 찾아낼 수 있었다.

 그렇게 세 사람의 초식이 교묘하게 맞물리자, 그들을 중심으로 기의 파장이 퍼져 나가기 시작했다.

 후우웅.

 천망검법은 공격보다는 방어에 중점을 둔 검법이다. 그리고 그런 천망검법으로 이루어진 검진, 천망검진은 공방의 조화를 이루었다. 아니, 검로만 보면 방어가 훨씬 강력해진 것이 맞다. 하지만 기의 흐름까지 살피면 꼭 그렇지 않았다. 방어가 단단해진 만큼이나 공격이 강해졌다.

 '아아! 절묘하다!'

 연백철은 속으로 외쳤다. 절묘하다는 말로밖에 표현할 수 없었다. 서로가 서로의 검로를 읽고 교묘하게 검로가 얽혀들어 가니, 마치 세 명이 아니라 십여 명이 동시에 협공을 하는 것 같은 효과를 주고 있었다.

 그뿐만이 아니었다. 천망검법에 실린 기의 흐름이 얽히면서 전혀 새로운 기운을 만들어냈다. 그 기운은 강렬한 파장을 일으켰으며, 그 파장은 날카로운 검기가 되어 사방을 휩쓸었다. 실로 소수가 다수를 상대하는 훌륭한 검진이었다.

 어느새 세 사람의 주변에 있던 철강시들의 팔다리가 잘려 나갔다. 그리고 목이 잘린 채 바닥을 뒹구는 철강시들도 늘어가기 시작했다.

세 사람은 그렇게 점점 무아지경에 빠져들었다.

"응?"

연백철은 문득 정신을 차렸다. 눈앞을 휙휙 지나가는 검이 보였다. 조금 더 정신을 가다듬은 후에야 그것이 검이라는 것을 알 수 있었다. 그것은 자신의 검이었다.

"아!"

쉴 새 없이 강시들의 공격을 막아내고 있는 것은 분명히 자신이었다. 한데 마치 정신이 붕 뜬 것처럼 일체감이 느껴지지 않았다. 멀찍이 떨어져서 관조하는 느낌이었다. 아니, 실제로도 그랬다. 연백철은 하늘에서 싸움을 내려다보고 있었다.

정교하게 맞물리며 강시들의 공격을 완벽하게 차단하는 검진, 그리고 검과 검 사이에서 일어난 검기가 서로의 힘을 북돋고 예기를 가다듬으며 사방으로 짓쳐드는 모습은 그야말로 장관이었다.

연백철은 그렇게 하늘에서 세 사람의 검진을 지켜보다가 갑자기 큰 깨달음을 얻었다. 그것은 천망검진으로 비롯한 깨달음이었지만, 결국은 천망검법에 관한 것이기도 했다. 천망검법과 천망검진은 둘이 아닌 하나였다. 검진이 곧 검법이고, 검법이 곧 검진이었건 것이다.

그렇게 깨달음을 얻은 순간, 연백철의 몸에서 눈부신 빛이 뿜어져 나왔다. 연백철은 다시 자신의 몸과 일체화되었고, 마치 구름을 밟는 것처럼 가벼운 움직임으로 검법을 펼쳤다.

쉬가가가각!

연백철의 검에 닿는 것은 모조리 잘려 나갔다. 순식간에 주변에 모여든 철강시들이 수급을 잃고 뒤로 날아갔다. 그리고 세 사람의 검진으로 인해 만들어진 검기도 훨씬 날카롭게 벼려졌다. 그것은 이미 검기의 수준을 넘어서는 것이었다.

하후량과 하후령은 이 갑작스러운 변화에 깜짝 놀랐다. 두 사람 역시 가벼운 깨달음을 얻었지만, 연백철만큼은 아니었다.

그리고 그 순간, 멀리서 함성이 들려왔다.

"저기다! 쳐라!"

"단 한 구도 남겨두지 마라! 세상에 절대 나와선 안 되는 마물들이다!"

세 사람의 입가에 미소가 그려졌다. 결국 해낸 것이다. 화산파와 종남파의 무인들이 올 때까지 버텨냈다. 잠시 후, 수많은 검기와 검강이 날아들었다. 화산파와 종남파에서 보낸 무인들은 고르고 골라 뽑은 정예들이었다. 그들은 강했다.

순식간에 철강시들이 무너져 내렸다. 연백철과 하후량, 하후령은 더 이상 몰려드는 철강시가 없자 환하게 웃으며 철강시를 조종하는 강시술사들을 찾아 몸을 날렸다.

화산파와 종남파 무인들이 들이닥친 덕에 더 이상 철강시들이 강시술사를 엄밀히 보호할 수 없게 되었다. 그리고 그렇게 허술해진 경계를 뚫지 못할 세 사람이 아니었다. 그들은 싸움을 시작하기 전보다 훨씬 강해진 상태였다.

그렇게 치열했던 철강시와의 싸움이 마무리를 향해 달려갔다.

"이대로 흑마성교까지 박살 내버립시다."

화산파의 장로 한 명이 말하자, 종남파에서 나온 장로들 중 몇이 그 말에 동조했다.

"그들의 가장 강한 무기인 철강시를 모조리 없앤 이상, 충분히 상대할 수 있소. 그렇게 합시다."

"그럽시다. 이번 기회에 이곳 섬서에서 우리의 위치가 어떤지 확실히 알려줄 필요가 있소."

종남파와 화산파는 각각 세 명씩의 장로를 이번 일이 파견했다. 단가상단의 요청만으로 움직였다고 하기에는 너무나 과한 결정이었다.

그들이 이끌고 온 제자들의 수도 각각 이백 명에 달했다. 무공이 출중한 제자들만 엄선했기에 그들이 가지는 힘은 정말로 어마어마하다고 할 수 있다. 그런 굉장한 힘을 일개 상단의 요청만으로 움직였다고 하기에는 무리가 있었다. 더구나 단가상단에서는 그 어떤 대가도 약속하지 않았다.

'꿍꿍이가 있었나 보군.'

연백철은 그렇게 생각할 수밖에 없었다. 연백철은 슬쩍 고개를 돌려 하후량과 하후령을 바라봤다. 두 사람은 그저 묵묵히 돌아다니며 철강시의 잔해를 살피고 있었다. 철강시는 끈질긴 마물이다. 목이 잘리지 않는 한, 언제든 다시 살아날 수 있다. 두 사람은 그런 일이 발생하지 않게 확인 작업을 하고 있었다.

바로 이렇게 말이다.

서걱!

하후량의 검이 아직 완전히 잘리지 않은 철강시의 목 하나를 잘라냈다. 절반 이상이 잘리긴 했지만 언제든 다시 일어날 것이다. 철강시의 재생력을 무시하면 큰일이 날 수도 있다.

'정말 대주님은 대단하시다니까. 어떻게 이런 것까지 다 알고 계시는 건지…….'

그들이라고 철강시에 대해 잘 알고 있을 리 없다. 모든 것은 단유강이 설명했기에 알 수 있었다. 단유강은 철강시의 속성에서부터 그것의 장단점과 상대하는 방법까지, 세심하게 설명해 주었다. 덕분에 이번 일도 이렇게 성공적으로 마무리할 수 있었고 말이다.

'그나저나…….'

연백철은 눈살을 찌푸리며 화산파와 종남파 장로들이 하는 양을 지켜봤다. 그들은 고작 철강시와의 싸움 하나만으로 흑마성교의 힘을 재단했다. 사실 흑마성교가 가진 힘은 철강시만으로 판단할 수 없다. 그들이 가진 진짜 힘은 마인들이었다.

 문제는 마인들의 힘이 폄하되고 있다는 점이었다. 이번에 신강과 청해에 있던 마인 수천 명이 사천과 감숙으로 몰려왔다. 그중 사천에 온 마인들이 완전히 몰살당했다는 소식에 은연중 마인들이 별것 아니라는 소문이 돌았다.

 '무시하면 큰일이 날 텐데. 그렇지 않다면 아직까지 감숙의 마인들을 해결하지 못할 이유가 없잖아.'

 화산파나 종남파도 바보가 아닌 이상 사천과 감숙의 차이를 통해 마인의 힘을 그리 단순하게 재단할 수 없다는 건 잘 알고 있었다. 하지만 지금 이곳에 모인 무인들은, 아니, 장로들은 그것과는 별개로 기세를 이용하고 싶어했다.

 연백철이 묵묵히 그들을 지켜보고 있을 때, 장로들이 의견을 통일했고, 그중 한 명이 연백철에게 다가왔.

 "어떤가? 자네들도 함께 가야겠지? 아마 자네들이 함께 간다면 큰 힘이 될 걸세. 내 무림맹에 찾아가 자네들의 공을 맹주께 직접 말씀드리겠네. 아니, 원한다면 내 맹주님을 만나는 자리에 자네들을 데려갈 수도 있네."

 누구라도 거절하기 어려운 조건이었다. 무림맹주와의 만남. 정파는 물론이고, 무림에 발을 들인 무사라면 누구라도 원하는 것이었다. 하지만 연백철은 씁쓸한 표정으로 고개를 저으며 정중히 포권을 취했다.
"죄송합니다. 말씀은 감사하나 전 대주님께 받은 명령을 수행해야 합니다."
장로가 눈살을 찌푸렸다.
"대주라면 자네가 속한 천망단의 대주를 말함인가? 이상하군. 자네, 정말로 천망단인가?"
"그렇습니다."
화산파 장로는 그 말을 믿을 수가 없었다. 그가 연백철을 끌어들이려는 이유는 연백철이 철강시와 싸우는 모습을 봤기 때문이다.
천망검진을 펼쳐 철강시와 대적하는 모습을 본 것은 아니었고, 화산파와 종남파가 들이닥쳐 진형이 무너진 철강시를 학살하는 과정에서 연백철과 하후량, 하후령이 활약하는 모습을 봤을 뿐이었다.
하지만 그것만으로도 연백철을 비롯한 세 사람의 무위가 얼마나 대단한지 알아보는 데는 충분했다. 그가 판단하기에 그 정도라면 최소한 무림맹에서도 청룡단이나 백호단의 부단주는 될 법한 무위였다. 한데 고작 천망단의 일개 대원이라니, 믿을 수가 없는 게 당연했다.
그렇게 한 번 이상하게 생각하고 나니, 이제는 의심이 들기 시작했다. 그렇게 고강한 무공을 가진 사람이 뭐가 아쉬워 천망단에 남아 있단 말인가. 그리고 무림맹에서 지금까지 이들을 그냥 둔 걸 보면 아직 무림맹에 정식으로 보고하지도 않았다는 뜻이었다.

"자네, 정체가 뭔가?"

"천망칠십오대의 대원입니다."

더 생각할 것도 없다는 듯 대답하는 연백철의 말에 화산파 장로는 결국 인상을 썼다.

"그걸 묻는 게 아니지 않은가. 자네처럼 강한 사람이 왜 천망단에 남아 있느냔 말일세. 정체를 들키면 안 될 이유가 있어서 그런 건 아닌가?"

연백철이 빙긋 웃었다. 어찌 보면 비웃음처럼 보일 수도 있는 애매한 미소였다.

"제가 정체를 숨기고자 했다면 이런 자리에서 목숨을 걸고 철강시들과 싸울 이유가 없지 않습니까?"

"혹시 또 모르지, 이제 슬슬 정체를 드러낼 시기가 되어서 물 타기를 하는지도. 그럴 듯한 생각 같지 않은가?"

연백철은 더 이상 대답할 가치를 느끼지 못했다. 지금 화산파 장로는 자신이 함께 가지 않는다고 트집을 잡으려 애쓰는 것 같았다. 시간 낭비였다.

"제가 속한 천망칠십오대가 어떤 곳인지 나중에 알아보시기 바랍니다. 그럼 전 이만 가보겠습니다. 임무가 급해서요."

연백철은 다시 한 번 포권을 취한 후 돌아섰다. 화산파 장로가 붉게 달아오른 얼굴로 노발대발했지만 더 이상 신경 쓰지는 않았다. 화산파 장로나 다른 사람들도 힘까지 동원해 강제로 어찌할 생각은 없었기에 결국 연백철과 하후량, 하후령은 별다른 충돌 없이 그들과 헤어질 수 있었다.

"끄응."

화산파 장로는 눈살을 찌푸리며 멀어져 가는 세 사람의 등을 지켜봤다. 저 정도 고수는 지금 데려온 제자들 중에서도 그리 많지 않았다. 화산파에서 고르고 고른 정예라고는 하지만 청룡단이나 백호단의 부단주 정도 될 실력이라면 그중에서도 손가락에 꼽을 정도라고 봐야 했다.

그런 자들이 무려 세 명이나 사라졌다고 생각하니 아쉽기 그지없었다.

"뭘 그리 뚫어지게 보시오?"

화산파 장로는 고개를 돌려 자신에게 다가와 말을 건 사람을 바라봤다. 그는 종남파의 장로였다. 화산파 장로는 눈살을 찌푸리며 고갯짓으로 멀어져 가는 세 사람을 가리켰다.

"저들 말이오. 행태가 왠지 괘씸해서 그렇소."

종남파 장로가 그럴 줄 알았다는 듯 빙긋 웃으며 고개를 끄덕였다.

"좀 그럴 거요. 저들 뒤에 그 유명한 흑월검마가 있으니 말이오."

"흑월검마 말이오?"

화산파 장로는 처음 들었다는 듯 눈이 동그래졌다. 흑월검마에 대해서는 잘 알고 있다. 그가 최근 다시 나타났다는 것도 알고 있었지만 지금 멀어져 가는 저들이 흑월검마와 관계가 있다는 건 금시초문이었다.

"흑월검마가 천망칠십오대의 대원이라는 사실을 아직도 모르셨소?"

"그 흑월검마가 고작 대원으로 있단 말이오? 대체 정체가 뭐요, 그 천망칠십오대라는 곳은?!"

"흑월검마가 설마 힘이 없어서 대원으로 남아 있겠소? 그저 세상에 드러나기 싫다는 표현 아니겠소? 아무튼 저들은 그 흑월검마의 제자일 가능성도 있소."

화산파 장로는 그제야 납득했다는 듯 고개를 끄덕였다. 충분히 가능성이 있었다. 아니, 거의 분명했다. 그렇지 않다면 저 정도의 강함을 설명할 수 없었다.

'그러니 그렇게 당당했겠지. 뒤에 흑월검마가 버티고 있으니 말이야.'

흑월검마는 거의 우내사존에 필적하다고 알려져 있다. 화산파 장로는 문득 그런 대단한 천망칠십오대의 대주가 누군지 궁금해졌다.

"천망칠십오대의 대주는 누구요?"

"단유강이라는 자요."

"호오, 이름까지 알려진 모양이구려."

"당연하지 않소, 그 흑월검마가 대원으로 있는 곳의 대주인데. 겉으로 보기에는 흑월검마의 주인처럼 보이니 사람들의 관심이 흘러가는 게 정상 아니겠소?"

화산파 장로도 그렇게 생각했다. 자신만 봐도 알 수 있다. 자신도 지금 그 단유강이라는 자에 대해 막대한 호기심이 생기지 않았는가.

"그래서 그 단유강이라는 자는 대체 정체가 뭐요?"

"그건 아직 알려지지 않았소. 하지만 대강 알려진 사항만으로 추측하면 어렵지 않게 예상할 수 있소."

화산파 장로가 호기심으로 눈을 빛내자 종남파 장로가 빙긋 웃으며 말을 이었다.

"흑월검마가 세상에서 대놓고 활동하기 싫어 내세운 대리인일 가능성이 크오."

"호오, 과연."

"듣자하니, 흑월검마의 것으로 판단되는 단가상단이나 이제는 대놓고 활동을 하고 있는 월영단이라는 정보 단체의 주인도 모두 그 단유강이라는 자로 되어 있다고 하오."

화산파 장로는 크게 고개를 끄덕였다.

"과연, 과연. 이제 알겠소."

"흑월검마는 어쩐 일인지 자신이 세상에 지나치게 드러나는 걸 경계하고 있소. 뭐, 이제는 그런 것들이 거의 의미가 없지만 말이오. 드러날 대로 드러났으니, 아마 조만간 그 모든 것을 다시 그 단유강이라는 자에게서 회수하지 않겠소?"

화산파 장로도 그 말에 공감했다.

"그렇게 흘러가는 게 당연한 순리겠지요. 하지만 그래도 흑월검마가 그자를 크게 신임하는 것은 사실 아니겠소?"

종남파 장로는 더 이상은 대답하지 않고 그렇다는 의미를 담아 고개만 가볍게 끄덕였다. 사실 아직 몇 가지 얘기하지 않은 사실이 있지만, 굳이 그런 것들까지 말할 필요는 없었다. 화산파와 종남파는 함께 손을 잡고 같은 길을 가는 동지이긴 하지만, 누가 더 강한지 은근히 다투는 경쟁자의 관계이기도 했다.

"그나저나 그들도 모두 간 것 같으니 우리도 슬슬 이동을 해야 하지 않겠소?"

화산파 장로의 말에 종남파 장로가 문득 정신을 차렸다. 그리고 고개를 끄덕였다. 이제부터는 정말로 힘든 일을 해야 할 시기가 되었다.

흑마성교는 결코 약하지 않을 것이다. 어쩌면 지금 가는 자신들이 모두 목숨을 잃을 수도 있다. 그래서 곧바로 흑마성교로 달려가 싸울 생각은 없었다. 일단 그들의 목표는 흑마성교를 섬서에서 고립시키는 것이었다.

'버티기만 하면 돼.'

그것이 화산파와 종남파의 생각이었다. 일단 버티기만 하면 감숙을 휩쓸고 있는 무림맹의 전력이 고스란히 섬서로 넘어올 것이다. 그렇게 되면 결국 흑마성교도 무너질 수밖에 없었다.
 문득 화산파 장로와 종남파 장로는 만일 철강시가 그대로 자파로 쳐들어왔다면 어땠을지 떠올려 보았다.
 부르르.
 두 사람이 동시에 몸을 떨었다. 만일 그랬다면 그 뒤에 벌어질 상황은 끔찍했을 것이다. 고작 철강시 몇백 구에 화산파나 종남파가 무너질 리야 없겠지만, 많은 힘을 소진할 것은 불을 보듯 훤한 일이고, 그 상황에서 흑마성교가 전력을 집중한다면 아마 다시는 일어서지 못할 정도로 타격을 받았을 것이다.
 '그게 바로 멸문이지.'
 문득 그들은 단가상단에 갚기 어려울 정도의 빚을 졌다는 사실을 깨달았다. 마음이 무거워졌다. 마치 돌덩이를 몇 개나 얹어 놓은 것처럼.

第五章
천망단의 힘

無龍橋
태룡전

"뭣이! 철강시가 몽땅 무너져? 그게 무슨 말이냐!"

표자흠의 외침에 유염천이 난감하면서도 다급한 얼굴로 말했다.

"화산파와 종남파에서 역공을 취했습니다. 기습을 통해 철강시를 모조리 박살 낸 후에 지금 이쪽으로 달려오고 있다고 합니다."

"으드득! 그놈들이 감히……!"

표자흠은 가슴속에서 불길이 치솟아 오르는 것 같았다. 화산파와 종남파를 정리하는 간단한 문제 하나 아직까지 해결하지 못해서 이러고 있다고 생각하니 모든 걸 다 날려 버리고 싶을 정도로 화가 났다.
 한참 동안 분노를 표출하던 표자흠은 문득 이상한 생각이 들었다.
 "한데 그놈들이 철강시를 모조리 박살 낸 것도 모자라 이리로 오고 있다고? 그게 가능한 얘기냐? 무려 천 구였다. 비록 성능이 조금 떨어지는 놈들이긴 했지만, 철강시 천 구라면 우리도 함부로 무시하지 못할 정도다. 한데 그걸 모조리 부쉈다고?"
 "정확한 사실은 확인할 수 없었습니다. 철강시는 물론이고, 같이 갔던 강시술사들까지 모조리 죽어버렸기 때문에 정확히 어떻게 된 일인지는 모릅니다. 하지만 강시들이 모두 부서진 것은 사실이고, 화산파와 종남파가 힘을 모아 지금 이리로 오고 있습니다."
 표자흠은 일단 의혹을 접었다. 지금은 그딴 걸 하나하나 파헤칠 시간이 없었다. 몰려오는 화산파와 종남파의 떨거지들을 먼저 처리해야만 했다.
 "일단 그놈들이 철강시 천 구를 해치운 건 맞는 모양이니 실력도 그 정도라고 판단을 해야겠지."
 "그렇습니다. 일단 최대한 높게 잡아야 우리 쪽 피해를 줄인 상태에서 화산파와 종남파를 제압할 수 있습니다."
 표자흠이 무겁게 고개를 끄덕였다.
 "좋아, 군사가 한번 계획해 봐. 군사가 알아서 그놈들을 처참하게 짓이겨. 화산파와 종남파는 그 여세를 몰아서 단숨에 해치운다. 참, 무림맹은 어때? 여전히 애를 먹고 있지?"

유염천은 난감한 표정을 지었다. 말하기 곤란한 보고를 또 해야 하니 기분이 좋지 않았다.

"사천 쪽은 완전히 정리가 되었고, 감숙 쪽은 아직도 진행 중입니다."

"뭐라고? 완전히 끝나?"

표자흠의 얼굴이 크게 일그러졌다. 유염천은 급히 설명을 덧붙였다.

"사천 쪽에서는 흑월검마가 직접 나섰습니다. 때문에 마인들이 별다른 저항도 못하고 지리멸렬했다고 합니다."

"흑월검마가 아무리 대단하다고 하지만 혼자서 그 많은 마인을 당해낼 수는 없지. 아무래도 당가의 힘이 예상보다 훨씬 대단한 모양이군."

"저도 그렇게 생각합니다."

"그래도 그나마 감숙 쪽은 제대로 싸우고 있다니, 다행이군. 이대로 화산파와 종남파만 정리하면 그래도 섬서를 장악하는 데 별문제는 없겠어."

유염천은 차마 그렇지 않다는 말을 할 수가 없었다. 무림맹이 애를 먹긴 하겠지만 하고자 마음만 먹으면 충분히 흑마성교를 토벌할 수 있었다. 계획이 많이 어그러져서 이제는 그런 상황이 되어버렸다.

'사천이 너무 빨리 무너졌어. 무림맹의 힘이 사천까지 분산되었어야 하는데 감숙에 집중되고 있으니, 이대로는 그쪽도 별다른 소득을 기대할 수 없고. 정말로 곤란해.'

유염천은 그렇게 속으로만 중얼거렸다. 그 말을 표자흠에게 해야 하는데 그럴 수가 없었다. 그 말을 들으면 표자흠이 가만히 있지 않을 것 같았다. 자신이 화풀이 대상이 되는 건 사양이었다.

'그나저나 이대로라면 흑마성교의 앞날이 불투명해지는데, 따로 대책을 세워야겠군.'

남은 방법은 모든 역량을 집중해 화산파와 종남파를 쓸어버리고 끝까지 무림맹에 대항하는 것과 다시 때가 될 때까지 조용히 숨어서 기다리는 것이 있었다.

유염천은 후자를 원했지만, 아마 사실을 말하면 표자흠은 전자를 선택할 것이다. 사실 지금까지 참은 것만 해도 대단했다. 표자흠은 원래 이렇게 참을성이 많은 사람이 아니었다. 마공을 익히고 피를 취해 폭급해진 성격을 여기까지 참아냈으니, 그로서도 한계에 가까울 것이다.

"그럼 일단 불나방처럼 이리로 오고 있다는 놈들부터 처리하고 시작하지."

"그렇게 하겠습니다."

유염천은 고개를 숙이고 밖으로 나갔다. 일단 오늘은 여기까지였다. 다음 일은 표자흠의 명을 처리한 다음 차근차근 계획을 세우고 해결해 나가기로 했다.

연백철과 하후량, 하후령은 일단 서안으로 향했다. 그리고 그곳에서 제갈무군과 합류한 후, 단가상단과 월영단의 정보망을 총동원했다. 그렇게 해서 그들이 한 일은 섬서의 모든 천망단에게 소식을 전하는 것이었다.

비록 그들이 나서서 철강시를 무찌르긴 했지만, 앞으로 본격적으로 흑마성교가 나서면 절대 그들만으로는 상대할 수 없었다. 흑마성교를 상대하기 위해서는 훨씬 많은 인원을 모으거나 아니면 그들을 압도할 수 있는 고수가 필요했다. 우내사존 정도의 고수가 말이다.

하지만 지금 상황에서 우내사존을 끌어들이는 건 거의 불가능한 일이었다. 그리고 설혹 가능하다 하더라도 얼마나 오랜 시간이 걸릴지 알 수 없다. 즉, 지금은 인원을 모으는 것이 가장 최선이었다.

그렇게 천망단을 모으기 위해 연락을 하긴 했지만 연백철은 과연 이렇게 해서 흑마성교를 상대할 수 있을지 자신할 수가 없었다. 연백철은 자신만만한 표정으로 월영단에게 지시를 내리는 제갈무군을 물끄러미 쳐다봤다.

"뭐야? 왜 그런 느끼한 눈으로 쳐다보는 건데? 설마 나한테 반했냐? 쯧쯧, 이거 또 멀쩡한 처자 한 명 울리게 생겼군. 아아, 너무 잘생긴 것도 죄란 말이야. 이거 사마 소저에게 미안

해서 어쩌나."

제갈무군의 말에 연백철은 뒷골이 뻐근해졌다. 하여간 제갈무군이 정상적으로 말을 꺼낸 적은 손가락에 꼽을 정도였다.

"누가 들으면 오해 살 만한 말은 그만하시죠. 왜 갑자기 날 걸고넘어지는 겁니까?"

"걸고넘어지긴. 길 가는 사람을 붙잡고 물어봐라, 방금 네 놈 눈빛이 어땠는지. 만일 내가 아니라 다른 사람이었다면 소름이 끼쳐서 움직이지도 못했을 거다. 아니면 주먹을 날렸거나."

"끄응, 내가 말을 말아야지."

연백철은 고개를 돌렸다. 하지만 이내 다시 제갈무군을 쳐다봤다. 제갈무군이 그것 보라는 듯 씨익 웃어서 하마터면 욕을 하며 다시 고개를 돌릴 뻔했지만 꾹 참아냈다. 그냥 넘어가기엔 궁금증과 불안감이 너무나 컸다.

"형님은 이번 일이 성공할 거라 보십니까?"

"왜? 실패할 것 같아? 걱정하지 마. 꽤 성공 가능성이 높으니까."

연백철이 회의적인 표정으로 고개를 저었다.

"과연 그럴까요? 전 아무래도 불안합니다. 천망단이 어떤 자들로 이루어져 있는지 누구보다 잘 압니다. 한데 그런 자들을 모아서 그 무시무시한 마인들을 상대한다고요? 그건 불가능합니다. 아마 그들은 마인과 싸우기 시작하면 마기 때문에 제대로 움직이지도 못할 겁니다."

제갈무군이 씨익 웃었다.

"그럼 대주님의 말씀이 틀렸단 말이냐?"

"아니, 그게 아니라……."

연백철은 아니라고 대답하려다가 말을 흐렸다. 아무리 생각해도 이번에는 대주님이 틀린 것 같았다. 흑마성교의 마인들은 그 수가 수천이다. 섬서에도 수많은 천망단이 있지만 그들을 모조리 합해봐야 천을 조금 넘는 정도에 불과할 것이다. 애초에 숫자로도 상대가 되지 않았다.

"걱정 말고 믿어라. 내 지금까지 우리 대주님의 말씀이 틀린 걸 본 적이 없다. 이번에도 그럴 거니까 믿어. 그리고 내가 생각하기에도 크게 불가능한 일은 아니야. 걱정할 것 없다."

"예? 그게 정말입니까?"

연백철은 눈을 크게 떴다. 설마 제갈무군도 이 황당무계한 작전이 가능하다고 생각하고 있을 줄은 몰랐다.

"아, 그렇다니까. 그나저나 너 너무 소심해진 거 아냐? 예전에는 그렇게나 긍정적이고 진취적이던 놈이 말이야. 최근에 급격히 소심해진 것 같단 말이야. 설마 여자가 생겨서 그런 거냐? 그렇다면 정말로 실망인데."

"무, 무슨 그런 말씀을 하십니까! 저, 절대 아닙니다!"

천망단의 힘 147

"아니긴. 뭐 듣기로는 갈 수 있는 데까지 갔다고 들었는데, 그 정도면 이제 죽어도 여한이 없지 않겠냐? 뭘 그렇게 몸을 사리려고 하는 거야?"

"제가 몸을 사리긴 언제 사렸다고 그러십니까! 그리고 갈 수 있는 데까지 갔다니, 대체 누가 그런 소리를 한 겁니까!"

"누가 한 게 뭐 중요하냐, 갈 데까지 갔다는 사실이 중요한 거지. 아무튼 늦었지만 축하한다. 그래도 죽기 전에 총각 딱지는 뗐으니 다행 아니냐. 으하하하!"

연백철은 순식간에 얼굴이 시뻘겋게 달아올랐다. 화가 나서 그런 게 아니라 부끄러워서 그런 거였다. 제갈무군은 그런 연백철을 보며 몇 번을 더 놀렸다.

그렇게 놀리고 놀림을 받는 사이, 연백철의 뇌리에서 의심과 불안감이 자연스럽게 사라졌다. 제갈무군은 그것을 완전히 확인한 후에야 놀리는 것을 멈췄다.

"문제는 화산파와 종남파야."

"예? 그 사람들이 왜요?"

"자기들이 흑마성교를 치겠다고 나섰으니까."

"그것도 다 계획에 있던 일이잖아요. 그들이 시간을 버는 동안 천망단을 정비해서 뒤를 치는 게 계획 아니었습니까?"

"그야 그렇긴 한데, 그들이 섬서의 다른 문파들까지 다 들쑤시면 좀 피해가 커질 것 같아서 말이야."

그제야 연백철의 안색이 살짝 굳었다. 화산파와 종남파만

나선다면 그들의 실력이 있으니 큰 희생은 피할 수 있다. 하지만 섬서의 다른 중소 문파들까지 나선다면 피해는 기하급수적으로 늘어날 것이다. 그들은 마인의 마기에 제대로 대항하기가 쉽지 않을 테니까 말이다.

"과연 그렇게 할까요? 그리고 그들이 들쑤신다고 문파들이 선뜻 나설까요? 마인이랑 싸우는 건데, 자칫하면 문파가 무너질 수도 있잖아요."

"상대는 화산파랑 종남파야. 거절하는 것도 쉽지 않다고."

"그야 그렇지만……."

연백철은 걱정스런 눈으로 생각에 잠겼다. 일이 그런 식으로 흘러갈 바에는 차라리 화산파와 종남파에 말해 협조를 구하는 게 낫지 않았을까 하는 생각이 들었다. 그런 연백철의 생각을 어떻게 알았는지 제갈무군이 말을 덧붙였다.

"만일 화산파와 종남파에게 협조를 구했으면 이 작전은 아예 시작도 못했을 거다. 그들이 천망단의 힘을 믿을 것 같아?"

연백철은 고개를 끄덕일 수밖에 없었다. 그 말이 옳다. 화산파와 종남파가 흑마성교를 맞아 시간을 끄는 동안 천망단을 움직여 흑마성교를 물리치겠다는 말을 누가 믿겠는가. 지금 자신도 잘 믿어지지 않는데 말이다.

"그런데 정말로 가능한 거, 맞죠?"

제갈무군이 크게 고개를 끄덕였다.

"너희도 불가능할 것 같은 일을 해냈잖아, 천망검법으로."

천망검법이 얼마나 대단한지 이번 일을 겪으며 깨달았다. 그리고 천망검법 안에는 천망검진이 녹아들어 있다는 사실도 발견했다.

"그럼 천망검진을 이용할 생각입니까?"

제갈무군이 고개를 끄덕였다. 하지만 그의 눈이나 고갯짓에는 확신이 없었다.

"일단 그렇게 생각은 하지만 확실한 건 나도 모르지."

연백철의 눈이 살짝 커졌다. 모든 계획의 책임자가 바로 제갈무군인데 이제 와서 그가 모른다고 하면 대체 어쩌잔 말인가.

"아마 조만간 손님이 오실 거야. 우리는 그때까지 열심히 천망단을 모으면 돼."

천망단을 모으는 작업은 이들이 섬서에 들어오기도 전부터 시작했다. 단가상단과 월영단이 알아서 차근차근 일을 진행하고 있었기에 이들은 마무리만 하면 끝이었다.

제갈무군과 연백철이 그렇게 두런두런 얘기를 나누고 있을 때, 그들이 있는 곳으로 월영단원 하나가 황급히 들어왔다.

"방금 마지막 천망단이 도착했습니다. 그들까지 합하면 딱 천이백칠십이 명입니다."

"히야, 많기도 하다. 그래도 그게 전부 다 온 거는 아니지?"

"섬서에 있는 천망단의 수는 총 천오백이 넘습니다. 많이 온 편이긴 하지만 전부 온 것은 아닙니다."

제갈무군이 가볍게 고개를 끄덕였다.

"뭐, 그 정도는 이미 예상하고 있었어. 천이백 명이 넘는데 충분하지. 흑마성교쯤이야 간단히 물리쳐 버리자고."

제갈무군은 연백철과 하후량, 하후령을 둘러봤다. 이번 작전에서 가장 중요한 역할을 할 사람들이 바로 자신을 포함해 이곳에 있는 네 사람이었다. 천망단의 역할도 상당히 중요하지만, 그들만으로는 결코 이번 계획을 성공시킬 수 없었다.

"이제 손님만 오시면 다 끝인가?"

제갈무군이 중얼거림이 채 끝나기도 전에 그의 옆에서 말소리가 들려왔다.

"그 손님이라는 게 날 말하는 건가?"

제갈무군은 화들짝 놀라 옆으로 펄쩍 뛰어 원래 자리에서 일 장 정도 멀어졌다. 그리고 화등잔만 해진 눈으로 방금 말을 꺼낸 사람을 바라봤다.

제갈무군만 놀란 것이 아니었다. 연백철과 하후량, 하후령 역시 크게 놀랐다. 그들 또한 제갈무군 옆에 누군가가 나타난 것을 전혀 눈치채지 못했다.

"오, 오셨습니까!"

제갈무군은 급히 포권을 취했다. 연백철과 나머지도 제갈무군을 따라 포권을 취하며 인사를 했다.

"어르신을 뵙습니다."

종칠은 자신에게 인사를 하는 네 사람을 가만히 바라보다가 가볍게 고개를 끄덕였다.

"뭐, 괜찮아 보이는구나. 그럼 슬슬 시작해야지? 천망단을 모았다고?"

"그렇습니다. 인원이 너무 많아 이곳의 연무장에 모을 수 없어서 따로 장소를 마련했습니다."

제갈무군은 그렇게 말하며 황급히 종칠을 밖으로 안내했다.

"이, 이쪽입니다."

네 사람은 허둥지둥하며 종칠의 앞뒤에 서서 천망단을 모아둔 곳으로 향했다. 그들의 뇌리에는 아직도 종칠이 펼치던 천망검법이 생생히 떠올랐다. 어쩌면 오늘 다시 그 모습을 볼 수 있을지도 모른다고 생각하니 벌써부터 가슴이 뛰었다.

그들은 어느새 천망단을 모아둔 곳에 도착했다. 종칠은 여기저기 흩어져 있는 천망단원들을 보며 살짝 눈살을 찌푸렸다.

"여기도 마찬가지로군."

종칠은 감숙에서도 비슷한 일을 해야 했다. 그때도 천망단을 보며 참 많이 실망을 했다. 그들의 기도가 너무나 평범했기 때문이다. 적어도 천망검법을 꾸준히 수련했다면 그렇게 형편없을 수는 없었다.
 하지만 왜 그렇게 되었는지를 듣고 나서는 그들을 이해할 수 있었다. 그리고 무림맹에 슬며시 화가 치밀었다.
 "쯧쯧, 그렇게 해서 뭐가 남는다고. 애먼 검법 하나 사장시키는 꼴 아닌가."
 종칠 옆에 있던 네 사람은 그 말에 깊이 공감했다. 그들도 단유강으로부터 천망검법을 다시 배울 때는 한편으로는 감탄하면서 다른 한편으로는 무림맹의 처사가 너무하다는 생각이 들었다. 무림맹은 그렇게 함으로써 커다란 힘 하나를 그냥 버린 것이나 다름없었다.
 "내가 이 검법을 만드느라 얼마나 고생했는데……."
 천망검법은 종칠이 처음으로 만든 검법이었다. 그랬기에 모든 정열과 심력을 쏟아부었다. 그 뒤로는 이렇게까지 애써서 뭔가를 한 기억이 별로 없었다. 천망검법은 그가 살아온 인생의 분수령과도 같았다.
 종칠은 나직이 말했다.
 "모두 일어서라."
 종칠의 목소리는 그리 크지 않았지만 연무장에 모여 있는 모든 사람의 귓가에 또렷이 들렸다. 그리고 그들은 그 말을 듣는 순간 자신의 의지와는 전혀 상관없이 어느새 벌떡벌떡 자리에서 일어나야만 했다.

모두 어리둥절한 표정으로 종칠을 바라봤다. 방금 전에 누가 말했는지는 충분히 알 수 있었다. 그리고 본능적으로 종칠의 말을 잘 들어두지 않으면 큰일이 날 수도 있다는 사실을 깨달았다.

"지금부터 천망검법을 펼친다. 적당히 거리를 벌린 후, 내 신호에 맞춰 함께 시작해라."

종칠의 말에 천망단원들은 또 어리둥절한 표정을 지었다. 하지만 어느새 그들은 함께 검법을 펼칠 수 있도록 충분한 거리를 확보했다.

"천망검법이라면 천망십이검을 말하는 겁니까?"

누군가가 물었다. 종칠은 눈에 이채를 띠고 묻는 사람을 쳐다봤다. 그는 종칠과 눈이 마주치자 움찔 놀랐지만 뒤로 물러나거나 시선을 피하지는 않았다.

"꽤 마음에 드는 놈이군. 네 말이 맞다. 하지만 너희들이 알고 있는 천망십이검의 진짜 이름은 천망검법이다. 그리고 실제로는 십이검이 아니라 십삼검이고. 서론은 이쯤하면 됐으니 이제 시작해라."

종칠의 말이 끝나기 무섭게 모두가 최선을 다해 검을 휘두르기 시작했다. 그들의 검에서 천망검법의 열두 초식이 하나하나 펼쳐졌다. 그리고 그것은 거대한 흐름을 만들기 직전에 끊어졌다.

검법을 펼치는 사람들은 아무도 알지 못했지만 그것을 구경하는 다섯 사람의 눈에는 확연히 보였다.

연백철은 놀란 눈으로 그 광경을 지켜봤다. 자신도 단유강을 만나지 않았다면 저들과 별다를 것이 없었으리라. 저렇게 가닥가닥 끊어지는 검법을 들고 무림맹의 무사가 되었다고 거들먹거리고 다녔으리라.

'어떻게 고작 한 초식의 차이가 이렇게 클 수 있는 거지?'

연백철은 이해할 수가 없었다. 고작 한 초식의 차이뿐이었다. 하지만 열세 번째 초식을 알고 있느냐 모르느냐에 따라 전체적인 검의 흐름이 완전히 달라지는 것 같았다. 아니, 실제로 그랬다. 연백철은 곰곰이 생각에 빠져들었다. 그리고 그때 천망단의 검법 시연도 끝났다.

종칠은 고개를 돌려 연백철을 쳐다봤다. 연백철은 생각에 잠겼다가 종칠의 눈길을 받고는 화들짝 놀랐다.

"왜, 왜 그러십니까?"

"네놈이 펼쳐 봐라, 진짜 천망검법을."

연백철은 종칠의 말에 흠칫 놀랐지만 이내 차분히 심호흡을 통해 마음을 가라앉혔다. 그리고 검을 뽑아 천천히 그것을 휘두르기 시작했다.

천망검법의 첫 번째 초식이 펼쳐졌다. 검을 휘두르는 속도는 느리지도 빠르지도 않았다. 연백철의 검은 부드럽고 힘이 있었다. 그렇게 두 번째 초식으로 넘어갔다. 연백철의 검법을 구경하던 천망단 모두의 눈이 화등잔만 해졌다. 연백철의 천망검법은 자신들의 것과 같았다. 하지만 뭔가 달랐다. 그들의 눈이 혼란으로 물들었다.

세 번째 초식이 시작되었을 때부터 모두의 눈에 체념이 어렸다. 자신들이 감히 따라가지 못할 정도의 차이가 있다고 판단한 것이다. 그들이 판단하기에 연백철은 어마어마한 고수였고, 그런 고수가 천망검법을 펼치는 건 자신들을 놀리는 것에 불과하다고 여겼다.

그렇게 연백철의 천망검법이 어느새 열두 번째 초식에서 열세 번째 초식으로 넘어갔다.

우우웅.

미약한 진동음과 함께 연백철의 몸 주위로 검막이 펼쳐졌다. 모든 천망단원의 눈에 부러움과 질시의 빛이 어렸다.

그 순간, 연백철은 천망검법의 첫 번째부터 마지막 초식까지를 한순간에 펼쳐 냈다.

고오오오!

거대한 기검(氣劍)이 천망단원들을 향해 날아갔다. 아무도 그 기세를 막지 못했고, 그것을 피할 생각조차 하지 못했다.

꽝!

기검은 천망단원들을 덮치기 직전에 산산이 부서졌다. 물론 연백철이 그렇게 한 것이다.

천망단원들은 망연한 눈으로 연백철을 바라봤다. 도저히 어쩌지 못하는 벽을 보는 느낌이었다. 이것이 고수와 자신들의 차이라고 생각하니 더더욱 서글퍼졌다.
 그렇게 그들이 실의에 차 있을 때, 종칠이 나직이 말했다.
 "네놈들도 이렇게 될 수 있다."
 모두가 의아한 눈으로 종칠을 바라봤다. 종칠은 피식 웃으며 말을 이었다.
 "천망검법의 열세 번째 초식을 배우면 이렇게 될 수 있다, 시간은 좀 걸리겠지만. 네놈들이 방금 본 그 차이가 바로 반쪽짜리 검과 진짜 검의 차이다."
 종칠은 그렇게 말하고는 돌아섰다. 일단 나머지는 연백철과 제갈무군, 그리고 하후량, 하후령이 알아서 처리해야 한다. 종칠은 그 이후에 천망검법의 진짜 요체인 천망검진을 수련할 때나 필요했다.
 '진짜 경지에 이른 천망검법을 볼 수 있겠구나.'
 네 사람은 동시에 속으로 중얼거렸다.

 수련의 시간은 길지 않았다. 고작 이틀이 전부였다. 하지만 그것만으로도 목적했던 성과를 얻을 수 있었다. 천망단은 원래 천망십이검을 배운다. 천망검법의 초식은 모두 열셋, 그중에서 열두 초식을 충분히 수련해 왔다. 그러니 한 초식 더 익히는 게 그리 어려울 리 없다.
 물론 열세 번째 초식은 그전의 열두 초식과는 많이 다르다. 연백철은 천망검법을 단유강에게 다시 배울 때, 자신이 그동안 배웠던 열두 초식은 천망검법의 전반부고, 열세 번째 초식이 후반부라고 생각했다. 그 정도로 차이가 많이 났다.

하지만 전체적인 흐름은 비슷했다. 같은 검법이니 당연했다. 열세 번째 초식은 천망검법의 전체적인 흐름을 주도하는 초식이었다. 그래서 열세 번째 초식을 익힌 것과 익히지 않은 차이가 큰 것이다.

어쨌든 그 이틀 동안 천망검법의 열세 번째 초식을 수련하면서 틈틈이 천망검진을 익혔다. 천망검진은 상당히 오묘한 무리가 숨어 있어 단기간에 익히는 것이 쉽지 않았지만, 대강 형태만 잡는 건 어찌어찌 할 수 있었다.

물론 종칠이 있었기에 가능했다. 종칠은 놀랍게도 혼자서 천망검진을 펼칠 수 있었다. 종칠이 혼자서 천망검진을 펼쳐 천망단에게 검진의 요체를 설명하며 흐름을 몸으로 느끼게 해주었을 때, 연백철과 제갈무군, 그리고 하후량, 하후령은 너무 놀라 턱이 빠질 뻔했다.

아무튼 몇 가지 우여곡절을 거쳐 이젠 드디어 천망단이 힘을 발휘해야 할 시간이 다가왔다.

종칠은 마치 군대의 병사들처럼 도열해 있는 천망단원들을 바라봤다. 언제 만들었는지 어른 허리쯤 오는 단상 위에 서 있었기에 그들의 모습이 세세하게 눈에 들어왔다.

지난 이틀 동안 그들이 어떤 고생을 했는지 알기에 지금 그들이 보여주는 눈빛을 이해할 수 있었다. 천망단원들은 걷잡을 수 없는 투기를 절제하지 못했다. 그들의 몸에서 흘러나온 투기는 마치 거대한 군기(軍氣)처럼 종칠의 감각을 기분 좋게 자극했다.

'마음에 안 들어.'

종칠은 이런 것을 그리 좋아하지 않았다. 하지만 자신이 남긴 검법을 수련한 이들이 보내오는 느낌은 그리 싫지 않았다. 그래도 천망단이 군대처럼 변하는 건 싫었다. 종칠이 원한 천망단은 이런 것이 아니었다.

'고작 정보나 주워 먹는 놈들로 만들어놓다니.'

종칠이 천망검법을 흔쾌히 무림맹에 던져 준 이유는 자신이 아끼는 검법이 세상에 널리 퍼져 나가길 원했기 때문이다. 그리고 더불어 천망검법을 익힌 사람들이 장차 세상에 환란이 닥치면 큰 힘이 되어주길 바랐기 때문이기도 했다.

천망검법은 검법 자체에 일종의 운기법이 포함되어 있다. 고작 열세 초식으로 이루어진 검법에 검진은 물론이고, 운기법까지 포함되어 있으니 정말로 대단한 검법이었다. 물론 검법에 있는 운기법은 내공 증진보다는 머리를 맑게 하고 삿된 길로 빠지지 않게 하는 효능이 주였다. 그래서 괜찮은 내공심법이 따로 있어야 더 큰 효과를 볼 수 있었다. 그리고 검진은 여러 명이 함께 펼쳐야 큰 효과를 본다. 하지만 검법만 놓고 봐도 천망검법은 정말로 훌륭했다.

종칠은 이 검법을 완성하기 위해 그의 두 사부가 주는 온갖

구박을 참으면서 도움을 구했다. 심지어는 단유강의 할머니들까지 찾아다니며 도움을 받았다. 그렇게 해서 완성한 검법인 것이다.

그런 검법이 이렇게 홀대를 받고 있으니 처음에는 화가 났다. 하지만 지금은 무림맹이 왜 그렇게 했는지 어느 정도 이해할 수 있었다.

'천망검법이 세상에 널리 퍼지는 걸 원치 않았겠지. 심성이 악독한 사람들이 익혀 제대로 성취를 얻으면 곤란한 일도 많이 생길 테고 말이야. 쯧쯧.'

종칠이 천망검법을 넘기면서 무림맹과 한 약속 때문에 당시의 무림맹주는 천망단을 만들었다. 그리고 그들에게 천망검법을 전수하기로 약속을 했다.

하지만 무림맹주가 직접 천망검법을 익혀보니 보통 뛰어난 검법이 아니었다. 물론 종칠은 당시 천망검법에 운기법이 포함되어 있다든지 검진이 포함되어 있다는 얘기는 하지 않았다. 하지만 검법만으로도 무림맹주가 심각한 위협을 느끼기에는 충분했다.

그래서 열세 번째 초식을 뺐을 것이다. 천망검법의 요체는 바로 그 열세 번째 초식에 담겨 있으니 말이다. 그렇게 요체가 빠진 채 천망단에 전해진 천망검법은 이제 무림맹의 유명한 검법 중 하나가 되었다. 그리고 그 요체인 열세 번째 초식은 더 이상 무림맹 사람 중 누구의 기억에도 남아 있지 않았다.

종칠로서는 기가 막힌 일이었다. 천망검법은 무림에 존재하는 모든 검법과 비교해도 세 손가락 안에 들 정도로 뛰어난 검법이다. 그런 검법이 이렇게 사장되다시피 했으니 비록 머리로는 이해를 해도 기분은 많이 상했다.

게다가 천망검법은 삿된 길로 빠진 사람들은 제대로 익힐 수 없다. 검법에 포함된 운기법 때문이었다. 한마디로 악인이 천망검법을 익혀 세상을 혼란스럽게 할 일은 별로 없었다.

천망검법을 얻은 무림맹주는 그것을 천망단에 전수한 이후로 더 이상 익힐 생각을 하지 않았다. 그에게는 굳이 다른 검법을 익힐 이유가 없었다. 그것은 무림맹의 주요 인사들이나 그들의 제자들 역시 마찬가지였다. 그들의 눈에 비친 천망검법은 뛰어나긴 하지만 자신들의 것과 비견될 정도에 불과했다.

종칠은 속으로 혀를 찼다.

'쯧쯧, 보물을 보고도 알아차리지 못하다니. 뭐, 이젠 회수해야지.'

종칠은 그렇게 기분이 상했기 때문에 이번 일을 받아들였다. 그리고 지금 하는 일이 아마 무림에서의 마지막이 될 것이다.

"잘 봐라."

종칠의 말에 천망단원들의 눈이 번쩍 빛났다. 그들은 종칠의 몸짓 하나 놓치지 않기 위해 눈을 부릅떴다. 그것은 제갈무군을 위시한 네 사람도 마찬가지였다.
 종칠은 그들의 눈길을 느끼며 입가에 슬쩍 미소를 만들었다. 그리고 검을 뽑았다.
 스릉.
 '이게 진짜 천망검법이다.'
 종칠은 속으로 그렇게 중얼거리며 검을 휘둘렀다. 종칠의 손에서 천망검법의 열세 초식이 올올이 뿜어져 나왔다. 그것은 때로는 산들바람같이 잔잔하게 흘렀고, 때로는 거센 파도처럼 거칠게 움직였다. 그리고 거대한 해일이 되어 검무를 지켜보는 모든 사람들을 덮쳤다.
 숨이 막혔다. 연백철은 종칠의 움직임에 그대로 빠져들어 허우적댔다. 종칠이 만들어낸 검의 해일을 뒤집어썼을 때는 정말로 목숨을 잃을 뻔했다. 입가에 피가 흘렀지만 꿀꺽 삼켜버리고 이를 악물었다.
 그리고 천망검법의 끝을 보았다.
 연백철은 새하얀 공간 안에 갇혀 있었다. 그리고 그 공간에 검은 실금이 쩍쩍 가기 시작했다. 그렇게 갈라진 틈으로 새까만 기운이 쏟아져 내렸다.
 '아……!'
 연백철은 이게 마지막이라고 느꼈다.
 '검무를 보다가 죽은 사람은 아마 세상 천지에 나밖에 없을 거야.'

그 생각을 마지막으로 그가 갇힌 공간이 터져 나갔다. 아무런 소리도 나지 않았다. 그저 공간이 폭발했고, 연백철은 그 폭발에 휘말려 어딘가로 날아갔다.

그 순간 누군가 연백철의 뒷목을 잡아챘다.

"컥!"

입에서 비명이 터져 나왔고, 세상이 다시 돌아왔다. 연백철은 어떻게 된 상황인지 몰라 눈을 끔뻑였다. 가장 먼저 눈에 들어온 광경은 새파란 하늘이었다.

'살았구나.'

왠지 삶에 대한 애착이 강해졌다. 살아났다는 게 그렇게 기쁠 수가 없었다. 자신도 모르게 눈에서 눈물이 주르륵 흘러내렸다. 그리고 그리운 목소리를 들을 수 있었다.

"어쩌자고 애를 이 지경으로 만들었습니까? 우리 애들 잡으라고 부탁드린 기억은 없는데 말이죠."

'대주님······.'

연백철은 눈을 질끈 감았다. 눈물이 마구 쏟아졌다.

"어라? 이놈, 우네? 아직 정신이 제대로 안 돌아왔나?"

단유강의 목소리가 들려왔고, 연백철은 뒤통수에 강렬한 충격을 받아야 했다.

쾅!

"커어억!"

뒤통수를 양손으로 움켜쥐고 바닥을 데굴데굴 구르던 연

백철이 벌떡 일어나 소리쳤다.

"아우! 아프잖아요!"

단유강이 그 모습을 보며 씨익 웃었다.

"제대로 돌아왔네?"

단유강의 시선이 다시 종칠에게로 향했다.

"자, 숙부님, 이제 슬슬 실토하시지요. 대체 왜 이러신 겁니까?"

종칠은 머쓱한 표정으로 고개를 슬며시 돌렸다.

"거, 뭐, 나도 이럴 줄은 몰랐다. 저놈이 설마 그 와중에 깨달음을 얻을 줄 누가 알았겠냐. 봐라, 딴 놈들은 멀쩡하잖아."

단유강이 고개를 끄덕였다.

"뭐, 이해가 아예 안 가는 건 아닙니다만. 숙부님이라면 저놈이 어떤 재능을 가졌는지 충분히 아셨을 텐데요?"

종칠이 머쓱하게 웃었다.

"뭐, 예상치 못한 놈을 만나서 조금 더 흥이 나서 말이야. 나도 모르게 아예 끝을 보여주고 말았지 뭐냐."

"끄응."

단유강이 어이없다는 듯 침음성을 삼키며 손으로 얼굴을 감쌌다. 만일 자신이 조금만 늦었다면 연백철은 몸만 남고 혼이 다른 곳으로 빨려들어 갔을 것이다. 그리고 그 혼을 되찾는 건 거의 불가능했을 것이다.

"에휴, 아무튼 힘을 너무 써서 기운이 하나도 없네. 백철아, 가서 밥 좀 사 와라."

단유강이 자리에 털썩 주저앉으며 말하자, 연백철의 얼굴이 사정없이 일그러졌다. 하지만 어쩌랴, 힘없는 자가 참는 수밖에.

연백철은 단유강이 던져 준 은자 한 냥을 받아 밖으로 나갔다. 그가 사라지자 단유강이 심각한 얼굴로 종칠을 바라봤다.

"숙부님이 책임지세요."

"내가 뭘? 어차피 기초도 네가 만들지 않았느냐. 딱 보아하니 완성 직전으로 보이던데. 내 말이 틀렸느냐?"

"에이, 무슨 그런 말씀을. 완성 직전이라뇨. 이제 간신히 기초 공사 끝났는데요. 건물을 왕창 올려 버린 건 숙부님이십니다."

"끄응."

종칠은 더 이상 말을 하지 못했다. 어지간한 상대라야 대화를 주도하지, 상대가 단유강이라면 속이는 건 꿈도 못 꾼다.

"그래서 나보고 어쩌란 말이냐?"

"밑천 몇 개 더 던져 주세요. 전 시간이 없어서 못합니다. 그나마 비교적 가까운 데 있었기에 망정이지, 멀리 있었다면 저라도 어쩔 수 없었을 겁니다. 한꺼번에 날아오느라고 기력이고 정신력이고 싹 다 써버렸어요."

"어차피 사천 쪽은 일 다 끝났다면서? 원래 이쪽으로 오려고 했으면서 뭐 그리 엄살을 떠느냐?"

"전 찾아야 할 놈이 있거든요."

"찾아야 할 놈?"

"이제 감숙으로 가봐야 합니다. 정보가 좀 더 필요해서요."

"끄응, 귀찮은 일은 다 떠넘기고 가는구나."

"뭐, 오랜 시간이 걸리는 것도 아니잖아요. 흑마성교 교주를 백철이가 상대할 예정이니까 그렇게 아세요."

그 말에 종칠이 눈을 부릅떴다.

"커억! 그게 말이나 되는 소리냐! 그놈이 흑마성교주를 어떻게 이겨!"

"숙부님을 믿습니다."

단유강은 그렇게 말하고는 자리에서 힘겹게 일어나 제갈무군 등을 불렀다. 그리고 그들의 안내를 받아 거처로 향했다.

종칠은 그렇게 멀어지는 단유강의 모습을 멍한 눈으로 바라보다가 이내 체념한 듯 한숨과 함께 고개를 절레절레 저었다.

그 모든 광경을 지켜보고 있던 천망단원들은 긴장한 표정으로 침을 꿀꺽 삼키며 두 주먹을 불끈 쥐었다, 어쩌면 자신들은 대단한 기연을 만나고 있는지도 모른다는 생각을 하며.

"꿀꺽."

 연백철은 자신도 모르게 침을 삼켰다. 방금 들은 말을 믿을 수가 없었다.

 "뭔가를 잘못 말씀하신 게 아닌가 싶은데요? 제가 뭘 어떻게 하라고요?"

 "흑마성교의 교주는 네게 맡긴다. 널 믿으마."

 똑같은 말을 다시 친절하게 해주는 제갈무군의 입을 멍하게 바라보던 연백철이 화들짝 놀라며 기겁을 했다.

 "무, 무, 무슨 말씀을 하시는 겁니까! 제가 누굴 상대하라고요? 흑마성교주요? 대체 왜 절 죽이시려는 겁니까! 설마 암살 의뢰라도 받으신 겁니까! 우리 자혜는 앞으로 어떻게 살라고!"

 "누가 널 암살하냐? 아무튼 대주님 명령이니까, 딴생각 말고 그냥 그런가 보다 해."

 "못 믿겠습니다. 대주님께 직접 확인을 해봐야겠어요. 대주님 어디 계십니까?"

 "가셨다."

 "예?"

 "감숙에 일 있다고 그쪽으로 가셨다. 그러니까 그냥 포기해."

 연백철은 그 말에 털썩 주저앉았다. 주변에 서 있던 사람들은 안쓰러운 얼굴로 연백철을 달랬다.

"설마 대주님이 널 죽이시기야 하겠냐? 뭔가 생각이 있으시겠지."

"그럼. 대주님이 어떤 분이신데. 어쩌면 네가 흑마성교의 교주를 이길 수 있을지도 모르고."

하지만 그런 위로는 연백철에게 아무런 도움도 되지 않았다. 흑마성교의 교주는 마인들의 정점에 서 있는 사람이다. 물론 천마신교를 제외한다면 말이다.

그냥 평범한 마인들을 상대하는 것도 웬만한 고수가 아니면 힘들다. 한데 그런 마인들의 정점에 있는 사람을 자신이 상대하라니 어쩌란 말인가.

"어쨌든 누구 하나는 교주를 상대해야지. 어쩔 수 없잖아."

"그러니까 그게 왜 하필 접니까? 우리 모두 힘을 합해서 싸워도 이길 수 있을지 모르는 판에."

제갈무군이 힘없이 고개를 저었다. 그의 표정은 어딘가 모르게 씁쓸했다.

"그야 나도 모르지. 하지만 대주님도 그렇게 말씀하시고, 또 그분도 그러시니 뭔가 있긴 한 거겠지."

그분이라는 말에 연백철이 의아한 눈으로 제갈무군을 바라봤다.

"설마… 그분이라는 것이 삼절신군 어르신을 말하는 건 아니겠죠?"
 제갈무군이 고개를 끄덕였다.
 "맞아, 바로 그분이 그렇게 말씀하셨다."
 연백철은 혼란스러운 표정을 감추지 못했다. 하지만 이런 얘기까지 들으니 왠지 억지로 떠밀고 있는 건 아닌 듯했다. 어쩌면 정말로 가능성이 있는지도 모른다는 생각이 불현듯 들었다.
 "그, 그게 정말입니까?"
 "내가 그런 거짓말을 해서 뭐 하게?"
 연백철은 문득 제갈무군의 표정에 씁쓸함이 배어 있는 것을 발견하고 의아한 표정을 지었다.
 "왜 그런 표정을 짓고 계십니까?"
 "내가 뭘?"
 "제게 못마땅한 게 있다는 표정 아닙니까. 저 눈치 빠른 놈입니다. 잘 아시면서."
 제갈무군은 할 수 없다는 듯 고개를 저었다. 연백철이 가장 처음 단유강의 눈에 든 이유 중 하나가 의외로 눈치가 빠르다는 점이었다.
 "네놈이 부러워서 그런다."
 연백철은 그 무슨 황당한 소리냐는 듯한 표정으로 제갈무군을 바라봤다.
 "예에? 그 무슨 얼토당토않은 말입니까?"

"네놈은 또 벽을 넘어서서 훌쩍 앞으로 달려가지 않았느냐. 부럽지 않다고 하면 거짓말이지."

"제가 앞으로 달려가긴 뭘 달려갑니까? 아직 형님 상대도 안 되는데."

제갈무군의 입가에 살짝 자조적인 미소가 맴돌았다.

"알긴 잘 아는구나. 아마도 이제 난 네놈 상대가 안 될 거다. 얼마 전까지는 그래도 내가 진법에 대해 조예가 깊으니 그걸로 위안을 삼았다만, 이젠 그런 위안조차 못할 정도가 되었구나."

연백철은 제갈무군의 말을 이해할 수 없었다. 대체 제갈무군이 왜 이런 말을 하는지도 알 수 없었다. 연백철은 자신도 모르게 손을 들어 이리저리 살폈다. 평범했다. 평소와 전혀 다름없는 손이었다. 그리고 자신의 몸 여기저기를 살폈다. 역시 딱히 달라진 점을 찾지 못했다.

그 순간 멀찍이서 누군가 다가오는 기척이 느껴졌다. 너무나 익숙한 기운이었다. 연백철은 그 기척이 하후량과 하후령이라는 걸 단숨에 알 수 있었다.

그리고 그제야 연백철은 자신이 뭔가 달라졌다는 걸 깨달았다. 연백철이 당황한 얼굴로 제갈무군을 바라봤다. 제갈무군의 표정이 더더욱 씁쓸해졌다.

"이제 좀 알겠냐? 대주님이 왜 널 선택했는지?"

연백철은 아무런 대답도 하지 못하고 멍하게 서 있다가 결국 어색한 표정으로 뒷머리를 긁적였다. 어떤 표정을 지어야 할지 알 수가 없었다. 묘하게 기쁘면서도 기뻐해선 안 될 것 같은 기분이었다.

"됐다, 이놈아. 그냥 좋으면 기쁘게 웃어라. 괜히 마음 더 울적해지게 만들지 말고."

제갈무군은 그렇게 말하며 연백철의 등을 펑펑 두드렸다. 가볍게 내력이 실려 등이 엄청나게 아팠지만 연백철은 꾹 참았다. 그리고 미안한 얼굴로 제갈무군을 바라봤다.

"그렇게 보지 말라니까. 나에게는 진법이 있다. 결국은 네놈이 감히 쳐다보지도 못할 정도로 대단한 진법가가 될 테니까, 그따위 표정은 집어치워라. 내가 얼마나 대단한 놈인지 이번에 확실히 보여줄 테니까."

제갈무군은 그 말을 끝으로 밖으로 나갔다. 그리고 그와 동시에 하후량과 하후령이 방으로 들어왔다. 연백철은 그 두 사람도 어색한 표정으로 맞이할 수밖에 없었다.

천망단원들은 불안한 마음으로 한 발 한 발 움직였다. 지금 그들이 향하는 곳은 흑마성교의 장원이었다. 흑마성교의 장원은 섬서에서 가장 큰 장원을 개조한 것으로, 그 안에는 수많은 마인들이 있었다.

그 마인들을 상대하기 위해 움직이는 거라 불안하기 그지없었다. 그들은 자신들의 수준을 너무나 잘 알고 있었다. 비록 최근 며칠 동안 뭔가 발전이 있긴 했지만 그것만으로 난폭한 마인들과 싸운다는 건 말도 안 되는 일이었다.

하지만 종칠은 가능하다고 했다. 그리고 흑마성교의 마인들은 대부분 화산파와 종남파를 치기 위해 외부로 나간 상태였다. 즉, 지금의 흑마성교는 껍데기만 남았다고 해도 과언이 아니었다.

천망단원들은 그 부분에 일말의 희망을 담았다. 하지만 그렇게 움직이면서도 대체 자신이 왜 이렇게까지 희생을 하면서 그들과 싸워야 하는지 의문을 가진 사람도 있었다.

어쨌든 그들은 이제 더 이상 도망칠 수 없는 곳까지 왔다. 흑마성교의 장원 앞에 도착한 것이다. 장원의 문은 벌써 활짝 열려 있었다. 어서 안으로 들어오라는 듯이. 만약 안으로 들어가면 흑마성교의 마인들이 준비한 함정이 그들은 반길 것이다.

모두가 긴장한 눈으로 흑마성교의 장원을 바라보고 있을 때, 종칠이 앞으로 나섰다. 종칠은 자신에게 주어진 마지막 임무를 충실히 수행할 생각이었다. 이걸 끝으로 이젠 돌아갈 것이다.

종칠이 검을 뽑았다.

스릉.

종칠의 검에 모두의 시선이 집중되었다. 종칠은 씨익 웃으며 검을 슬쩍 들어 올렸다. 그리고 가볍게 그것을 휘둘렀다.

쒜액!

날카로운 파공성과 함께 종칠의 검이 횡으로 한 번 움직였다. 너무나도 간단하고 단순한 움직임이었지만, 그 결과는 그렇게 간단치 않았다.

쩌저저적!

장원을 둘러싼 벽에 금이 가기 시작했다. 그리고 그 금이 점차 크고 많아지더니, 이내 벽이 먼지로 변해 버렸다. 무너진 것이 아니라 완전히 가루가 된 것이다. 그 어떤 소음도 없었다. 그저 먼지로 변해 폭삭 주저앉았다.

종칠이 손을 한 번 휘젓자 부드러운 바람이 일며 자욱하게 피어난 먼지구름이 깨끗이 사라졌다.

벽이 완전히 사라지자 그 벽 안쪽에서 기습을 준비하던 흑마성교의 무사들이 보였다. 그들 중 몇몇은 마인이었고, 대부분은 사파 무인들이었다.

종칠은 가만히 그들을 지켜보다가 이내 몸을 돌렸다. 그리고 그 자리에서 사라져 버렸다. 종칠이 사라진 후에도 한동안 침묵이 감돌았다. 양측 누구도 먼저 움직이지 못했다.

가장 먼저 몸을 날린 사람은 연백철이었다. 연백철은 정신을 차리자마자 검을 빼 들고 몸을 날렸다. 그 앞에 있는 자들은 마인이거나 악랄하기 그지없는 범죄자들이었다. 그렇기에 손속에 일말의 사정도 남기지 않고 있는 힘껏 검을 휘둘렀다.

쉬쉬쉬쉬쉭!

연백철의 검이 수많은 변화를 일으키며 흑마성교 무사들을 향해 쏟아져 나갔다.

"크아아악!"

"커억!"

여기저기서 비명이 들려오며 수많은 무사들이 짚단처럼 쓰러졌다. 그리고 그 소리를 시작으로 모든 사람들이 정신을 차렸다.

"저놈은 혼자다! 일단 저놈부터 죽여!"

누군가의 외침이 들려왔고, 흑마성교 무사들이 일제히 연백철을 향해 달려들었다. 하지만 그들은 쉽게 연백철에게 검을 휘두를 수 없었다. 어느새 달려온 제갈무군과 하후량, 하후령 형제들 때문이었다.

채채채채채챙!

서걱! 서걱!

"크아악!"

검광이 난무했고, 검과 검이 부딪치며 불꽃이 튀었다. 그리고 사방에 피와 비명이 가득했다.

고작 네 사람에 불과했지만 그들이 보여주는 힘은 실로 무시무시했다. 하지만 수적 우위 앞에는 그들도 어쩔 수 없었다. 조금씩 밀리기 시작하더니, 이내 위태로운 지경에 이르렀다. 그들 중 전혀 위기없이 무인지경으로 적들을 유린하는 사람은 연백철이 유일했다.

 제갈무군은 그 모습을 보며 이를 악물었다. 그리고 검을 크게 휘둘러 잠시 틈을 만든 후 천망단을 향해 외쳤다.

 "뭘 구경만 하고 있는 거야! 검진을 펼치고 전진해!"

 제갈무군의 외침에 그때까지 손 놓고 구경만 하던 천망단원들은 화들짝 놀라 급히 검을 뽑고 검진을 구성했다. 그들은 천망검법을 펼치며 천천히 전진을 시작했다.

 우우우웅.

 거대한 기파(氣波)가 흑마성교 무사들을 향해 밀어닥쳤다. 일순 싸움이 소강 상태로 접어들었다. 그 틈을 타서 제갈무군과 하후량, 하후령은 급히 포위를 빠져나왔다. 그들은 적당한 자리에 서서 천망검진이 흑마성교와 격돌하는 모습을 지켜봤다. 유사시에 빈틈이 생기는 곳을 도와주어야 했기 때문이다.

 쫘앙!

 천망검진을 펼친 천망단과 흑마성교의 무사들이 격돌했다. 마치 벽력탄이 터지는 듯한 굉음이 울렸다. 제갈무군은 조마조마한 눈으로 그 모습을 지켜봤다. 천망검진이 대단하다는 건 알지만 아직은 천망단의 수준이 너무 낮았다.

 제갈무군은 드러난 상황을 보고는 환한 표정을 지었다. 압도적이었다. 천망검진의 위력은 상상 이상이었다. 특히 이렇게 많은 무사들이 모여서 검진을 이루니 그 힘이 정말로 굉장했다. 검진에서 흘러나오는 기파에 흑마성교 무사들은 원하는 대로 몸을 움직이는 것조차 힘들어했다.

그런 상대를 촘촘히 맞물린 검들이 유린했다. 흑마성교의 일각이 어이없을 정도로 허무하게 무너졌고, 나머지도 뒤로 물러나기에 급급했다.

천망단원들은 희열에 들뜬 눈으로 정신없이, 하지만 검진에서 결코 벗어나지 않는 움직임으로 검을 휘둘렀다.

제갈무군은 속으로 안도의 한숨을 내쉬며 이번에는 연백철이 있는 곳을 바라봤다.

"휘유, 정말로 괴물이 되었구나."

이곳에 연백철을 막을 수 있는 사람은 아무도 없었다. 마인들 중 몇몇이 심상치 않은 마기를 풍기며 달려들었지만 그들도 연백철의 삼 초를 받아넘기지 못했다.

그렇게 한 사람은 적진을 휘젓고, 다수의 천망단이 검진을 이뤄 차근차근 적을 제압해 나가는 모습을 보고 있으니, 왠지 무서운 생각이 들었다.

'정말 대주님은……'

이 모든 일은 단유강의 머릿속에서 나온 것이다. 그리고 어쩌면 그로 인해 화산파와 종남파가 상당히 곤란한 지경에 빠졌을지도 모른다.

제갈무군은 속으로 나직이 혀를 차며 자리에서 일어났다. 어차피 이긴 싸움이지만 최대한 빨리 끝내야만 했다. 그래야 이들보다 훨씬 더 많은 수의 강한 적을 맞아 제대로 싸울 수 있을 테니까 말이다.

제갈무군은 하후량, 하후령 형제와 함께 적들 사이로 몸을 날렸다.

그렇게 피비린내 나는 전투가 막바지로 치달았다.

단유강은 감숙 난주에 있는 월영단 지부에서 흑마성교와 천망단의 싸움에 대한 보고를 받았다.
 "제법이군."
 단유강은 만족스런 표정으로 씨익 웃었다. 설마 천망단이 이렇게까지 제대로 힘을 발휘할 줄은 몰랐다. 천망단은 거의 피해 없이 흑마성교를 제압했다고 한다.
 "아무리 남은 놈들이 쭉정이들뿐이었다고 하지만 이 정도일 줄은 몰랐는데 말이야."
 사실 흑마성교의 장원에 남은 자들은 마인 몇 명과 사파 무인들이었다. 사파 무인 중에서도 고수들은 다들 흑마성교주가 이끄는 본대에 섞여서 화산파와 종남파를 상대하기 위해 나갔다.
　표자흠이 그렇게 많은 인원을 끌고 나간 이유는, 이번 기회에 화산파와 종남파의 선발대를 완벽하게 몰살시켜 버린 후, 직접 화산파와 종남파를 찾아가 정벌할 계획이었기 때문이다.
　단유강은 그들의 그런 계획을 미리 읽고, 그에 걸맞은 대책을 세운 것이다.
　"자아, 과연 그놈들이 다시 돌아올까, 아니면 그냥 강행할까가 문제로군."
　단유강은 묘한 미소를 지으며 자리에서 일어났다. 일단 그쪽은 대충 그렇게 정리가 되었으니, 이젠 이쪽을 정리할 차례였다.
　감숙 쪽은 아직도 여기저기에서 치열한 접전이 벌어지고 있었다. 무림맹 무사들까지 잔뜩 투입되었는데도 큰 성과가 없었다. 감숙 쪽은 사천과는 달리 마인들의 수준이 높고, 영악했다. 마인들은 결코 정면에서 대결하는 법이 없었다. 그들은 기습을 즐겼고, 일단 승리가 확실하면 아무도 살려 보내지 않을 정도로 잔혹하게 상대를 학살했다.
　마인들이 워낙 독하게 나오니 정파의 무인들 중에는 겁을 먹고 싸움을 피하려는 자들도 심심찮게 나왔다. 무림맹에서 파견한 무사단도 상당한 피해를 입었다. 그들이 토벌한 마인의 수도 꽤 많았지만 역으로 당해서 목숨을 잃은 사람도 많았다.

사실 마인들이 노린 것 중 하나는 천망단이었는데, 그 부분에서만큼은 그들도 별다른 성과를 얻지 못했다. 천망단은 이미 화룡신검과 종칠이 돌아다니며 대피를 시켰기 때문이다. 천망단은 지금 단유강이 있는 난주에 모여서 열심히 수련 중이었다.

"일단 감숙과 섬서의 천망단은 대강 정리했고, 사천 쪽도 작업을 하고 있으니 첫 번째 목표는 마무리한 건가?"

단유강의 목표는 사천, 감숙, 섬서, 귀주의 천망단을 모두 모으는 것이었다. 지금의 무림맹은 천망단을 제대로 이용하지 못하고 있어 차라리 없애 버리는 게 낫다. 무림맹은 천망단을 포기하고 조금 더 조직을 탄탄하게 만들 필요가 있었다.

"그리고 괜히 하부 조직이 수없이 늘어져 있으니 부패하는 정도도 심하고 말이야."

단유강도 현 무림맹주는 인정했다. 지금의 무림맹주인 혁무길은 상당히 깨끗한 사람이다. 그리고 정의로운 사람이었다. 하지만 맹주만 깨끗하다고 해서 무림맹이 잘 돌아가는 건 절대 아니었다.

"아무튼 숙부님이 큰 도움이 됐지. 그나저나 대체 왜 오신 거지? 웬만해서는 나오실 분이 아닌데 말이야. 설마 정말로 문노를 잡으러 오신 건 아닐 테고."

종칠은 꽤 오래전에도 이렇게 세상에 나온 적이 있었다. 당시에는 정말로 문노를 잡으러 왔지만 지금은 절대 그게 아니었다. 만일 그랬다면 이렇게 한가하게 자신의 부탁을 들어주고 있을 리가 없었다.
　"어쩌면 천망단 때문일지도 모르지."
　이제 종칠에게 있어서 세상에 남은 유일한 미련은 아마 천망검법일 것이고, 그것을 익힌 천망단일 것이다. 어쩌면 이번에 종칠이 내려온 것은 마지막 남은 미련을 깔끔하게 정리하기 위해서 인지도 모른다. 아니, 생각하면 할수록 그럴 확률이 높았다.
　"뭐, 알아서 하시겠지. 난 이제 슬슬 움직여 볼까?"
　단유강은 느긋하게 밖으로 나갔다. 난주의 번화가를 걷다 보니 다양한 사람을 볼 수 있었다. 그렇게 사람들을 구경하다 보니 문득 미고현이 떠올랐다. 미고현도 지금은 난주 부럽지 않을 정도로 변화했다. 물론 규모는 훨씬 작겠지만 그래도 사람들의 활기는 절대 뒤지지 않는다.
　"언젠간 미고현도 여기처럼 될 수 있겠지. 그리고 단가상단도 천하상단을 누를 수 있을 테고."
　천하상단은 무림맹이 운영하는 상단이다. 전장부터 시작해서 발을 뻗치지 않은 분야가 없을 정도로 다양한 업종을 가지고 있으며, 그 규모도 단가상단과는 비교도 할 수 없을 정도로 크다.

하지만 단유강은 언젠가 단가상단이 천하상단을 넘어설 수 있을 거라 믿었다. 단가상단의 뒤에는 아주 유능한 사람들이 포진해 있지 않은가.

"지금쯤 내 욕을 하고 있을지도 모르겠군."

단유강은 그녀들을 떠올리며 빙긋 웃었다. 단유강의 발길이 조금 더 빨라졌다.

"하아, 정말 너무하시네."

"그러게요. 어떻게 하면 일거리를 이렇게 기하급수적으로 늘리실 수 있는 건지."

"그래도 어쩌겠어요. 빨리 처리해야지요. 정말 단가상단이랑 월영단을 운영하는 것만 해도 보통 일이 아닌데, 마인들과 싸운 뒤처리까지 해야 하니 눈코 뜰 새가 없네요."

"그러게 말이에요."

단유강의 예상대로 천망칠십오대의 장원에 있는 월영각 최상층에서는 네 여인이 연방 투덜대고 있었다. 그렇게 투덜대면서도 그녀들의 눈은 서류에서 떨어지지 않았다. 끊임없이 일을 처리해 나가고 있는 중이었다.

그렇게 한참 일하고 있는 도중, 지급으로 분류된 서류 한 장을 읽던 사마자혜가 짧은 비명을 질렀다.

"꺅!"

세 여인의 눈이 동시에 그녀에게로 향했다. 사마자혜는 창백하게 질린 얼굴로 고개를 절레절레 젓고 있었다. 그녀는 떨리는 손으로 서류를 들어 일단 백설영에게 넘겼다.

백설영은 서류를 읽고는 한숨과 함께 옆에 있던 담교영에게 넘겼고, 담교영도 백설영과 비슷한 반응을 보이며 서류를 마지막으로 하후아영에게 넘겼다.

네 여인은 동시에 한숨을 내쉬었다.

"하아, 대주님은 어쩌자고 일을 이렇게 크게 벌리신 건지."

"그나저나 무림맹이 가만히 있을까요?"

"가만히 있게 만들어야지. 자혜가 좀 수고를 해주면 좋을 것 같은데, 할 수 있겠어?"

사마자혜가 어두운 얼굴로 고개를 끄덕였다.

"일단 시도는 해봐야죠. 하지만 좋지 않아요. 천망단은 단순히 정보 수집만 하는 게 아니에요."

"나도 알아. 천하상단의 일도 함께 처리하는 거지?"

"맞아요. 어쩌면 그게 더 중요한 일이죠. 한데 이렇게 네 개 지역의 천망단이 사라지면 천하상단의 영향력도 그만큼 줄어들게 되거든요."

"그리고 그렇게 줄어든 영향력을 우리 단가상단이 흡수할 수 있게 되는 거고."

"그러니 무림맹에서 그냥 놔줄 리 없죠."

백설영은 사마자혜의 부정적인 반응에 잠시 생각에 잠겼다. 그것은 아주 간단하면서도 당연한 일이었다. 한데 그런 걸 단유강이 생각하지 못했을 리가 없다. 가능성이 있었으니 이런 일을 지시했을 것이다.

"대주님은 왜 우리가 이 일을 처리할 수 있다고 믿고 계신 걸까?"

잠시 방 안에 침묵이 감돌았다.

"천망단원들이 자발적으로 움직이면 얘기가 조금 달라지지 않을까요?"

담교영이 낸 의견이었다. 물론 일리는 있었다. 하지만 그렇게 단순하지 않을 것이다.

"천망단에 드는 순간 무림맹으로부터 무공을 배워요. 무림맹이 그들을 가만두겠어요? 무공을 회수하겠다고 하면 끝이죠."

순간 백설영이 눈을 반짝 빛냈다.

"무공은 회수할 수 없을 거야."

"예? 그럴 리가요. 그 무공은 무림맹의 것이라고요."

"그 무공의 진짜 주인이 오셨거든. 그럼 무공 문제도 해결된 건가?"

"무공의 진짜 주인이요? 설마… 삼절신군께서……."

백설영이 고개를 끄덕였다.

"얼마 전에 오셨어. 그러니 그 사실을 토대로 작전을 짜봐. 어때? 그 정도면 할 수 있겠어?"

사마자혜는 백설영의 말에 얼떨떨한 표정을 지었다. 하지만 이내 고개를 끄덕였다. 그 정도면 일단 해볼 만은 하다.

"해볼게요. 한데 정말로 삼절신군께서 오신 거 맞나요?"

"아마 결정적인 증표도 가지고 계실 거야. 걱정하지 마."

그 말에 사마자혜의 안색이 살짝 밝아졌다. 만일 정말로 그렇다면 가능성이 크게 올라간다. 무림맹도 결국은 사천을 비롯한 네 개 지역의 천망단을 포기할 수밖에 없으리라.

"일단 대주님께 연락을 해서 증표를 얻을 수 있는지 물어볼게."

백설영은 그렇게 말하고는 급히 일어섰다. 전서구를 준비하기 위함이었다.

사마자혜는 그런 백설영을 바라보며 두근거리는 가슴을 진정시키느라 무던히 애를 썼다. 무림맹은 큰 변화를 맞이할 수밖에 없을 것이다. 그리고 그 변화를 시작시키는 사람이 아마 자신이 될 거라고 생각하니 가슴이 떨려왔다.

표자흠은 잠시 멍한 표정을 지었다. 유염천이 난감한 표정으로 그를 바라보자 이내 정신을 차리고는 다시 물었다.

"다시 한 번 말해봐라. 뭐가 어떻게 되었다고?"

"교의 본단이 완전히 궤멸되었다고 합니다. 섬서의 천망단이 지금 본 교의 장원을 점거한 채 홍청망청 술판을 벌이고 있다고 합니다."

표자흠이 온몸을 부들부들 떨었다. 분노가 치밀었다.

"으드득, 감히 그놈들이! 당장 길을 돌려라. 일단 그놈들부터 응징을 하겠다."

표자흠의 말에 유염천이 당황하며 만류했다.

"교주님, 그건 안 됩니다. 이제 화산파와 종남파 놈들이 코앞에 있습니다. 일단 그놈들부터 처리를 한 뒤에 돌아가십시오. 그렇지 않으면 적을 앞뒤로 맞이하게 됩니다."

유염천의 말이 전혀 틀리지 않았는지라 표자흠은 일단 분노를 속으로 꾹 눌러 참았다.

"좋다. 일단 이 타오르는 분노를 그놈들에게 쏟겠다. 어서 가자!"

표자흠이 그렇게 외치며 몸을 날렸다.

유염천은 그런 표자흠을 바라보며 나직이 한숨을 내쉬었다.

"어쩌다 일이 이렇게 되었는지 모르겠군. 이렇게 끊임없이 틀어지는 것도 쉬운 일은 아닌데……."

유염천은 고개를 몇 번 젓고는 몸을 날려 표자흠의 뒤를 따랐다. 그런 두 사람의 뒤로 수천의 마인들이 눈에서 혈광을 뿌리며 따라갔다.

화산파와 종남파에서 파견한 정예 무사들과 흑마성교가 부딪쳤다는 소문이 날개를 달고 사방으로 퍼져 나갔다.

화산파와 종남파는 각각 이백 명씩의 무사를 파견했고, 그들은 흑마성교와 싸우기 전에 섬서에 있는 유수의 문파들을 돌며 도움을 청했다. 사실 강제적인 성격이 짙었지만, 어쨌든 흑마성교가 섬서를 집어삼키면 그들도 살아가기 어렵기 때문에 어쩔 수 없이 무사들을 보내주었다.

그렇게 모은 무사의 수가 무려 천오백 명이나 되었다. 화산파와 종남파의 무사들까지 합하면 거의 이천에 달하는 막대한 수였다.

그들은 싸움이 시작되기 전까지만 해도 희망에 부풀어 있었다. 그 정도 수라면 흑마성교와 충분히 해볼 만하다고 여겼다. 하지만 그들은 부풀었던 희망만큼이나 처절한 절망에 휩싸여야 했다.

흑마성교는 강했다. 그것도 엄청나게 강했다. 흑마성교의 마인들은 꾸준히 피를 탐하는 자들이었다. 마인들은 피를 취하면 취할수록 강해진다. 물론 한계가 있지만, 그 한계라는 것도 상당한 수준이었다.

그런 마인들이 수천이나 떼로 달려드니 보통 무인들이, 그것도 화산파나 종남파가 아닌 중소 문파에서 긁어모은 무인들이 감당할 수 있을 리 없었다.

그나마 화산파와 종남파의 정예들이 선전을 했지만 그것도 흑마성교의 교주인 표자흠이 그들에게 달려들기 전까지였다.

표자흠은 처음에는 중소 문파의 무사들 사이로 뛰어들어

서 마구 날뛰다가 화산파와 종남파의 무인들을 발견하고는 그들에게 달려들었다.

표자흠의 무위는 무시무시할 정도였다. 화산파의 장로들이 협공을 했지만 손짓 한 번에 피 떡이 되어 날아갔고, 종남파의 고수들이 한꺼번에 달려들었지만 표자흠의 일검을 받아내는 사람이 아무도 없었다. 표자흠은 그 정도로 강했다.

흑마성교는 화산파와 종남파의 연합을 산산이 부순 후, 다시 방향을 돌려 서안으로 향했다. 아무리 화산파와 종남파를 쳐부쉈다고 한들 본단이 점령당했다는 치욕은 견디기 어려웠다.

지금 섬서의 소문은 두 가지로 정리되고 있었다.

하나는 흑마성교와 그 교주인 표자흠의 강함에 대한 것이었다. 표자흠은 우내사존에 버금갈 정도로 강하다는 소문이 파다하게 돌았다.

두 번째는 흑마성교의 치욕이었다. 섬서의 천망단이 힘을 모아 흑마성교의 본단을 점령했다는 소문이었다. 이 소문은 천망단이 강하다기보다는 흑마성교가 멍청하다는 식으로 퍼져 나갔다. 제집에 사람도 남겨놓지 않아 털린 멍청이라는 소문이 파다하게 돌아다녔다.

그러니 표자흠이 다시 되돌아가지 않을 수 있겠는가. 물론 소문을 그런 식으로 낸 것은 전부 제갈무군이 한 짓이었다. 제갈무군은 월영단과 단가상단의 힘을 이용해 그런 식의 소문을 잔뜩 퍼뜨렸다. 흑마성교가 다시 되돌아오도록 말이다.

제갈무군은 최악의 경우 흑마성교가 화산파와 종남파를 몰살시킨 후에 돌아올 수도 있다고 판단했다. 냉정하게 판단하면 그것이 맞을 것이다. 하지만 흑마성교는 그렇게 하지 않았다. 그들은 다시 서안으로 되돌아오는 것을 선택했다.

상황은 제갈무군이 가장 원하는 방향으로 흘러갔다. 그리고 제갈무군은 그들을 성대하게 맞이할 준비를 하느라 정신이 나가기 일보 직전이었다.

연백철은 긴장한 눈으로 거대한 장원을 바라봤다. 흑마성교의 장원은 비록 앞쪽의 벽이 모조리 사라지긴 했지만 여전히 그 위용이 대단했다.

지금 그곳에서는 수많은 일꾼들이 작업을 하고 있었다. 그들이 하는 일은 사라져 버린 벽을 다시 세우는 것이었다. 물론 원래대로 복원하는 것이 아니라, 대충 나무를 잘라 얼기설기 엮는 수준이었다.

연백철은 그 광경을 바라보며 한숨을 내쉬었다.

"후우, 정말 내가 할 수 있을지……."

불안했다. 이번 계획은 연백철이 흑마성교주를 혼자서 상대할 수 있다는 가정하에 세워졌다. 지금 제갈무군이 진을 설치하고 있긴 하지만 제대로 된 진을 구축하기에는 시간이 너무 촉박했다.

지금 저 장원에 설치 중인 진은 그저 적의 눈을 가볍게 혼란시키는 정도에 불과했다. 물론 그 정도만으로도 대단위 전투에서는 엄청난 위력을 발휘할 것이다.

담장을 다시 세우는 이유도 적을 장원 안으로 끌어들이기 위함이다. 제갈무군은 장원 안에서 하후량과 하후령의 도움을 받으며 열심히 진을 설치하고 있었다.

"놀고 있는 건 나뿐이군."

사실 연백철도 제갈무군을 도우려 했었다. 그것이 안 된다면 담을 다시 세우는 일을 돕고자 했다. 하지만 제갈무군이 강하게 만류했다.

"앉아서 마음을 가다듬으라니, 대체 뭘 어쩌라는 건지."

연백철은 마음이 점점 무거워졌다. 자신의 정확한 실력이 어느 정도인지 모르니 더 불안했다. 얼마 전에 흑마성교의 잔당과 싸우면서 실력이 상당히 늘었다는 건 깨달았다. 하지만 얼마나 늘었는지는 아직도 모른다.

"진짜 강한 사람과 한번 싸워보면 알지도 모르는데."

"원한다면 내가 해주지."

연백철은 갑자기 뒤에서 들려온 말에 화들짝 놀라 뒤돌아보며 일어났다. 그리고 오연하게 서 있는 사내를 발견했다. 종칠이었다.

'정말 이상한 사람이로군.'

단유강의 숙부라고 했다. 게다가 문노의 사부라고도 했다.

하지만 절대 그렇게 보이지 않았다. 단유강과 친구라고 해도 믿을 수 있을 정도였다. 사실 단유강도 나이에 비해 좀 어린 외모를 가지고 있었다.

'뭐, 대주님의 할머님 같은 분도 계신데.'

연백철은 아직도 우문혜를 처음 봤을 때와 그녀의 정체를 들었을 때의 충격을 잊을 수 없었다. 아마 그것은 죽을 때까지 잊히지 않을 것이다.

"하기 싫은가 보지?"

연백철이 황급히 고개를 저었다.

"아닙니다. 하겠습니다."

지금은 딴생각을 할 때가 아니었다. 종칠이 얼마나 대단한지는 너무도 잘 알고 있다. 천망검법의 창시자이자 천망단의 창시자나 다름없는 삼절신군 아닌가.

"따라와라."

종칠이 어딘가로 향하자 연백철은 심호흡을 크게 하고는 힘차게 그 뒤를 따랐다. 종칠을 따라가는 동안 긴장을 완화시키려 했는데, 생각처럼 잘되지는 않았다.

"긴장할 거 없다. 가볍게 할 생각이니까."

종칠은 그렇게 말하며 돌아섰다. 어느새 두 사람은 난주를 훌쩍 벗어난 곳에 있는 숲에 들어와 있었다. 연백철은 어떻게 여기까지 왔는지도 모를 정도로 정신이 없었다. 긴장을 없애려 심호흡에만 신경을 쓰며 따라왔기 때문이다.

두 사람이 있는 곳은 숲 속에 있는 꽤 널찍한 공터였다. 어느 정도 검을 휘두르며 날뛰어도 괜찮을 정도의 넓이였다. 물론 두 사람이 진짜로 마음먹고 검기를 쏟아내기 시작하면 공터 주변이 남아나지 않겠지만 말이다.

스릉.

먼저 검을 뽑은 것은 종칠이었다. 종칠은 검을 든 채로 연백철을 물끄러미 바라봤다. 연백철은 종칠의 눈길에 쭈뼛거리며 검을 뽑았다. 종칠이 씨익 웃었다.

"내가 가볍게 한다고 네게도 가벼울 거라는 생각은 버려라. 내가 검을 배울 때처럼 하면 죽을지도 모르니까 좀 살살해 주겠다는 것뿐이니까."

종칠은 그 말을 끝으로 몸을 날렸다.

연백철은 종칠의 몸이 갑자기 자신의 눈앞에 나타난 듯한 착각이 들었다. 마치 원래부터 눈앞에 서 있었던 것 같았다.

종칠은 기겁을 하며 검을 들어 올렸다.

쩡!

간신히 막았다. 하지만 종칠의 표정을 보곤 그게 아니란 생각이 들었다.

퍽!

"커억!"

복부가 꿰뚫리는 듯한 격통이 느껴졌다. 허리가 직각으로 구부러졌다. 어느새 종칠의 발끝이 연백철의 배에 깊숙이 틀어박혀 있었다.

"쯧쯧, 경지가 아깝다. 아직도 눈으로만 보려고 하다니. 쯧쯧쯧."

연백철은 종칠의 말에 정신이 번쩍 들었다. 창자가 끊어질 것 같은 고통도 잠시 잊을 정도로 놀랐다. 뒤통수를 후려치는 듯한 짧은 깨달음이 전해졌다.

"다시 할 테니까 이번에는 막아봐라."

종칠이 다시 검을 위로 치켜올리자 연백철은 기겁을 하며 검을 들어 올렸다. 지금이야 느릿하게 위로 올라가고 있지만 내려올 때는 검이 보이지도 않을 정도로 빠르다는 걸 잘 알기 때문이다.

쩡!

연백철은 팔이 끊어질 것 같은 충격을 간신히 참아냈다. 그리고 옆구리로 파고드는 이질적인 느낌 하나를 잡아냈다. 피하고 싶었지만 너무 빨라 그럴 수가 없었다.

"이익!"

종칠은 억지로 팔을 움직였다. 방금 전에 막아낸 검격의 힘을 이용해 한 팔을 옆구리 쪽으로 보낸 것이다.

펑!

종칠의 발을 팔로 쳐낸 연백철의 얼굴이 대번에 환해졌다. 하지만 그 표정이 다시 일그러지는 데는 촌각도 걸리지 않았다.

퍽!

"끄어어어."

이번에도 배였다. 아까 맞았던 부분에 또 맞았다. 한 치도 다르지 않은 자리였다. 창자가 모조리 끊어지다 못해 입 밖으로 튀어나올 정도로 고통스러웠다.

"쯧쯧, 한 번 막고 말 거냐? 한 번 막으면 잘했다고 칭찬해 줄 거라고 생각했나? 날 너무 친절한 사람으로 본 모양이군."

연백철은 바닥을 데굴데굴 굴렀다. 아까 맞은 충격까지 더해 지금은 아주 죽을 지경이었다.

종칠은 그 모습을 보며 아주 후련한 표정을 지었다.

"역시 난 누굴 가르치는 게 체질이라니까."

연백철은 문노가 왜 자신의 사부를 피하려 하는지 이제야 알 수 있었다.

"끄으으."

종칠의 눈에 이채가 감돌았다.

"오호? 근성이 뛰어난 녀석일세. 좀 아플 텐데 억지로 일어나는 걸 보면 말이야."

연백철은 억지로 일어나서 검을 들었다. 여기서 꺾일 수는 없었다. 아직 배울 게 산더미였다. 자신은 이제 머지않아 흑마성교의 교주와 싸워야 한다. 그 싸움에 모든 천망단원의 목숨이 걸려 있다. 지금이야 고통스럽고 힘들지만, 그래도 죽는 것보다는 나았다.

'나 혼자만 죽는 게 아니잖아.'

연백철은 덜덜 떨리는 다리를 진정시키려 애쓰며 종칠을 바라봤다. 연백철의 눈빛을 확인한 종칠이 크게 고개를 끄덕였다.

"아주 좋은 눈빛이군. 그래, 그럼 좀 더 열심히 두들겨 줘야겠구나."

종칠은 그대로 몸을 날려 연백철의 몸에 주먹을 꽂았다. 한 방이 아니었다. 수십 번이나 주먹을 휘둘러 몸 여기저기를 때렸다.

"크으으윽!"

연백철은 온몸이 부서지는 듯한 충격과 고통 속에서도 종칠의 공격을 읽으려 애썼다. 기운이 마구 뒤엉키며 움직이는 것이 느껴졌고, 그것을 구분해 내려 애썼다. 그러면서도 어떻게든 몸을 움직였다.

종칠은 연백철이 하는 양을 지켜보며 눈을 빛냈다. 물론 주먹과 발은 절대 쉬지 않았다. 연백철의 근성은 정말로 최고였다. 문노와는 비교도 할 수 없을 정도였다.

'이거, 때릴 맛이 나는구나. 마음 같아선 제자로 들였으면 좋겠는데 말이야.'

종칠은 어느새 자신이 주먹을 서른 번쯤 휘두르면 그중 한두 번은 피해내는 연백철을 보며 감탄을 했다. 종칠은 크게 고개를 끄덕이며 주먹질하는 속도를 조금 더 올렸다.

"안 움직이고 뭘 하는 거냐. 주먹질만 하다가 끝낼 셈이냐? 검도 휘둘러 봐야지. 천망검법 제대로 해보고 싶지 않아?"
 종칠의 말에 연백철은 없던 힘까지 끌어냈다. 연백철의 눈에 서린 의지와 독기가 더욱 짙어졌다.

 표자흠은 서안으로 들어서자마자 곧장 흑마성교의 장원으로 향했다. 어차피 계획은 일그러질 대로 일그러졌다. 이젠 서안에 모여 있다는 천망단을 정리하고 다시 화산파와 종남파를 정리할 때까지 감숙의 마인들이 버텨주기만을 바라는 수밖에 없었다.
 그렇게 장원이 보이는 곳에 도착한 표자흠은 걸음을 멈췄다. 왠지 모를 기이한 느낌이 들었다. 그것은 불길함이었다.
 "교주님?"
 유염천의 물음에 표자흠은 한 손을 들어 올려 그의 말을 막았다. 그리고 감각을 집중해 멀리 보이는 장원을 살폈다. 표자흠의 감각이 사방으로 영역을 확장해 나갔다.
 한참 동안 그렇게 상황을 살피던 표자흠이 나직이 혀를 찼다.
 "쯧, 장원은 포기한다. 역시 내 예상이 맞았군."
 표자흠의 입가에 잔혹한 미소가 감돌았다. 유염천은 그 미소를 보고는 몸을 살짝 떨었다.
 "교주님, 무슨 일이신지……."

"저 장원에는 함정이 있다. 기의 흐름이 이상해. 예전의 나였다면 멋모르고 들어가 당했을 정도로 은밀하다. 꽤 대단한 놈들이로군. 천망단이라고 얕보면 곤란하겠어."

표자흠은 그렇게 말하고는 주위를 둘러봤다. 그가 이끌고 온 마인들이 풍기는 지독한 마기 때문에 근처에는 다가오는 사람이 아무도 없었다. 심지어는 집을 비우고 도망친 사람들도 있었다. 그들에게 있어서 마인들은 재난에 가까웠다.

"몇 놈을 죽이면 저 쥐새끼들이 밖으로 나올까?"

유염천은 표자흠이 한 말의 의미를 파악하고는 쓴웃음을 지었다. 그 역시 피를 탐하는 마인이기에 살인에 대해서 별다른 죄책감을 느끼지 않는다. 산 사람의 피를 빨아 먹은 적도 있을 정도니 피에 대한 거부감 따위는 전혀 없었다. 하지만 지금 표자흠이 하려는 일은 그런 식으로 생각할 수 없었다.

"교주님, 서안의 사람들을 건드리면 곤란합니다. 이곳은 우리의 근거지가 될 곳입니다."

표자흠도 그것을 알고 있다. 그래서 지금까지 서안에서는 사고 한 번 치지 않았다. 누구라도 서안에 오면 마인들로부터 핍박받지 않을 수 있다는 것을 알게 해야만 했다. 그래야 마인들도 먹고살 것이 아닌가.

"근거지를 옮기면 그만이야. 섬서에 근거지로 삼을 만한 곳이 서안밖에 없나?"

"그건 아닙니다만……."

"됐어. 그리고 고작 수십 명 정도 죽는 걸로는 티도 안 나. 저놈들만 없어지면 끄떡없어."

그도 그렇다. 유염천은 마지못해 고개를 끄덕였다. 그리고 표자홈이 난폭한 명령을 내리기 전에 알아서 마인들에게 명을 내렸다.

"최대한 난동을 피우면서 몇 놈을 잡아 죽여라. 피를 마셔도 좋다. 대신 비명 소리가 최대한 울려 퍼지게 만들어라. 저 안에 있는 놈들을 끌어낼 정도로 말이야."

유염천의 명에 수십의 마인들이 희열 가득한 얼굴을 한 채 사방으로 튀어나갔다. 그들은 눈앞에 보이는 집을 단번에 때려 부수며 안으로 난입했다.

콰과광! 콰득! 콰지직!

"꺄아악!"

"살려주세요!"

뭔가가 부서지는 소리와 비명 소리가 어우러져 사방을 뒤흔들었다. 그 소리는 당연히 흑마성교의 장원에도 흘러들어 갔다.

제갈무군의 얼굴이 사정없이 일그러졌다.

"젠장, 실패다."

실패긴 하지만 첫 번째 계획이 실패한 것이다. 사실 계획은 이게 끝이 아니었다. 제갈무군은 저들이 장원에 들어올 가능성과 그렇지 않을 가능성으로 나눠 계획을 세웠다. 물론 들어왔다면 그 두 가지 준비를 한꺼번에 쏟아부을 수 있어서 훨씬 효과적이었을 것이다.

장원 밖에서는 계속해서 부서지는 소리와 비명 소리가 들려오고 있었다. 제갈무군은 다급하게 진을 발동시켰다.

화아악.

흑마성교의 장원이 순식간에 안개에 휩싸였다. 이건 첫 번째 진이었다. 그저 안개로 적의 시야를 가두는 것뿐이지만 이런 상태에서 기습을 하면 상당히 효과적이다.

"쩝, 아깝군."

제갈무군은 그렇게 중얼거리며 두 번째 진을 발동시켰다.

"장원에서 뭔가가 흘러나오고 있습니다!"

유염천의 외침에 표자흠이 장원을 바라봤다. 어느새 장원은 안개에 휩싸여 있었고, 장원으로부터 그 안개가 밖으로 흘러나오고 있었다. 고작 무릎 정도에 불과한 높이로 안개가 깔려서 퍼지는 광경은 꽤 장관이었다.

표자흠의 안색이 살짝 변했다.

"이놈들이 여기까지 함정을 설치한 건가?"

하지만 아까처럼 불안한 느낌이 들지는 않았다. 아무래도 아래에 깔린 것은 말 그대로 그냥 안개일 뿐인 듯했다. 하지만 고작 무릎 높이의 안개로는 아무런 위협도 되지 않았다.

안개가 시야를 가릴 정도가 되어야 그나마 효과를 보지 않겠는가.

"쓸데없는 짓을 하는군."

표자흠은 그렇게 치부해 버렸지만 유염천은 그럴 수 없었다. 아무런 의미가 없는 짓을 애써서 할 리 없었다. 허장성세의 계책일 수도 있지만 유염천이 보기에 그런 건 아닌 듯했다.

"그래도 조심하시는 게 좋을 듯합니다."

"어차피 저놈들도 여기서 함께 어우러져야 한다. 위협이 될 리가 없어."

표자흠이 그렇게 말한 순간, 장원의 앞쪽 벽이 그대로 무너졌다.

쿠웅!

순간 안개가 물밀듯 밀려왔다. 안개의 높이는 순식간에 허벅지까지 올라왔다. 하지만 그뿐이었다.

"준비!"

표자흠이 외쳤다. 벽이 사라지니 눈을 빛내며 싸울 준비를 마친 수많은 무사들이 보였기 때문이다. 그들은 천망단 무사들이었다.

"오합지졸이 따로 없군. 저놈들이 달려들 때까지 기다린다."

아직도 안으로 들어갈 생각은 없었다. 천망단이 시간을 끌면 주변을 한 번 더 휩쓸 생각이었다.
 천망단 무사들이 천천히 전진을 시작했다.
 "크크크, 제 놈들이 별수 있나. 이제 저놈들만 쓸어버리면 끝나는군."
 표자홈이 그렇게 비웃음을 날림과 동시에 그의 뒤에서 비명이 울려 퍼졌다.
 "크아악!"
 "커억!"
 "다, 다리가!"
 표자홈은 안색이 변해 뒤로 돌아섰다. 마인들이 갑자기 우수수 쓰러지는 모습이 눈에 들어왔다. 표자홈과 유염천은 그제야 자신들의 실수를 깨달았다.
 "아뿔싸!"
 유염천은 급히 마인들이 쓰러지고 있는 쪽으로 몸을 날렸다.
 "이놈!"
 퍼버벙!
 유염천의 장력이 바닥을 후려쳤다. 하지만 그곳에 있던 자들은 이미 다른 곳으로 사라진 후였다. 안개가 사방으로 퍼져 나갔다가 다시 모여들었다.
 "이런!"
 유염천은 눈을 빛내며 사방을 둘러봤다. 멀리 떨어진 곳에 있던 마인 몇이 또 쓰러졌다. 유염천은 이를 갈았다.
"으드득, 안개 아래로 숨어들어 기습을 할 거란 기본적인 생각을 못하다니."
너무나 당연한 거였지만 순간적으로 거기까지 생각이 닿지 않았다. 처음 안개가 밀려올 때 높이가 너무 낮았기에 경계심이 많이 흐트러진 게 문제였다.
"모두 아래를 조심해라!"
표자흠이 그렇게 외치며 몸을 날렸다. 안개는 기척을 가리는 효능까지 있는 듯했다. 표자흠의 날카로운 감각으로도 숨은 자들을 발견하는 것이 쉽지 않았다. 하지만 아예 불가능하지도 않았다.
"이놈! 거기구나!"
표자흠의 검이 바닥을 휩쓸었다. 그 자리에는 마인들도 상당수 있었지만 전혀 아랑곳하지 않았다. 그래야 적을 잡아낼 수 있을 거라 여겼다.
"크아아악!"
마인들의 비명이 울렸다. 하지만 숨은 자를 베지는 못했다. 표자흠의 안색이 변했다. 이대로는 계속해서 당할 뿐이었다.
"모두 안개 밖으로 물러나라!"
표자흠의 명령에 마인들이 신속히 물러났다. 그들도 그제야 도망갈 수 있다는 걸 깨달은 것이다. 안개는 서안 전체를 뒤덮은 게 아니었다. 흑마성교의 장원 근방 수백 장에만 깔려 있을 뿐이었다.

유염천은 안개 밖으로 물러난 후, 인원을 대충 파악해 보았다. 안개 안에서 적어도 백여 명은 죽은 듯했다.

"여기서 기다린다. 어차피 저놈들은 이리로 올 수밖에 없어."

표자흠은 그렇게 말하고는 앞을 노려봤다. 천망단 무사들이 촘촘한 진형을 이룬 채 천천히 다가오고 있었다. 어느새 안개가 점점 옅어지더니 이내 말끔히 사라졌다. 표자흠은 이를 갈며 눈에서 혈광을 뿜어냈다.

"후욱."

연백철은 숨을 길게 내쉰 후, 당당하게 걸음을 옮겼다. 연백철이 있는 곳은 천망단의 가장 앞이었다. 그러나 연백철 뒤로는 아무도 없었다. 즉, 천망단은 두 진형으로 나뉘어 전진 중이었다. 연백철과 흑마성교주가 싸울 자리를 만들어주기 위함이었다. 자칫 둘의 싸움에 휘말려 들면 반드시 진형을 이뤄 검진을 펼쳐야만 하는 천망단이 압도적으로 불리했다.

지금 싸움터로 내정된 자리는 제갈무군이 미리 만들어둔 곳이었다. 서안 내에서 이렇게 넓은 공터는 없었다. 물론 수천 명이 동시에 격돌할 수 있을 정도는 아니었다. 하지만 충분히 검진을 유지하며 싸울 수 있을 정도는 되었다.

흑마성교의 마인들과 천망단이 격돌하기 직전, 연백철은 그대로 몸을 날렸다. 목표는 흑마성교주 표자흠이었다.
　"감히!"
　표자흠은 분노했다. 자신을 노리고 달려드는 놈이 있으리라고는 생각도 못했다. 처음에는 흑월검마가 있을지도 몰라 조마조마했지만 이제는 그가 없다는 것을 확실히 알 수 있었다.
　"날 막으려는 놈이 고작 저런 애송이란 말인가!"
　표자흠은 혈광을 줄기줄기 뿜으며 검을 휘둘렀다.
　쩌엉!
　사방으로 기파(氣波)가 퍼져 나갔다. 그 기파는 일순 모두의 몸을 움찔거리게 만들었다.
　표자흠의 눈이 놀람으로 물들었다. 그에 반해 연백철의 눈은 차분하게 가라앉았다.
　"이때다! 전진!"
　제갈무군이 기회를 놓치지 않고 외쳤다. 천망단은 언제 멈췄냐는 듯 다시 걸음을 옮겼다. 그리고 그와 동시에 검을 휘둘렀다. 천망검진이 펼쳐지며 사방으로 기파가 부드럽게 퍼져 나갔다.
　쩌저저정!
　챙챙챙!
　"크아악!"

검과 검이 부딪쳐 불꽃이 튀었다. 피가 분수처럼 솟구쳤고, 눈이 시릴 정도로 검광이 번득였다.

제갈무군은 이를 악물었다. 역시 상대는 마인이었다. 천망검진을 펼쳐 마인의 마기에 당하지는 않았지만 마인들 자체가 너무 강했다. 천망단이 조금씩 밀리기 시작했다.

이대로라면 곤란했다. 그리고 그 순간 약속했던 대로 하후량과 하후령이 움직였다.

서걱! 서걱!

"커억!"

두 사람은 천망단과 마인들 틈을 오가며 천망단의 빈틈을 메워주고 마인들의 빈틈을 노려 그들을 공격했다. 고작 두 사람의 가세였지만 순식간에 천망단의 흐름이 안정되었다.

제갈무군은 안도하며 연백철을 향해 고개를 돌렸다. 그리고 걱정 반 놀람 반의 심정으로 연백철과 표자흠의 싸움을 지켜봤다. 이제 두 사람의 승패가 이 싸움의 승패로 연결될 것이다. 처음부터 그렇게 만들기 위한 계획이었다.

"놀랍구나!"

표자흠은 정말로 놀랐다. 연백철의 나이에 어떻게 이런 대단한 무위를 쌓았는지 이해가 어려울 정도였다. 게다가 연백철이 펼치는 것은 천망검법임이 분명했다. 그 날카로움과 위력은 천망검법에서 나올 법한 것들이 아니었지만, 그래도 그의 눈은 그렇게 판단했다.

표자흠의 검에서 바늘 같은 검강이 무수히 쏟아져 나갔다. 연백철은 그것을 하나하나 검으로 쳐냈다. 연백철의 검과 검강이 부딪칠 때마다 폭음과 함께 검강이 터져 나갔다.

콰과과광!

싸움은 점점 치열해졌다. 하지만 결과적으로 연백철이 조금씩 표자흠에게 밀리고 있었다.

"크하하하! 여기까지 온 것만도 칭찬해 주마!"

표자흠의 검에서 거대한 묵빛 검강이 솟구쳤다. 그 검강에는 짙은 마기가 넘실거렸다. 표자흠은 자신의 내공이 훨씬 깊다는 것을 알고 싸움을 힘의 승부로 끌어갔다.

마기를 가득 담은 검강이 연백철의 빈틈을 비집고 들어갔다. 연백철의 검에서도 새파란 검강이 솟아났고, 결국 검강과 검강이 부딪쳤다.

콰아앙!

"크윽!"

거대한 폭음이 울렸고, 연백철은 깊은 발자국을 남기며 뒤로 다섯 걸음이나 물러났다. 연백철은 입가에 흐르는 핏줄기를 닦을 생각도 못하고 검을 들어 올렸다. 가벼운 내상을 입었지만 크게 신경을 쓸 정도는 아니었다. 지금은 그보다 다시 달려드는 표자흠의 묵빛 검강을 막는 것이 훨씬 급했다.

콰앙!

연백철은 무릎까지 땅에 박혔다. 표자흠의 검격은 가공할 정도였다. 하지만 어찌어찌 견뎌낼 수는 있었다. 다만 이런 식으로 계속 싸움이 흘러가면 결국 박살 나는 것은 연백철이 될 것이다.

'이대로는 안 돼.'

연백철은 이를 악물고 다시 날아오는 검강을 향해 몸을 날렸다. 바닥에 묻혔던 발이 쑥 뽑혀 나오며 빠르게 위로 솟구쳤다.

콰과광!

이번에는 폭음이 조금 복잡했다. 연백철이 검을 비스듬하게 휘둘러 표자흠의 검강을 흘려낸 것이다. 물론 완벽히 흘려낼 수는 없었다. 하지만 빠르게 돌진하고 있었기에 표자흠의 빈틈을 억지로 만들 수는 있었다.

"하아압!"

연백철의 검에서 가느다란 검강이 쭉 뻗어 나왔다. 가느다란 만큼 그 검강은 아주 길었다.

표자흠은 기겁했다. 이렇게 기습적으로 검강의 길이를 늘일 거라고는 미처 생각하지 못했다.

치지직!

표자흠의 옆구리를 검강이 살짝 훑고 지나갔다. 표자흠은 이를 악물고 통증을 참아냈다. 그리고 위로 들어 올린 검을 그대로 내려쳤다.

콰앙!

연백철은 다시 검을 막을 수밖에 없었다.

"쿨럭!"

표자흠은 연백철의 입에서 터져 나오는 피를 보고는 회심의 미소를 지었다. 드디어 조금 제대로 된 내상을 입힌 것이다. 게다가 방금의 일격으로 연백철의 발이 다시 땅을 파고들었다.

'이 승부, 내가 이겼다.'

표자흠은 승리를 자신했다. 그의 얼굴에 자신만만한 미소가 어렸고, 그의 검이 다시 위로 치솟았다.

"이제 끝이다!"

표자흠은 온 힘을 다해 검을 내려쳤다. 그의 검을 감싼 묵빛 검강이 일렁였다.

연백철은 절체절명의 상황에 천망검법의 마지막 초식을 펼쳤다. 열세 개의 초식을 모두 관통하는 초식이자, 검막을 펼칠 수 있어야만 가능한 초식이었다.

거대한 검강이 마치 화살처럼 쏘아져 나갔다. 푸른 검강과 묵빛 검강이 부딪치며 거대한 폭음이 일었다.

콰아앙!

표자흠은 뒤로 비척비척 물러나며 믿을 수 없다는 듯한 표정을 지었다. 그의 눈에는 경악이 담겨 있었다. 방금 전 연백철의 일격은 표자흠이 있는 힘을 다해 만든 검강을 부술 정도로 대단했다. 표자흠은 살짝 진탕된 내부를 다스리며 연백철을 노려봤다.

연백철의 상태는 표자흠보다 훨씬 좋지 않았다. 방금 전의 격돌에서 표자흠은 뒤로 물러날 수 있었지만 연백철은 땅에 박혀 있었기에 그 충격을 고스란히 몸으로 받아낼 수밖에 없었다.

'몸이 엉망진창이군.'

하지만 몸 상태에 비해 연백철의 표정은 놀랄 정도로 담담했다. 몸 여기저기에 난 상처에서 피가 철철 흘렀고, 내장이 부서질 정도의 충격을 받아 입에서는 끊임없이 피가 흘러나오고 있었다.

표자흠은 그런 연백철의 태도가 마음에 들지 않았다.

"이제 내 앞에서 개처럼 기게 만들어주마."

표자흠은 검을 쥔 손에 더욱 힘을 주었다. 핏줄이 툭툭 튀어나오며 마기가 검에 흘러들어갔다.

우우웅.

표자흠의 검에 묵빛 검강이 일렁이기 시작했다.

연백철은 직감적으로 지금 상태로 저 검을 맞받으면 자신이 죽을 수도 있다는 사실을 알 수 있었다. 하지만 마음은 놀랄 만큼 차분했다. 그리고 질 것 같지도 않았다. 이건 참으로 기이한 느낌이었고, 특별한 경험이었다.

연백철은 검을 들어 올렸다. 아무런 기운도 서리지 않은 평범한 검이었다.

표자흠은 입가에 비웃음을 그리며 천천히 연백철을 향해 걸어갔다. 자신을 애먹일 정도의 상대였기에 승리를 좀 더 철저하게 즐기고 싶었다.

연백철 앞에 도착한 표자흠이 입가에 더욱 진한 미소를 그리며 검을 들어 올렸다. 그의 검에 일렁이는 검강이 당장에라도 쏟아져 나갈 것처럼 요동쳤다.

"무릎을 꿇고 개처럼 기면서 살려달라고 외치면 목숨만은 살려주마. 크크크크."

연백철은 그 말에 대답하지 않았다. 그저 검을 들어 천망검법을 펼쳤을 뿐이었다. 연백철의 검이 유려한 곡선을 그리며 움직였다. 천망검법의 첫 번째 초식이었다.

표자흠은 비웃음을 날리며 검을 휘둘렀다. 연백철이 펼치는 것이 천망검법이라는 걸 너무나 잘 알고 있었다. 그의 입장에서 천망검법은 그저 쓸모없는 검법에 불과했다.

쉬익!

쾅!

폭음이 터졌다. 그리고 표자흠은 놀란 눈으로 한 걸음 물러났다. 믿을 수가 없었다. 검강이 일렁이는 검으로 평범한 검을 후려쳤는데, 오히려 자신이 밀려났다. 이건 상식을 넘어서는 일이었다.

"믿을 수 없다!"

표자흠의 검이 거칠게 움직였다. 수많은 검강 덩어리가 연백철에게 쏟아져 나갔다. 그리고 그 검강 덩어리는 연백철 바로 앞에서 터지며 각각이 수백 개의 조각으로 나뉘었다. 누구도 피할 수 없을 정도의 공격이었다.

연백철은 그 공격을 보며 무심하게 검을 한 번 옆으로 그었다.

우웅!

검막이 펼쳐졌다. 검강 조각은 검막에 부딪침과 동시에 소리도 없이 가루가 되어 흩어져 버렸다.

표자흠의 눈이 멍해졌다. 연백철의 상태는 여전히 좋지 않았다. 그리고 눈의 초점도 흐릿했다. 어쩌면 제정신이 아닐 수도 있다는 생각마저 들었다.

'한데 이 위력은 대체 뭐란 말인가!'

표자흠은 자신도 모르게 주춤 뒤로 물러났다. 그리고 그 물러남을 신호로 연백철이 달려들었다. 연백철의 달리기는 마치 신법이나 보법을 전혀 익힌 적이 없는 사람과 비슷했다. 표자흠은 그 모습을 보고는 굳은 표정으로 검을 들어 올리려 했다.

"헉!"

표자흠의 입에서 경악에 찬 음성이 흘러나왔다. 검을 들어 올리는 것보다 연백철의 달리기가 훨씬 빨랐다. 그저 평범한 달리기라 생각했는데, 그게 아니었던 것이다. 연백철의 몸은 지금까지 표자흠이 겪어보지 못했을 정도로 빨랐다.

표자흠은 다급하게 검을 휘둘렀다. 아무리 다급했다지만 검에는 짙은 검강이 서려 있었고, 검을 휘두르는 속도도 엄청나게 빨랐다.
 순간, 연백철의 신형이 그대로 사라졌다. 표자흠은 당황한 얼굴로 방금 전까지 연백철이 있었던 자리를 허망하게 지나가는 자신의 검을 바라봤다.
 푸욱!
 "커헉!"
 표자흠은 불신 가득한 눈으로 고개를 돌려 자신의 옆구리를 찌른 연백철을 바라봤다.
 "어, 어떻게……!"
 연백철의 움직임은 상식을 벗어났다. 그 움직임이 아예 보이지도 않았다.
 표자흠은 옆구리에서 터져 나오는 피를 손으로 틀어막으며 뒤로 비척비척 물러났다.
 "크으으."
 고통이 물밀듯 밀려왔다. 고작 검 한 번 찔렸다고 이렇게 될 줄은 몰랐다. 연백철의 검은 옆구리를 파고든 순간, 무수한 변화를 일으켜 내부를 만신창이로 만들어 버렸다.
 표자흠의 눈에 욕망과 허망함, 그리고 분노와 광기가 뒤섞였다.
 쿠웅.

표자흠이 그대로 뒤로 넘어가 바닥에 쓰러지는 소리가 울리자, 그토록 치열했던 천망단과 흑마성교의 싸움이 잠시 멎었다.

연백철은 무심한 눈으로 바닥에 쓰러진 표자흠을 바라보다가 고개를 들어 흑마성교 무사들을 쳐다봤다.

흑마성교 무사들은 연백철의 눈길을 받기 무섭게 화들짝 놀라 뒤로 물러났다. 표자흠을 이긴 고수를 그들이 어떻게 막아내겠는가.

연백철이 한 걸음 움직이자 마인들의 진형이 와르르 무너져 버렸다. 그들은 앞 다퉈 도망가기 시작했다.

제갈무군은 그 모습을 보고는 다급히 외쳤다.

"한 놈도 남겨둬선 안 된다! 모두 쫓아라!"

처음부터 약속이 되어 있던 일이었다. 천망단원들은 다섯 명이 한 조가 되어 마인들을 뒤쫓았다. 일단 최대한 수를 줄여놔야 나중에 색출해서 처리하는 데 애를 먹지 않는다.

천망단이 천망검진을 펼칠 수 있는 최소한의 수가 바로 다섯이었다. 즉, 천망단원 다섯이 모이면 마인 하나를 어렵지 않게 상대할 수 있다는 뜻이었다. 더구나 이렇게 공포에 질려 도망가는 마인들을 상대로는 더더욱 큰 위력을 발휘할 것이다.

제갈무군은 연백철의 상태가 걱정되었지만 일단 마인들을 쫓는 게 먼저였다. 제갈무군이 몸을 날리자 하후량과 하후령 형제가 잠시 걱정스런 눈으로 연백철을 바라봤다. 연백철은 그들을 향해 고개를 한 번 끄덕여 주었고, 두 사람은 그것을 보고는 안심하고 마인들을 뒤쫓았다.

연백철은 가만히 서서 하늘을 바라봤다. 서서히 그의 눈에 초점이 돌아오기 시작했다.

"후우우."

숨을 길게 내쉬자 그제야 온몸이 비명을 질러대기 시작했다. 내부는 엉망진창으로 꼬여 있었고, 진기도 제멋대로 온몸을 휘돌았다. 아마 이대로 놔두면 십중팔구는 폐인이 될 것이다.

"아니, 누가 오더라도 회생하기 어려울지도."

내상도 보통 내상이 아니었다. 표자흠을 이기긴 했지만 사실상으로는 양패구상이라고 해도 과언이 아니었다. 연백철의 눈에 약간의 허망함이 맴돌았다. 하지만 이내 고개를 세차게 저었다.

"어쨌든 흑마성교를 부쉈다. 내 할 일은 다 한 거야."

그것만으로도 충분했다. 더 이상을 바라는 것은 욕심이리라. 연백철은 문득 웃음이 나왔다.

"내가 흑마성교주를 죽이다니."

연백철은 자신의 양 손바닥을 슬쩍 들어 올려 쳐다봤다. 굳은살은 물론이고, 여기저기 터져서 흐르는 피가 보였다. 얼마 전까지만 해도 상상도 못할 일이었다. 고작 천망단의 일개 대원에 불과했다. 게다가 무공은 이류.

 한데 지금은 어떤가. 무려 흑마성교의 교주와 싸워 이겼다. 어떻게 이겼는지는 아직도 희미하지만, 그 치열한 싸움의 흔적은 몸 곳곳에 남아 있었다. 아마 앞으로 차분히 수련을 하면 그 모든 것을 고스란히 얻을 수 있을 것이다.

 연백철은 씁쓸하게 웃었다.

 "뭐, 이젠 소용없는 일이 되었지만."

 "뭐가 소용없다는 게냐."

 연백철은 고개를 돌려 어느새 자신의 옆에 서 있는 종칠을 바라봤다. 연백철에게 있어 종칠은 은인이었다. 자신이 흑마성교주와 싸워 이길 수 있는 힘을 준 두 명의 은인 중 한 명이었다.

 "어르신, 오셨습니까."

 "일을 처리하고 오느라 싸우는 건 못 봤지만, 꼴을 보아하니 죽다 살아난 모양이구나."

 연백철이 쓴웃음을 지었다.

 "쯧쯧, 사내새끼가 어찌 그리 패기가 없는 거냐. 이겼으면 당당히 가슴을 펴야지."

 종칠은 그렇게 말하며 연백철의 가슴을 손바닥으로 퍽퍽! 두드렸다.

 "컥! 컥! 쿨럭!"

 연백철의 입에서 시커먼 피가 쏟아져 나왔다. 연백철은 대번에 속이 편해지는 것을 느꼈다.
 "몸을 좀 다스려라. 내가 지켜봐 줄 테니까."
 연백철은 고마운 눈으로 종칠을 바라보다가 이내 가부좌를 틀고 앉아 정심공을 운용했다. 기혈 곳곳이 막혀 있었지만 그리 어렵지 않았다. 막힌다 싶으면 어느새 그곳이 힘차게 뚫려 나갔다.
 기맥이나 내상 자체를 제대로 치유하지는 못했지만 그래도 최대한 응급조치는 취한 셈이었다.
 몇 차례 운기조식을 취하고 자리에서 일어나니 어느새 종칠의 모습은 사라지고 없었다.
 연백철은 방금 전 종칠이 서 있던 자리에 대고 최대한의 마음을 담아 절을 올렸다.

 흑마성교가 무너졌다는 소문이 섬서를 강타했다. 그리고 그렇게 섬서를 한바탕 뒤흔든 소문은 천하 곳곳으로 퍼져 나갔다.
 그리고 그 소문의 중심에는 흑마성교주를 단신으로 격파하고 기세만으로 흑마성교의 마인들을 물리친 연백철이 있었다.
 그리고 세상 사람들은 연백철에게 척마검협이라는 별호를 선물해 주었다.
 척마검협 연백철은 십대고수와 비견되는 고수로 회자되기

시작했다.

　연백철에 대한 소문은 계속해서 가지를 쳐나갔고, 별의별 소문이 다 돌았다. 우내사존의 제자라는 소문에서부터, 흑월검마의 제자라는 소문까지 돌았다. 그것도 모자라 무림맹이 비밀리에 키워낸 고수라는 사람도 있었고, 구대문파의 수장들이 모여서 자신의 모든 절기를 전해준 공동 전인이라는 사람도 있었다.

　그중 가장 황당한 소문은 연백철이 오래전 무림맹에 천망단을 선물해 준 거나 다름없는 사람인 삼절신군의 제자라는 이야기였다. 그리고 연백철의 성명절기가 바로 천망단이 되기만 하면 누구나 익힐 수 있는 천망십이검이라는 소문이었다.

　그렇게 연백철은 세상에 자신의 이름을 각인시켰다.

第七章
천망단

태룡전

단유강은 감숙 이곳저곳을 돌아다니며 마인을 찾아 정리했다. 그렇게 열심히 움직이지는 않았다. 마인과 부딪치면 일단 정리를 했지만 그렇지 않으면 그냥 넘어갈 때도 있었다. 단유강의 목표는 마인이 아니라, 그 마인들을 이끄는 자였다.
  감숙의 마인을 이끄는 자는 양불위였다. 양불위 역시 사천의 마인을 이끌던 사백광과 비슷한 수준이었다. 천마신교에 대항하던 것도 비슷했고, 마인들의 지지를 받은 것도 마찬가지였다. 그리고 그가 감숙으로 올 때, 자발적으로 따라온 마인들의 수도 비슷했다.
  다만 감숙 쪽은 사천보다 훨씬 많은 마인들을 흑마성교와 비검운이 알아서 보내줬기에 그 수가 정말로 어마어마했다.

양불위에게 내려진 지시 역시 최대한 시간을 끌라는 것이었다. 그리고 가능하면 감숙무림에 심대한 타격을 입히고, 감숙의 무림맹, 즉 천망단을 궤멸시켜야 했으며, 무림맹의 지부가 있으면 그것도 정리해야 했다.

양불위는 그 임무를 수행하기 위해 마인들을 잘게 쪼갰다. 사천의 사백광은 자신을 중심으로 마인을 집결했기에 단유강에게 쉽게 당했지만, 양불위는 그렇게 하지 않았기에 마인을 정리하기가 훨씬 더 난감했다.

감숙으로 들어온 마인은 모두 오천 명이나 되는 어마어마한 수였다. 그들이 적게는 수십에서 많게는 수백 명의 단위로 쪼개져 감숙 곳곳을 누비고 다녔으니 그 피해가 정말로 막대했다.

무림맹의 세 개 무사단이 최대한 노력을 하며 마인을 정리해 가고 있긴 했지만 그들만으로는 결코 마인들을 효과적으로 잡아낼 수 없었다. 만일 화룡신검이 도와주지 않았다면 그들은 어쩌면 궤멸당했을지도 모르는 일이었다.

마인들은 가끔 무림맹의 무사단을 기습했는데, 그때마다 수십의 사망자가 나왔고, 그 몇 배나 되는 부상자가 나왔다. 차츰 기습에 대처하는 요령을 터득해 피해가 점점 줄어들고 있긴 했지만, 그래도 이대로라면 위험했다.

양불위가 직접 이끄는 마인의 수는 삼백이었다. 적은 수는 아니었지만 그래도 사백광에 비하면 조족지혈에 불과했다. 양불위는 사백광과 병력 운용만 차이나는 것이 아니라, 행동도 많이 달랐다.

양불위는 직접 움직여 무림맹 무사단을 습격하거나, 무림맹 분타를 공격해 궤멸시키고, 또 천망단을 직접 찾아다녔다.

지금도 천수에 있는 무림맹 지부를 궤멸시킨 후, 유유히 도망치는 중이었다. 조만간 백호단이나 청룡단에 소식이 전해지겠지만 상관없었다. 어차피 그들은 자신을 잡지 못할 테니까 말이다.

"오늘은 이쯤하고 쉬어야겠군. 적당한 자리를 알아봐라."

양불위의 명에 마인 몇이 즉시 사방으로 흩어졌다. 삼백 명이나 되는 사람이 쉴 장소를 찾는 건 그리 쉬운 일이 아니었다. 적의 습격에도 대비할 수 있어야 하고, 잠자리도 편해야 하며, 음식의 조달에도 문제가 없어야 한다.

잠시 후, 흩어졌던 마인들이 돌아왔고, 잠시 그들끼리 의논을 한 후, 가장 적당하다고 판단한 곳을 향해 이동을 시작했다. 양불위는 마인들이 이동하는 것을 확인하고 그 뒤를 느긋이 따라갔다.

"호오, 꽤 훌륭하군."

양불위는 만족스런 표정으로 걸음을 빨리했다.

그들이 도착한 곳은 널찍한 공터였는데, 근처에 개울이 흐르고 있어 물을 구하는 것도 가능했고, 공터 끝 절벽에는 꽤 그럴듯한 동굴도 있었다.

양불위는 일단 동굴 안으로 들어섰다. 동굴은 그리 깊지는 않았지만 삼백 명 중 절반은 들어가 쉴 수 있을 정도로 넓었다.

"좋군."

마인 중 하나가 눈치 빠르게 양불위에게 다가가 고개를 숙였다.

"제가 안으로 모시겠습니다."

마인이 안내한 곳은 동굴 안에서 가장 아늑하고 편한 곳이었다. 마인은 그곳에 적당히 자리를 만들었다.

양불위는 그 자리에 편히 앉아 마인들에게 손짓을 몇 번 했다. 마인들은 알아서 그 손짓의 의미를 파악하고 움직였다. 몇몇은 밥을 준비했고, 또 몇몇은 주변을 경계했다. 그리고 나머지는 적당히 쉬거나 상처를 치료하며 시간을 보냈다.

공터는 마인 삼백 명이 동시에 활개를 치고 다닐 수 있을 정도로 넓었다. 산속에서 이 정도 넓이의 공터를 발견하는 것은 정말로 쉽지 않은 일이었다.

마인들은 공터 여기저기에 흩어져 각자 할 일을 하고 있었다. 그리고 무려 오십 명이 넘는 마인들이 공터 주변을 감시했다.

그런 공터에 한 사내가 유유자적하게 걸어 들어왔다. 어찌나 자연스러웠는지 마인들은 한동안 누군가 들어왔다는 사실도 깨닫지 못했다.

단유강은 공터 한가운데 서서 주위를 슥 둘러봤다. 마인들은 아직도 자신이 여기 있다는 사실을 알아차리지 못했다. 단유강의 몸 주변에 흐르는 기운은 너무나 자연스러웠기에 누구도 신경을 쓰지 않았다.

그렇게 잠시 공터를 살피던 단유강은 공터 끝 절벽에 있는 동굴로 향했다. 동굴 입구는 마인 세 명이 지키고 있었는데, 그들은 날카로운 눈빛으로 사방을 경계했다.

단유강은 당당히 그들 앞에 서서 물었다.

"양불위가 이 안에 있지?"

단유강의 물음에 세 마인은 거친 마기를 드러냈다.

"네놈은 뭐냐?"

세 마인은 겉으로는 단유강을 노려보고 있었지만 속으로는 정말로 많이 놀랐다. 이곳에 있는 삼백 마인은 모두 파악하고 있었다. 하지만 단유강은 처음 보는 사람이었다. 그런데도 이렇게 눈앞에 설 때까지 전혀 신경을 쓰지 않았다. 그들은 등에 식은땀이 흘렀다.

"내가 먼저 물었을 텐데?"

"꺼져라."

마인 하나가 그렇게 말하며 검을 뽑았다. 그는 일단 마기부터 폭발시켰다. 다른 자들이 이곳에 관심을 가져 주지 않으면 더 이상 목숨을 이어갈 수 없을 거라 판단했다.

마인은 마기를 폭발시킨 후, 긴장한 눈으로 단유강을 바라보며 주위를 슬쩍 살폈다. 하지만 공터에 있는 마인들은 아무도 다가올 생각을 하지 않았다. 아니, 관심조차 갖지 않았다. 세 마인은 그 모습에 크게 당황했다.

"쓸데없는 짓 하지 말고 안내해. 보아하니 동굴 안에는 사람도 몇 없는 것 같은데 말이야."

마인들이 쭈뼛거리자 단유강이 한숨과 함께 고개를 저었다.

"후우, 그냥 간단하게 가자."

단유강의 손이 눈부신 속도로 움직였다. 세 마인은 동시에 몸이 뻣뻣하게 굳어버린데다 아혈까지 막혀 아무런 소리도 낼 수 없었다.

단유강은 그들의 어깨를 툭툭 두드려 주고는 거침없이 동굴 안으로 들어갔다.

동굴 안에는 거의 사람이 없었다. 동굴에 들어서자마자 만난 다섯 마인과 동굴 가장 깊은 곳에 있는 몇몇 마인이 전부였다. 그 몇몇 마인 중에 단유강이 만나고자 하는 양불위가 있었다.

단유강은 손을 휘저어 다섯 마인을 처리했다. 그들은 영문도 모른 채 마혈과 아혈이 제압당해 그대로 쓰러졌다.

털썩! 털썩!

그들이 쓰러지는 소리가 동굴에 울렸다. 그 소리를 들은 양불위가 긴장해 자리에서 벌떡 일어나는 기척이 느껴졌다. 단유강은 씨익 웃으며 양불위가 있는 곳으로 천천히 걸어갔다.

어느새 양불위와 그의 측근들이 단유강 앞으로 다가왔다. 그들의 몸에서 풍기는 마기를 대충 파악한 단유강은 고개를 끄덕였다. 상당한 실력자였다. 양불위는 얼마 전 만났던 사백광보다 더 강한 듯했다.

'그리고 옆에 있는 자들도 보통이 아니군.'

양불위 옆에 있는 네 명의 마인 역시 상당한 강자였다. 그들은 마인답지 않게 양불위와 의형제를 맺을 정도로 가까웠으며, 마공 또한 대단했다. 그들은 피를 취할 때도 함께할 정도로 절친한 사이였다.

"꽤 친해 보이는군."

"네놈은 뭐냐. 뭔데 여기 와서 행패를 부리는 거냐. 무림맹 놈이냐?"

마인 중 하나가 앞으로 나서서 혈광을 번득이며 말했다. 보아하니 그가 가장 막내인 듯했다.

"지금 그게 그렇게 중요한가?"

"이놈! 장난하지 말고 똑바로 대답해라!"

단유강은 피식 웃었다.

"마인이면 마인답게 나와야지. 왜? 겁나?"

단유강은 마인들을 슬쩍 도발해 봤다. 그리고 그 가벼운 도발은 아주 그대로 마인들의 심장을 직격했다.

"가만두지 않겠다!"

마인 네 명이 동시에 몸을 날렸다. 양불위는 슬쩍 눈치를 살피다가 뒤로 물러났다. 양불위는 피부를 찌릿찌릿하게 자극하는 단유강의 기파로 인해 그가 얼마나 강한지 대충 짐작할 수 있었다.

그리고 양불위의 짐작 또한 그대로 맞아떨어졌다.

콰콰콰광!

연달아 폭음이 울렸고, 네 마인이 처참한 모습으로 나가떨어졌다. 네 마인은 사방으로 흩어져 바닥에 널브러진 채 몸을 움찔움찔 떨었다.

단유강은 손바닥을 탁탁, 털고는 양불위를 바라보며 씨익 웃었다. 양불위는 마른침을 꿀꺽 삼켰다.

"비검운에 대해서 좀 알고 있어?"

단유강의 물음에 양불위의 얼굴이 경악으로 물들었다.

최근 무림맹은 분위기가 아주 좋았다. 사천과 감숙을 통해 쳐들어온 마인들을 대부분 물리쳤고, 또한 섬서에 자리를 잡은 흑마성교까지 정리를 해버렸으니 분위기가 좋을 수밖에 없었다.

비록 아직 감숙 쪽은 마인들이 완전히 정리되지 않았지만, 그조차도 시간문제였다. 마인들의 구심점이었던 양불위가 사라지면서 마인들을 좀 더 수월하게 정리할 수 있었다.

흑마성교에 속한 마인들 중에 아직 죽지 않고 도망친 자들이 남아 있긴 했지만 그들의 정리 역시 시간문제였다. 섬서의 천망단이 눈에 불을 켜고 마인들을 색출하고 있었다. 섬서의 천망단은 그동안 천망단에게 가졌던 인식을 완전히 바꿔놓을 정도로 대단했다.

사천 쪽은 이제 완벽하게 정리가 되어 더 이상 마인을 신경 쓸 필요가 없게 되었다.

그렇게 무림맹 전체의 분위기는 아주 좋았지만, 실제 무림맹을 다스리는 수뇌부의 경우는 조금 달랐다.

무림맹 수뇌부는 맹주의 집무실에 모여 한창 회의 중이었다.

"이제 어떻게 하실 생각이오?"

장로 중 하나가 조심스럽게 물었다. 그들은 지금의 사태가 참으로 당혹스러웠다. 마인들과 흑마성교를 상대하는 일로 정신이 하나도 없는 와중에 도착한 소식 때문이었다.

맹주인 혁무길은 고개를 저었다.

"쉽게 결정을 내릴 수가 없소. 천망단을 그냥 넘기라는 말을 어떻게 냉큼 결정할 수 있겠소?"

장로 중 하나가 심각한 얼굴로 물었다.

"한데 정말로 삼절신군의 신물이 맞는 것이오? 혹시 가짜일 확률은 없는 거요?"

이번에는 사마자문이 대답했다.

"이 검은 진품입니다. 처음 신물을 만들 때, 예전 천기자가 남겼다는 기물(奇物)을 이용했기에 언제든 확인이 가능합니다."

맹주 앞에 놓인 탁자에 장검 한 자루가 놓여 있었다. 그 장검의 검병에 난 환(環) 모양의 홈에 작은 반지 하나를 끼우자 반지는 마치 원래 그곳에 있었던 것처럼 빈틈없이 홈을 메웠다.

우우웅.

반지가 홈을 메우자 검이 나직이 진동을 시작했다. 그리고 검에서 빛이 뿜어져 나왔다. 그 빛은 너무나도 차분하고 부드럽게 방 안을 가득 채웠다.

사마자문은 이내 다시 반지를 홈에서 뺐다. 그러자 검에서 흘러나오던 빛이 씻은 듯 사라졌다. 실로 신기한 일이었다. 하지만 이게 바로 수백 년 전에 세상을 오시하던 천기자의 신물이었다.

"과연 천기자로군."

누군가의 입에서 감탄이 흘러나왔다. 그리고 모든 장로들이 고개를 끄덕였다. 더 이상 의심의 여지가 없었다. 이 검을 보낸 사람은 삼절신군 본인이거나 최소한 그의 후인일 것이다.

"혹시 누군가 우연히 삼절신군의 유물을 발견했을 가능성은 없소?"

"아예 없는 건 아니지만, 그럴 가능성은 거의 없습니다. 그리고 삼절신군이 예전 무림맹에서 지냈던 시절이 수백 년이나 지난 것도 아닙니다. 고작 칠십 년 남짓 입니다. 예전 흑월검마가 활동하던 시기이니 말입니다."

삼절신군 정도 되는 고수가 고작 그 정도 세월을 못 이기고 후인조차 남기지 못해 신물을 남의 손에 넘겼을 가능성은 거의 없었다.

"끄응, 그럼 사실이란 말 아니오? 하지만 이건 좀 아니라는 생각이 들지 않소? 삼절신군이 준 것은 무공이지, 사람이 아니지 않소. 천망단을 만들고 키운 건 우리 무림맹이오. 그걸 이제 와서 달라니 애초에 말이 되지 않는 일이오."

그 말에도 일리가 있었다. 하지만 삼절신군이 원하는 것은 천망단을 내달라는 것이 아니었다. 무림맹에서 탈퇴하는 천망단원에게 제재를 가하지 말아달라는 것이었다. 그들을 흡수하는 것은 알아서 하겠다고 했다.

본래 무단으로 천망단에서 탈퇴하려면 무림맹에서 받은 무공을 놓고 가는 것이 일반적이다. 그건 어느 문파나 마찬가지다. 애초에 자신의 가전 무공으로 무림맹에 입맹해 활약하다가 나가는 거라면 별문제 없겠지만, 천망단의 경우는 그게 거의 불가능하다.

천망단은 입맹과 동시에 천망검법을 비롯해 제법 쓸 만한 몇 가지 무공을 배운다. 그리고 그 무공들은 대부분 삼절신군으로부터 비롯되었다.
 "어쩔 수 없는 일 아니겠소? 상리에서 크게 벗어나는 일도 아니고 말이오. 일단 그 문제는 수락하도록 합니다."
 대충 그런 식으로 결론이 났다. 그들은 천망단원들이 선불리 무림맹에서 떠나갈 거라고는 전혀 생각하지 않았다. 혹시 나가는 자가 있다 하더라도 그것은 소수에 불과할 거라 판단했다.
 현재 섬서의 천망단이 심상치 않은 움직임을 보이고 있긴 하지만 그것은 섬서에 국한된 일이라고 판단했다. 섬서는 조금 특별했으니 말이다.
 사마자문은 분위기를 살피다가 다음 안건을 꺼냈다.
 "삼절신군이 요구한 것이 또 있습니다."
 장로들이 눈살을 찌푸렸다. 고작 무공 몇 개 던져 주고 원하는 것이 뭐 그리 많단 말인가.
 "천망검법을 돌려달라고 합니다."
 "천망검법? 그게 문제가 되오? 그냥 돌려주면 되지 않소. 설마 천망단이 지금 익힌 천망십이검도 문제가 되는 거요?"
 "그건 아닙니다. 그저 비급을 돌려받기만 원하고 있습니다."
 더 정확히 말하자면 보물을 쓸 줄도 모르는 무림맹에 더 이상 그것을 남겨둘 이유가 없으니 돌려달라고 했지만, 사마자혜는 종칠의 말을 그대로 서찰로 보낼 정도로 고지식하지 않왔다. 온갖 좋은 말로 돌리고 치장해서 서찰을 작성해 보냈다.

"그럼 돌려주시오. 어차피 비급이 없어도 천망십이검을 익힌 자들이 많으니 그들을 이용해서 전수하면 될 것 아니오. 설마 그것도 못하게 했소?"

사마자문은 씁쓸한 표정으로 고개를 저었다.

"그것도 아닙니다."

"그럼 대체 뭐가 문제요?"

사마자문은 답답한 얼굴로 맹주를 바라봤다. 맹주인 혁무길 역시 답답한 표정을 감추지 못했다. 아직 이들은 천망검법의 진짜 힘을 모르고 있음이 분명했다. 하긴 그걸 그리 쉽게 알 수 있겠는가. 자신들 역시 그것이 얼마나 대단한 보물인지 이제야 알았는데 말이다.

"천망검법이 사실은 상당한 무공이기 때문입니다."

장로들이 눈살을 찌푸렸다. 아무리 뛰어나다고 해봐야 천망단이 익히던 검법이다. 그쯤이야 있어도 그만, 없어도 그만이었다. 게다가 천망십이검을 익힌 천망단원이 얼마나 많은데 그런 걸 걱정한단 말인가.

"검진과 운기법까지 포함된 검법입니다. 그리고 원래는 십이검이 아니라 십삼검입니다."

사마자문의 설명에 장로들의 표정이 묘해졌다.

"그게 무슨 말이오?"

"말 그대로입니다. 당시 맹주님께서 천망검법의 열세 번째 초식을 빼고 천망단에 보급을 하셨습니다. 검법을 익힐 사람의 수가 너무 많아서 적절히 위력을 조절하신 모양입니다."

장로들이 미미하게 고개를 끄덕였다. 그쯤은 충분히 이해할 수 있었다.

"한데 정말로 그렇게 위력이 뛰어난 검법이오?"

"모든 검법을 총망라했을 때, 열 손가락 안에 들어가거나 혹은 그에 버금갈 거라 장담합니다."

장로들의 눈이 화등잔만 해졌다. 그 정도로 뛰어난 검법이라면 얘기가 달라진다. 그런 무공을 그냥 넘겨줄 수는 없었다. 천망단이 익힐 수 있다면 최소한 무림맹에 있는 사람이라면 누구나 익히는 것이 가능하다는 뜻 아닌가.

"서, 설마 그 검법을 벌써 넘겨주셨소?"

혁무길이 고개를 끄덕였다.

"어쩔 수 없이 그렇게 했소."

"어찌 그런!"

장로들은 크게 안타까워했다. 그리고 살짝 분노 어린 목소리로 성토했다.

"어찌 상의도 하지 않고 그냥 검법을 넘겨주실 수 있단 말이오. 혹시 사본을 남겨두셨소?"

"그럴 겨를도 없었소이다. 삼절신군이 직접 와서 가져갔으니 말이오."

"삼절신군이 직접?"

장로들은 깜짝 놀랐다. 그리고 결국 아쉬움을 삼켰다. 삼절신군이 직접 와서 가져갔다면 어쩔 수 없는 일 아닌가. 그보다 삼절신군이 아직도 살아 있다는 것이 놀라웠다.

"삼절신군께서는 무림맹과 우호가 깊은 분 아니셨소? 하니 맹주께서 다시 잘 설득해 보시는 것이 어떻겠소이까? 그분이 한 팔을 거들어주신다면 맹에 큰 힘이 될 터인데 말이오."

혁무길은 쓴웃음을 지으며 고개를 저었다.

"이미 해봤소. 하지만 그분께서 단호히 거절하셨소."

"허어, 그런 안타까운 일이."

결국 그들은 원치 않는 방향으로 결정을 내려야 했다. 천망검법은 포기했고, 천망단에 대한 것도 손을 놨다. 다른 곳의 천망단은 몰라도 앞으로 사천, 귀주, 감숙, 섬서의 천망단은 탈퇴가 자유롭게 조치될 것이다.

'어쩌면 그들 모두를 잃을 수도 있겠구나.'

그 네 성의 천망단을 모두 합하면 수천 명이다. 그 수천 명이 모두 천망검법을 익힌다고 생각하면 아찔했다. 그들은 탈맹할 확률이 훨씬 높았다. 강력한 검법으로 유혹하면 누가 안 넘어가겠는가. 게다가 천망단은 그동안 상당한 박해를 받아왔다.

'제대로 된 대접만 해줘도 아마 다들 빠져나가겠지.'

혁무길은 아쉬운 눈으로 장로들을 바라봤다. 장로들은 또

웅성거리고 있었다. 그들끼리 무슨 할 말이 그리도 많은지 쉴 새 없이 대화를 나눴다.

"자, 이제 대충 정리가 된 것 같으니 자리를 파하도록 합시다."

혁무길의 말에 장로 중 한 명이 급히 말을 꺼냈다.

"묻고 싶은 것이 있소."

"말하시오."

"만일 네 성의 천망단이 모두 탈맹을 해버리면 천하상단은 그 지역에 대해 향후 어떻게 할지 대책을 세워두었소?"

"그건 천천히 따져 볼 생각이오."

장로들의 얼굴이 무참히 일그러졌다. 천하상단은 현재 무림맹에서 가장 중요했다. 돈이 없으면 어떻게 이리도 거대한 맹을 먹여 살릴 수 있단 말인가.

"천망단이 천하상단에 얼마나 중요한지 알고 있지 않소?"

"앞으로 그쪽에 새로운 정보망을 구축할 생각이오. 기존 무림맹의 지부를 적극적으로 활용할 계획도 가지고 있소. 하지만 구체적인 것은 더 시일이 필요하오. 장로들께서도 좋은 의견이 있다면 기탄없이 얘기해 주기 바라오. 언제든 내 방의 문은 열려 있으니 말이오."

혁무길은 그 말을 끝으로 묵묵히 장로들을 바라봤다. 완곡한 축객령이었다. 장로들은 서로 눈치를 살피다가 하나둘 자리에서 일어났다.

혁무길과 사마자문은 그런 장로들의 모습을 바라보며 속으로 한숨지었다.

연백철은 깨끗한 천으로 온몸을 감은 채 침상에 누워 있었다. 만신창이가 된 몸을 치료하기 위함이었다. 최고급 금창약을 아낌없이 사용해서 외상을 치료했고, 최고의 요상단으로 내상도 치료 중이었다.
정심공을 익힌 연백철은 이렇게 누워서도 충분히 운기조식을 할 수 있었다.
연백철은 그렇게 가만히 누워 운기조식을 통해 내상을 치유하며, 얼마 전 있었던 흑마성교주 표자흠과의 싸움을 반추했다.
표자흠은 강했다. 무공도 강했고, 내공도 심후했다. 어느 것 하나 연백철보다 못한 것이 없었다. 연백철은 눈을 지그시 감고 당시의 상황을 하나하나 떠올려 봤다. 마치 다시 그 일을 겪는 것처럼 생생하게 머릿속으로 다시 싸울 수 있었다.
다시 몇 번이나 같은 싸움을 되새기니 점점 더 생생해졌고, 이내 마치 진짜 싸우고 있는 듯한 착각이 들었다. 상상 속에서의 싸움은 연백철에게 작은 깨달음들을 안겨주었다. 그렇게 연백철은 종칠 덕분에 얻은 강력한 힘을 다시 차분히 정리하며 차근차근 자신의 것으로 만들어갔다.
연백철이 그렇게 한창 상상 수련에 빠져 있을 때, 누군가

방으로 들어왔다. 연백철은 기척을 느끼고 눈을 떴다. 제갈무군이 보였다.

"어때? 몸은 좀 괜찮아진 것 같아?"

"덕분에 많이 좋아졌습니다."

"참, 내가 네게 줄 선물을 준비했다."

"선물이오?"

연백철은 의아한 표정을 지었다. 난데없이 제갈무군이 자신에게 왜 선물을 준단 말인가.

"선물을 받을 만한 일을 한 기억이 없는 것 같은데요."

제갈무군은 연백철의 고지식한 말에 혀를 찼다.

"쯧쯧, 넌 선물을 꼭 이유가 있어야만 주는 거냐? 그렇게 살지 마라. 인생 팍팍해진다. 너 하나 그렇게 구르며 사는 거야 나쁘지 않지만 주변 사람들까지 팍팍하게 만들면 곤란하잖아?"

연백철은 머쓱한 표정을 지었다. 그러자 제갈무군이 문을 향해 소리쳤다.

"들어와요!"

연백철은 의아한 얼굴로 문을 바라봤다. 이내 문이 열리고 한 사람이 들어왔다. 아니, 한 여인이 들어왔다. 그녀는 사마자혜였다.

사마자혜는 방으로 들어와 연백철의 모습을 보고는 눈물을 글썽거렸다.

"많이 다치셨군요. 흑."

사마자혜가 침상에 누운 연백철에게 거의 달려들다시피 다가가 살포시 그 옆에 앉았다. 그녀는 눈물이 그렁거리는 눈으로 연백철을 지그시 바라봤다.

연백철은 처음에는 당황하다가 결국은 밝게 미소 지으며 사마자혜의 손을 꽉 잡았다.

제갈무군은 그런 두 사람을 모습을 흐뭇하게 지켜보다가 연백철이 자신을 바라볼 때, 눈을 한 번 찡긋 해주고는 밖으로 나갔다. 이제부터 두 사람이 뜨겁게 회포를 풀 텐데 그걸 여기서 고스란히 지켜볼 수는 없지 않은가.

섬서의 상황은 점차 안정되어 갔다.

흑마성교를 지원하던 세 개 상단이 완전히 쫄딱 망해 버렸고, 그 빈자리를 단가상단이 냉큼 채웠다.

흑마성교의 잔당은 아직도 몽땅 잡지는 못했지만 이제 거의 신경을 쓸 필요가 없을 정도로 정리했다. 모두가 천망단의 공이었다.

그리고 가장 중요한 것은 천망단만으로 이루어진 새로운 문파가 생겼다는 점이었다.

무림맹은 사천, 섬서, 귀주, 감숙 지방에 한해 천망단이 자유롭게 탈퇴할 수 있도록 조치를 취해주었다. 당연히 그곳에 있던 대부분의 천망단원이 무림맹에서 나와 새로운 천망단에 들어갔다.

 문파의 이름 역시 천망단이었다. 일반적으로 문파의 이름에 단(團)을 쓰는 건 흔치 않은 일이었고, 무림맹의 천망단과 혼동이 될 수도 있었지만 별 상관없었다. 그들은 천망단이라는 이름이 좋았고, 이제는 자부심도 가지고 있었다.

 천망단은 모두 네 개의 대(隊)로 나뉘어 각 지역의 성도에 자리를 잡았다. 그리고 새롭게 임무를 개편했다.

 천망단은 일단 무공 수련에 중점을 두었다. 그들은 새롭게 배운 천망검법과 정심공, 그리고 추뢰보를 통해 더욱 강한 힘을 기르기 위해 애썼다.

 그리고 남는 시간에 성도를 중심으로 단가상단의 일을 도왔다. 단가상단은 이제 천하십대상단에 꼽힐 정도로 규모가 커졌다. 하후아영이 합류한 뒤에 그녀가 지닌 상재가 빛을 발한 것이다. 물론 그동안 기반을 잘 다져 둔 백설영의 공이 가장 큰 것은 당연한 사실이었다.

 무려 수천 명이나 되는 무사들이 새로 생겼다. 그들의 수준은 대부분 이류의 끝자락, 그리고 간혹 일류가 포함되어 있다. 하지만 가능성은 무궁무진했다. 그들에게는 뛰어난 무공이 있었고, 무공을 수련하고자 하는 열의가 있었다.

 그 수천 명의 무사들이 단가상단을 도우니 단가상단 또한 더 큰 일을 도모할 수 있었다. 그렇게 단가상단과 천망단의 만남은 호랑이 등에 날개를 단 격이 되었다. 둘의 관계는 마치 무림맹과 천하상단의 그것과도 비슷했다.

 단유강은 이제는 천망단의 본단이 된 미고현의 장원에 있는 자신의 방, 침상 위에 누워 데굴거렸다. 실로 오랜만의 게으름이었지만 머릿속은 몸과는 달리 맹렬히 회전하고 있었다.
 "비검운이라, 비검운……."
 비검운에 대해 알기 위해 사천과 감숙에 쳐들어온 마인들을 직접 찾아다녔지만, 큰 성과는 없었다. 그저 그가 뭔지는 모르지만 음흉한 일을 획책하고 있다는 것만 어렴풋이 짐작할 수 있었을 뿐이었다.
 사백광과 양불위를 통해서 알아낸 것은 비검운이 그들을 찾아갔고, 그들은 비검운과 그저 거래를 했을 뿐이라는 사실이었다.
 "돈도 많은 놈들이라, 이거지."
 비검운은 그들에게 황금 십만 냥과 흑마성교와 같은 방식의 방파를 만들 수 있도록 지원해 주기로 약속했다. 물론 일을 제대로 성공시키기만 한다면 말이다.
 "덕분에 돈은 좀 벌었지만, 찜찜하네."
 단유강은 그들을 직접 상대했기에 그들이 들고 있던 황금을 고스란히 손에 넣을 수 있었다. 비검운은 선금조로 그들에게 황금 삼만 냥을 건넸다.

만일 비검운의 계획이 성공했다면 천하는 혼란에 빠졌을 것이다. 흑마성교와 똑같은 것이 두 개나 더 생긴다면 어떻게 되겠는가.

일단 그들이 장악한 지역은 도탄에 빠질 것이다. 그리고 무림맹은 그들을 제대로 상대하기가 어렵다. 천마신교를 견제하면서 그들까지 제압한다는 건 거의 불가능에 가까운 일이었다. 흑마성교 하나만 가지고도 그렇게 휘청거렸는데, 그와 같거나 더 대단한 방파가 두 개나 더 생기면 그걸 어떻게 감당하겠는가.

"대체 어떻게 해야 그놈을 잡을 수 있는 거지?"

단유강은 내심 답답해졌다. 비검운이나 비문위, 둘 중 한 놈만 잡아 제대로 정보를 캐내도 암혈이 어디쯤 있는지 대충은 알아낼 수 있을 것 같은데, 그게 안 되니 갑갑했다.

일단 대충 근처만 알아도 찾아내는 건 간단하다. 그 근방을 모조리 뒤지면 된다. 황산에서 그랬던 것처럼 말이다.

단유강의 기감은 점점 날카롭게 다듬어지고 있었으며, 범위도 점점 확대되고 있었다. 기감 수련을 게을리하지 않으니 상당히 빠르게 발전했다. 그 기감을 이용해서 찾으면 황산 정도의 넓이를 뒤지는 건 일도 아니었다.

"이놈들이 또 무슨 일을 획책하는지 알아내야 해."

단유강은 몸을 일으켰다. 대충 이쪽 일이 정리되었으니 이제부터는 정보력을 한계까지 이용해야 했다. 월영단과 단가상단의 정보망만으로는 부족했다. 단유강은 일단 당가부터 찾아가 볼 생각이었다. 어차피 협의를 해야 할 부분도 있고 말이다.

"쇠뿔도 단김에 빼야지."

단유강은 즉시 자리를 박차고 밖으로 나갔다. 그리고 그대로 당가로 향했다.

"이렇게 갑자기 찾아올 줄은 몰랐는데, 급한 일이 있나 봐요? 약속했던 돈이야 단가상단을 통해서 벌써 드렸고 말이에요."

당미려는 기분 좋은 미소를 지으며 단유강을 지그시 바라봤다. 요즘은 정말로 살맛이 났다. 먼저 사천 지방에서 무림맹의 영향력이 대폭 축소되었다. 무림맹의 천망단이 모조리 사라졌으니 당연한 일이었다.

"급한 일은 아니고, 몇 가지 협의할 사항도 있고, 부탁할 것도 있어서 말이오."

"부탁이요?"

당미려는 눈을 빛냈다. 단유강의 말에서 뭔가 중요한 낌새가 느껴졌다. 이건 절대 놓치면 안 되는 일이라는 걸 직감했다. 협의라는 말을 먼저 했지만 당미려는 부탁이라는 말에 더 신경이 쓰였다. 단유강이 얼마나 대단한지는 겪어봐서 잘 안다. 그런 사람이 하는 부탁이니 범상치 않을 게 당연했다.

"말씀해 보세요."

"내가 찾는 게 좀 있소."

"찾는 거요? 그러니까 그걸 찾도록 도와달라는 말씀이신가요?"

단유강이 고개를 끄덕였다.

"그렇소. 아무래도 내가 가진 힘만으로는 쉽게 찾기 어려울 것 같아서 말이오."

"어렵지 않지요. 최대한 도와드리겠어요. 찾는 것이 대체 뭐죠?"

당미려는 두근거리는 심장을 억지로 진정시키며 단유강의 대답을 기다렸다.

"혈교."

"예? 다시 한 번 말씀해 주시겠어요?"

"혈교라고 했소."

당미려의 입이 서서히 벌어졌다. 그녀는 멍한 표정으로 단유강을 쳐다보다가 퍼뜩 놀라며 세차게 고개를 저어 정신을 차렸다.

"자, 잠깐만요. 그러니까 지금 혈교가 나타났다는 말씀이신가요?"

단유강이 무겁게 고개를 끄덕였다.

"그렇소. 내가 찾는 건 궁극적으로 혈교가 지금 이용하고 있을 게 분명한 암혈이라는 것이오. 그건 그냥 두면 세상을 파탄으로 몰아갈 위험한 존재요. 그리고 그를 위해 지금 혈교의 가장 앞에서 활동하고 있는 비검운과 비문위라는 자들을 찾아야 하오."

당미려는 정신이 하나도 없었다. 결과적으로는 직감이 맞았다. 듣지 않았으면 절대 안 되는 이야기였다. 하지만 바라던 것과는 상황이 많이 달랐다. 혈교는 너무나 위험한 집단이다. 그들이 힘을 갖춰 세상을 향해 야욕을 드러내면 천하는 환란에 빠질 것이다.

"만일 그렇다면 당연히 찾아야 하는 일이긴 하지만, 정말로 확실하신가요? 아니, 얼마나 확신을 하고 계시나요?"

"구 할."

당미려의 눈이 커졌다. 구 할이라면 거의 확신한다는 뜻이다. 분명 뭔가 자신이 알지 못하는 내막이나 정보가 있으리라.

"무림맹에도 알려야 하지 않을까요?"

"무림맹은 이미 알고 있소. 그저 움직이기가 만만치 않을 뿐이오."

당금의 무림맹은 천마신교를 견제하는 일 하나만으로도 충분히 벅찼다. 그 와중에 혈교의 뒤까지 캐려면 보통 일이 아니다. 하지만 어느 정도는 분명히 정보를 모으고 있을 것이다.

"무림맹도 이미 움직이고 있겠군요. 하면 단 공자님은 어떻게 하실 거죠? 무림맹의 정보도 얻는 편이 나을 텐데요."

 무림맹과 당가, 그리고 월영단은 각각 얻는 정보의 경로가 조금씩 다르고 그 질도 다르다. 세 군데 정보를 모두 취합할 수 있다면 훨씬 더 중요한 결과를 얻어낼 수 있을 것이다.

 "무림맹의 정보도 알아서 가져다 쓸 생각이오. 자세한 얘기는 기밀이라서."

 단유강의 말에 당미려가 고개를 끄덕였다. 상황을 유추하는 건 간단했다. 최근 천망단에 사마자혜가 합류했다는 정보를 얻었다. 아마 무림맹의 정보는 그녀를 통해서 얻을 것이다.

 '그리고 제갈미미도 미고현에 있다고 했지? 그녀도 힘을 좀 쓴다면 무림맹의 정보를 얻는 것쯤 아무것도 아닐 테지.'

 제갈미미는 사실 당미려의 생각과는 달리 진법을 익히느라고 정신이 없었다. 제갈무군이 전해준 폭뢰연환진을 분석하고 익히는 것은 아무리 그녀가 진법에 특별한 재능이 있다고 하더라도 결코 쉬운 일이 아니었다.

 "하아, 좋아요. 저도 온 힘을 다하죠. 일단 누군가 이상한 일을 벌이는 듯한 낌새를 먼저 찾아야겠군요."

 "정확하오."

 단유강은 빙긋 웃었다. 당미려처럼 알아서 판단해 주는 사람과는 이래서 대화가 편하다.

 "사실 최근 철강시가 나타났다고 해서 혹시나 하고 있긴 했어요. 그래도 진짜 혈교가 나타났을 줄은 몰랐는데, 정말로 놀랍네요."

"그 철강시가 점점 강력해지고 있소. 원형을 되찾아가는 중이라는 뜻이오. 강시에 대한 것은 무림맹에서 열심히 찾고 있으니 그쪽으로는 아마 신경을 좀 덜 쓰셔도 될 거요."

당미려는 고개를 끄덕이며 미소를 지었다.

"그렇게 할게요. 왠지 든든하네요."

단유강이 부드럽게 웃으며 살짝 고개를 숙였다.

"호의에 감사드리오."

단유강은 인사를 하고는 자리에서 일어났다. 아직도 처리해야 할 일들이 상당히 많았다. 이제부터는 진짜 혈교와의 싸움을 준비해야 한다. 혈교는 숨어 있고, 자신은 온통 드러나 있으니 그리 쉽지 않은 싸움이 될 것이다.

'어쩌면 내가 가진 모든 역량을 쏟아부어야 할지도 모르지.'

단유강은 왠지 그런 예감이 들었다. 혈교는 가진바 힘에 비해 지나칠 정도로 조심하고 있었다. 그리고 드러난 것이 거의 없었다. 단유강이 알아낸 것도 고작 비검운과 비문위뿐이고, 혈교가 쓰는 힘도 강시가 고작이니 정말로 꽁꽁 숨었다고 할 수 있었다.

본래 드러내 놓고 싸우는 사람보다 이렇게 은밀히 숨어서 칼을 휘두르는 사람이 더 무서운 법이다.

단유강은 약간 부담스러울 정도로 자신을 바라보는 당미려의 시선을 느끼며 조용히 방에서 나갔다. 단유강의 몸은 마치 안개처럼 흩어져 버렸다.
 당미려는 그 광경을 보며 눈에 이채를 띠었다.
 "정말로 볼 때마다 놀랍다니까. 우리 당가에 저 사람과 이어줄 만한 아이가 있나? 천하제일미와의 관계가 심상치 않아 보이지만, 뭐 꼭 본처로 들일 필요는 없으니까."
 당미려는 그렇게 말하다가 문득 떠오른 생각에 얼굴을 붉혔다.
 "난 너무 나이가 많아서 안 되겠지?"

第八章

항주

비검운과 비문위에 대한 정보는 잡힐 것 같으면서도 좀처럼 손에 들어오지 않았다. 하지만 단유강은 결코 초조해하지 않았다. 오히려 정보를 다루는 사람들이 더 초조하고 다급해했다. 단유강은 그저 느긋하게 상황을 즐기며 마음껏 게으름을 피웠다.
 오늘도 단유강은 침상에 누워 평소와 다름없이 다리를 꼰 채 발을 까딱이고 있었다.
 "종 숙부도 가셨고, 이제 정말로 할 일이 없구나."
 종칠은 단유강이 잠깐 자리를 비운 사이 돌아가 버렸다. 물론 자의로 간 것은 아님이 분명했다. 목격한 사람들의 말에 따르면, 허공에 시커먼 구멍이 생겼고, 종칠이 그 안으로 마치 빨려들어 가듯 사라져 버렸다고 한다. 누가 그랬는지는 알아보지 않아도 너무나 확연했다.

"할아버지도 참, 너무 과격하시단 말이야."

단유강은 자신의 할아버지가 단지 과격이라는 말로 표현이 가능한지에 대해 한동안 고민을 하다가 편안한 얼굴로 슬며시 잠이 들었다.

만일 단유강 덕분에 격무에 시달리고 있는 사람들이 봤다면 화병으로 기절했을 정도로 여유가 넘치고 한가로웠다.

그렇게 얼마나 지났을까, 단유강은 누군가 다가오는 기척을 느끼고 조용히 눈을 떴다. 그리고 한차례 기운을 돌려 잠기운을 깨끗이 날려 버리고 자리에서 일어났다.

"굳이 염장을 지를 필요는 없지. 나도 뭔가 열심히 하고 있다는 인상을 주면 다들 일을 열심히 할 테니까."

단유강은 누군가가 들었으면 천불이 날 만한 말을 아무렇지도 않게 중얼거리며 문을 바라봤다.

"대주님, 설영입니다."

"들어와."

단유강의 말이 떨어지기 무섭게 백설영이 안으로 들어왔다. 그녀는 들어오자마자 서류를 넘기며 즉시 보고를 시작했다. 이런 일에 시간을 많이 낭비할 만큼 여유로운 상황이 아니었다.

"보고 사항이 두 가지 있습니다."

"두 가지?"

"하나는 무림맹에 관한 것입니다. 무림맹에 있는 천망단주와 부단주들이 맹주의 결정에 반기를 들었어요."

단유강이 비웃음을 흘렸다.

"훗, 우스운 놈들이군."

"남은 천망단을 규합하여 무슨 일이든 벌이겠다고 설치고 있어요. 기세가 실로 대단합니다."

"남은 천망단을 규합해? 그럴 능력은 있고?"

"아마 모든 천망단을 규합하는 건 어렵겠지만, 그에게 동조하는 천망단의 대주들이 꽤 많아서 아마 그 대주들만 움직여도 무림맹 측으로서는 상당히 곤란할 것 같아요."

"흐음."

단유강은 묘한 표정으로 턱을 쓰다듬었다. 천망단은 수많은 대(隊)로 구성된다. 그중에는 이곳 칠십오대처럼 그다지 중요치 않은 곳도 있는 반면, 상당히 중요하고 인원이 많은 대(隊)도 존재한다.

"수십 군데만 건드려 놔도 무림맹으로서는 타격이 크겠군. 천하상단과 직결되는 문제니까."

"네, 장기적으로는 그렇게 하다가 다른 천망단에 영향을 미칠 수 있어서 더 문제입니다. 무림맹도 그쪽을 더 걱정하는 모양이고요."

"뭐, 일단 우리랑은 관계가 없는 것 같으니 조금 더 두고 보지."

"일단은 그렇게 조치를 취하긴 했습니다만, 아무래도 우리와 관계가 좀 있을 것 같아요."

단유강이 의아한 눈으로 쳐다보자 백설영이 설명을 이었다.

"천망단주가 원하는 게 우리 쪽이거든요."

"우리 쪽이라고?"

"맹주가 우리를 놔준 게 아깝다, 이거죠. 결과적으로는 자기 부하들이 대폭 줄어든 거잖아요. 그동안 천망단을 통해 얻는 부수입이 꽤 짭짤했는데, 그게 반 토막 났으니까요."

"훗, 웃기는 놈이군. 그럼 상대할 방법은 뻔하지. 뒤를 캐. 아주 철저하게."

"그렇게 조치를 취하겠습니다."

백설영 역시 그렇게 할 예정이었던지라 즉시 대답할 수 있었다. 그녀는 잠시 뜸을 들였다가 두 번째 보고를 시작했다. 사실 오늘 단유강에게 해야 할 진짜 중요한 보고였다.

"이상한 움직임이 감지되었습니다."

단유강의 눈이 번득였다.

"계속해 봐."

"항주에 있는 문파 몇 군데의 움직임이 수상해요."

"항주?"

항주면 이곳에서 지나치게 먼 곳이다. 사실 단가상단의 정보력이나 당가의 정보력이 제대로 영향력을 발휘하기 어려운 곳이었다.

"무림맹의 정보예요. 이번에 터진 천망단주의 일 덕분에 우연히 알아낼 수 있었습니다."

단유강이 씨익 웃었다.

"우연이라는 건 그렇게 쉽게 일어나지 않아. 아마 연관이 있을 거야. 천망단주, 생각보다 대어일 수도 있겠어."

"아직은 드러난 정황 정보가 없습니다. 그쪽으로 조심스럽게 정보망을 구성 중이니 조만간 성과가 있을 거예요."

"좋아, 항주란 말이지."

단유강이 의미심장한 미소를 지으며 자리에서 일어났다. 드디어 꼬리를 잡아챌 기회가 왔다. 이 기회를 놓치면 또 지루한 시간이 계속될 것이다. 그것만은 절대 사양이었다.

단유강은 황룡방의 도움으로 항주까지 아주 편안하게 갈 수 있었다.

황룡방은 본래 황룡채라는 아주 작은 수적이었지만, 예전 단유강과의 인연으로 무공 한 자락을 얻어 배운 후, 나름의 체계를 세워 방파로 거듭났다.

황룡방은 남창을 중심으로 활동하는 방파였다. 물론 아직은 힘도 세력도, 그리고 가진 돈도 지극히 미약했다. 하지만 황룡방의 방주 노적심은 야심이 큰 사내였다. 그는 언젠가 황룡방을 천하제일방파로 만들겠다고 호언장담을 하고 다녔다. 물론 다른 사람들은 그것을 허풍이라고 치부했지만.
 단유강은 순수하게 배만으로 이동을 했다. 황룡방은 전직이 수적이었던 만큼 물길을 파악하고 따라가는 데는 아주 능숙했다.
 조금 돌아서 가긴 했지만 그래도 여행 내내 누워서 이동할 수 있었으니 이보다 더 좋을 수는 없었다.
 단유강이 이렇게 느긋하게 이동한 이유는 아직 항주에서 벌어지는 일이 제대로 숙성되지 않았기 때문이다. 일이 채 진행되기도 전에 자신이 들이닥치면 자칫 타초경사의 우를 범할 수도 있었다.
 '발을 빼기 어려울 정도가 되어야 조금 편하게 잡을 수 있겠지.'
 그것이 단유강의 생각이었다.
 황룡방은 그들이 구할 수 있는 가장 좋은 침상을 구해서 선실에 구비해 놓았다. 당연히 단유강을 위한 것이었다.
 노적심은 단유강이 자신을 찾아왔을 때, 가슴이 떨릴 정도로 흥분했다. 그에게 이것은 황룡방이 한 계단 위로 올라갈 수 있는 기회였다.
 황룡방은 이제 막 문을 연 방파였다. 하지만 그 힘이나 영향력이 지극히 미약하였기에 오히려 견제하는 세력이 적었다. 황룡방은 남창에 있는 문파들의 세력 싸움을 적절히 이용하면서 조금씩 힘을 키웠다.

하지만 그것도 한계가 있었다. 황룡방주 노적심이 익힌 무공은 단유강이 전수해 준 것이다. 패력도(覇力刀)라는 도법인데, 제대로만 익히면 일도에 집채만 한 바위도 양단할 수 있는, 꽤 강력한 도법이었다. 그 외에 간단한 보법과 내공심법도 전수받았지만 패력도에 비하면 상당한 손색이 있었다.

그래도 노적심은 늦은 나이에 열심히 수련을 해서 약간이나마 성취를 보아 근방에 있는 비슷한 수준의 다른 방파에서도 쉽게 무시하지 못할 정도였다. 하지만 문제는 황룡방의 일반 방도들이었다.

그들에게는 예전 노적심이 익히고 있던 무공들을 전수해 줬지만, 그것만으로는 너무 모자랐다. 황룡채는 물 위였기에 수적질이 가능했지, 뭍으로 나오면 당시 채주였던 노적심도 그저 삼류에서 이류를 오가는 무인에 불과했다.

그런 노적심의 무공을 익혀봐야 큰 성과가 있을 리 없기에 황룡방은 지금 아슬아슬한 줄타기를 하고 있는 거나 다름없었다. 그것도 큰 바람 한 번 불면 금세 끊어질 가느다란 줄을 타고 있는 중이었다.

그런 노적심에게 단유강의 방문은 가뭄에 단비와 같았다. 단유강에게 조금 더 강한 무공 하나를 얻을 수만 있다면 지금 자신이 익힌 패력도를 수하들에게 물려주고 자신은 더 강한 무공을 익힐 것이다.

'그렇게만 되면 황룡방이 남창에서 아주 제대로 자리를 잡을 수 있지.'

노적심은 꿍꿍이가 가득한 눈으로 단유강이 머무는 선실을 바라봤다. 이제 여정의 절반이 지났다. 순수하게 뱃길로만 가기 때문에 뭍에 머무를 필요도 거의 없었다. 보급은 소선(小船)을 통해서 했기에 배에 이상이 생기지 않는 한, 계속해서 움직일 수 있었다.

노적심은 조금 마음이 조급해지긴 했지만 그래도 꾹 눌러 참았다. 그의 눈 깊은 곳에 잠들어 있던 야망의 불꽃이 서서히 타올랐다.

단유강은 침상에 누워서 노적심이 미리 준비해 둔 과일 쪼가리를 씹으며 피식 웃었다.

"욕심이 많은 놈이로군. 패력도만으로도 충분할 텐데 말이야."

단유강은 지금 배를 빌려 타는 것이 예전 패력도를 전수해 준 대가라고 생각했다.

패력도는 꽤 훌륭한 도법이었다. 기본에 충실하고, 상승의 경지로 나아갈 발판을 만들 수 있었다. 만일 어릴 때부터 꾸준히, 그리고 열심히 수련한다면 경지에 올라 세상을 오시할 수 있는 힘을 얻을 수도 있었다.

"뭐, 대부분의 무공이 그렇지만 말이야. 패력도만으로 십대고수쯤 되는 건 좀 힘들라나?"

힘들긴 하겠지만 불가능한 것은 아니다. 그리고 천하제일고수가 되는 것도 힘들긴 하겠지만 불가능하지 않다. 모든 것은 무공을 익히는 사람의 문제다. 무공의 문제는 부차적인 것이다. 물론 더 좋은 무공을 익히면 좀 더 쉽고 빠르게 그 길을 밟을 수 있긴 하겠지만 말이다.

"그런 면에서 우리 할아버지의 삼재검법은 정말로 극악 중의 극악이지."

단유강은 삼재검법만 생각하면 고개가 절로 돌아갔다. 삼재검법은 정말로 익히기 어려웠고, 경지에 오르기 위해선 엄청난 시간이 필요했다. 하지만 일단 경지에 오르기만 하면 무시무시한 위력을 보장한다.

단유강은 정말로 많은 종류의 무공을 익혔지만, 그중 가장 익히기 어려운 것이 바로 그것이었다.

"그나저나……."

단유강은 묘한 눈으로 선실 문 쪽을 바라봤다. 처음 배가 움직일 때부터 작은 기운 하나가 배 곳곳을 돌아다니는 것이 느껴졌다. 그 작은 기운은 분명 아이의 기운일 것이다.

"사람들과 어울리는 걸 보면 몰래 탄 건 아닐 테고."

단유강은 선실 안에 누워서도 배에서 일어나는 모든 일을 알 수 있었다. 극도로 발달한 기감과 인간의 한계를 벗어난 청력은 배의 모든 상황을 머릿속에 그려주었고, 모든 소리를 모았기에 당연히 배에 탄 사람들의 모든 대화를 들을 수 있었다.

"정확히 말은 안 하지만 황룡방에서 꽤 중요한 위치에 있는 놈 같은데……."

단유강은 왠지 그 꼬마가 마음에 들었다. 대충 얘기를 들어보면 일곱 살쯤 된 것 같았다. 하지만 말하는 거나 생각하는 것을 보면 절대 그 나이 또래의 아이라고 할 수 없었다. 상당히 조숙했고, 생각이 깊었다.

"재미있는 놈이야."

단유강의 얼굴에 살짝 짓궂은 미소가 감돌았다.

노우광은 고작 일곱 살의 아이였지만, 아버지가 어떤 일을 했고, 또 지금 어떤 일을 하고 있으며, 현재 황룡방의 상황이 어떤지도 잘 알고 있었다.

노우광은 조심스럽게 단유강의 선실 앞에서 청소를 시작했다. 다른 건 몰라도 지금 이 선실 안에 있는 사람에게 잘못 보이면 큰일 난다는 건 충분히 알 수 있었다. 조금이라도 심기를 거스르지 않기 위해 애써야 했다.

사실 노우광은 그의 아버지인 노적심에게 떼를 쓰다시피 해서 배에 탔다. 그리고 그 대가로 선실 앞의 청소를 일거리로 받았다. 노우광은 불평 한마디 하지 않고 일을 했고, 그 모습에 황룡방의 다른 무사들은 노우광을 항상 대견하게 여겼다.

선실 앞만이라고 하지만 고작 일곱 살 아이가 매일 하기에는 결코 쉽지 않은 일이었다.

그렇게 노우광이 청소를 모두 끝내고 막 자리를 뜨려는 순간, 선실에서 목소리가 흘러나왔다.

"거기만 달랑 치우고 갈 생각이냐?"

노우광은 깜짝 놀라 걸음을 멈췄다. 그리고 천천히 고개를 돌려 선실을 바라봤다. 뭐라고 대답해야 할지도 몰라 안절부절못했다.

"방도 치워야지. 이리로 들어와 봐라."

단유강의 말에 노우광은 침을 꿀꺽 삼키고는 조심스럽게 선실 문을 열었다. 단유강의 선실 안에 들어와 보는 것은 처음이었기에 그 안에 이렇게 화려한 침상이 있을 줄은 몰랐다.

노우광의 눈이 화등잔만 해지자 단유강이 피식 웃었다.

"왜? 침상이 너무 좋아 보여?"

"아, 아니, 그, 그게 아니라……."

"됐다. 바닥이나 좀 닦아라. 문 앞만 치우고 달랑 갈 생각은 아니었지?"

"아, 예. 아, 알겠습니다."

노우광은 어린아이답지 않은 말투로 대답을 한 후, 서둘러 걸레로 바닥을 박박 문지르기 시작했다. 선실은 크지도 작지도 않은 적당한 크기였지만, 어린 노우광의 입장에서는 지나치게 넓었다. 노우광은 땀을 뻘뻘 흘리며 한 시진이나 걸레질을 하고서야 간신히 청소를 끝낼 수 있었다.

단유강은 그런 노우광의 모습을 보며 크게 고개를 끄덕였다. 청소하는 모습을 보고 나니 더 마음에 들었다.

"좋아, 앞으로 내 방에는 너만 들어와라. 밥도 네가 가져오고, 청소도 네가 해라. 참고로 하루에 한 번은 꼭 청소를 해야 한다. 알겠느냐?"

노우광은 얼떨떨한 표정으로 고개를 끄덕이며 대답했다.

"예. 그, 그렇게 하겠습니다."

"좋아. 그만 가봐라."

단유강이 손을 휘휘 젓자 노우광은 그제야 정신을 차리고 단유강에게 꾸벅 인사를 하고는 선실에서 나갔다.

단유강은 노우광이 밖으로 나가자 씨익 웃으며 고개를 끄덕였다.

"근성이 대단한 놈이로군. 백철이랑 막상막하인데?"

단유강의 얼굴에 기분 좋은 미소가 그려졌다.

그날 이후로 노우광의 하루 생활은 평소와 완전히 달라졌다. 처음에는 노적심도 크게 놀라 안절부절못했지만, 결국 포기하는 수밖에 없었다. 노우광이 해야 하는 일은 어른이라도 결코 쉽지 않은 일이었지만, 어쩔 수 없었다.

단유강의 방에 들어갔다 나오는 건 정말로 어려운 일이었다. 그저 밥을 가져다주고, 단유강이 밥을 다 먹을 때까지 기다렸다가 빈 그릇을 들고 나오는 간단한 일이었지만, 그 짧은 시간 동안 소모하는 심력이 막대했다.

기력 넘치는 어른도 힘든 일을 고작 일곱 살에 불과한 노우광이 해야 한다니 걱정이 앞섰다.

노적심은 속으로 불만을 토로했지만, 그것을 겉으로 드러낼 수는 없었다. 그저 자신의 어린 아들을 안쓰럽게 바라보기만 할 뿐이었다.

하지만 모든 사람들의 걱정과는 반대로 노우광은 단유강의 선실에 들락거리는 게 너무나 좋았다. 사실 처음에는 좀 무서웠던 것도 사실이고, 심력을 많이 소모하기도 했다. 하지만 조금씩 시간이 지나면서 단유강이 꽤 좋은 사람이라는 걸 깨닫고 나자 그때부터 더 이상 두렵지 않았다. 당연히 심력 소모도 크게 줄었다.

오늘도 노우광은 즐거운 표정으로 단유강의 선실을 열심히 걸레로 닦아내고 있었다. 왠지 이렇게 청소를 끝내고 나면 몸에 힘이 불끈불끈 솟는 것 같아서 더 기분이 좋았다.

'대단한 놈일세. 무재(武才)가 백철이보다는 못할 것 같지만, 정신력 하나는 아주 끝내주는구나.'

단유강의 선실에 들어오면 심력을 소모하는 이유는 단유강이 암암리에 펼쳐둔 기파 때문이었다. 기감을 수련하기 위해 펼쳐 둔 것이었지만, 보통 사람이 그 안에 들어오면 정신력이 심하게 소모된다. 보통 정신력으로는 버티기도 힘들었다. 오래되면 헛것을 볼 수도 있을 정도였다.

한데 노우광은 처음에만 조금 힘들어했을 뿐, 지금은 아무렇지도 않게 그것을 견뎌냈다. 그것은 노우광이 기감을 발달시키는 데 특별한 재능이 있거나 정신력이 엄청나게 강하다는 증거였다.

단유강은 요 며칠 동안 노우광은 지켜보며 후자 쪽으로 잠정 결론을 내렸다. 그리고 슬며시 마음이 움직였다.

노우광은 마침 청소를 모두 끝내고 단유강에게 인사를 하려는 중이었다. 단유강은 노우광의 인사를 받지 않고 손을 저었다.

콰득!

선실 한 부분이 뜯어져 나가며 길쭉한 나무가 단유강의 손으로 끌려들어 왔다.

노우광은 화등잔만 해진 눈으로 그 광경을 지켜봤다. 이런 기사(奇事)는 이야기 속에서 듣기만 했지 직접 보는 것은 처음이었다.

단유강은 노우광이 놀라거나 말거나 나무를 몇 번 쓰다듬어서 그것을 다듬었다. 단유강의 손이 지나가기만 해도 나무가 깎여 나가 매끈하게 변했다. 어느새 그냥 나무에 불과하던 것이 멋진 봉(棒)으로 변했다.

"받아라."

노우광은 얼결에 단유강에게서 봉을 받아 들고는 어리둥절한 표정으로 단유강을 바라봤다.

단유강의 손가락이 슥슥 움직였다. 수십 개의 지풍이 노우광에게 날아갔고, 노우광의 자세를 바꿨다. 노우광은 소스라치게 놀랐지만, 어느새 봉을 앞으로 내밀고 다리를 벌린 자세로 서 있는 스스로를 느끼며 놀란 표정을 지었다. 단유강이 무엇을 원하는지 대번에 눈치챈 것이다. 이것은 기연이었다.

노우광의 눈빛이 변한 것을 확인한 단유강은 내심 감탄을 했다. 확실히 범상치 않은 아이였다.

"잘 기억해라."

단유강의 손이 마치 악기를 연주하듯 움직였다. 그러나 수십 개의 지풍이 또 날아갔고, 그 지풍은 또다시 노우광의 몸을 움직였다.

노우광은 마치 괴뢰처럼 단유강의 손에 이끌려 봉을 내지르고 휘돌며 움직여야 했다. 몸은 마음대로 움직이지 못하지만, 마음은 그렇지 않았다. 노우광은 이 기연을 온전히 자신의 것으로 만들기 위해 온 정신을 집중했다. 그리고 자신의 움직임 하나하나를 뇌리에 새기기 위해 애썼다.

그렇게 기이한 무공 전수가 계속해서 이어졌다. 단유강은 덕분에 지루하지 않게 여행을 계속할 수 있었다.

그렇게 황룡방의 배가 항주에 도착했다.

항주가 눈에 보일 정도로 가까워졌을 때가 되어서야 단유강은 몸을 일으켰다. 단유강 앞에는 이제 하루 종일 함께 있다시피 하는 노우광이 눈을 반짝반짝 빛내며 서 있었다.

"열심히 하다 보면 꽤 그럴 듯한 성취를 얻을 수 있을 거다."

노우광은 정중히 포권을 취했다.

"그간의 가르침에 감사드립니다."

노우광은 절을 하고 싶었지만 단유강이 하지 못하게 했기에 그럴 수 없음이 안타까웠다. 노우광에게 있어서 단유강은 스승의 의미를 뛰어넘는 사람이었다.

"잔소리를 몇 마디 더 하고 싶지만, 네가 알아서 할 거라 믿으니 그냥 가마. 허튼 데 힘을 쓸 생각만 안 하면 된다. 알겠느냐?"

노우광은 단유강이 하는 말의 의미를 약간이나마 알 수 있었다. 그리고 앞으로 자라면서 더 잘 알게 되리라. 그는 다시 한 번 정중히 포권을 취하며 살짝 고개를 숙였다.

"명심하겠습니다."

노우광이 고개를 들었을 때, 단유강의 모습은 이미 사라지고 없었다. 노우광은 잠시 허전한 마음이 들어 단유강이 방금 전까지 앉아 있던 침상을 물끄러미 바라봤다. 그리고 이내 결심한 듯 주먹을 불끈 쥐었다.

"가르쳐 주신 공부에 어긋나지 않는 사람이 되겠습니다. 그리고 은인께서 가르쳐 주신 무공으로 천하에 우뚝 서겠습니다."

노우광은 그렇게 말하고는 힘차게 뒤돌아 선실에서 나갔다. 선실 밖에는 아직도 단유강이 사라진 줄 모르는 황룡방 사람들이 이리저리 바쁘게 움직이고 있었다. 노우광은 갑판 끝에 서서 항주를 바라보고 있는 자신의 아버지, 노적삼에게 다가갔다.

"은인께서 떠나셨습니다."

노우광의 말에 노적삼은 놀란 눈으로 그를 돌아봤다. 잠시 그렇게 놀란 표정을 감추지 못하던 노적삼은 이내 씁쓸한 표정으로 고개를 끄덕였다.

"그래, 그럼 이만 돌아가자. 여기는 우리가 있을 만한 곳이 아니다."

노적삼의 명에 따라 황룡방의 배가 천천히 방향을 바꾸었다. 그들은 왔던 길을 다시 거슬러 남창으로 향했다. 그곳은 앞으로도 계속 황룡방의 터전이 될 곳이었다.

노우광은 방향을 바꾼 배의 선미로 가서 멀어지는 항주를 바라봤다. 나중에 정말로 강해지면 이곳에 와서 자리를 잡는 것도 좋겠다는 생각이 문득 들었다. 항주에 도착하지는 않았지만 이곳은 노우광에게 큰 의미가 되었다. 한 사람으로 인해서.

단유강은 항주에 도착하자마자 일단 큰 객잔에 들어 방부터 잡았다. 무작정 움직일 수는 없으니 정보부터 차근차근 모아야 했다.

단유강이 가장 많이 이용하는 정보는 월영단의 정보였고, 그 다음이 단가상단의 정보였다. 둘의 정보는 사실상 한 사람에게 모이지만, 어쨌든 둘은 다른 단체였다.

월영단의 경우 몇몇 지부를 중심으로 근방의 정보를 세세히 훑어 모으는 방식이었고, 단가상단은 상행을 바탕으로 정보를 모았다. 둘이 모으는 정보는 각자의 성격에 맞게 조금씩 달랐다.

월영단은 무림에 관한 정보가 주를 이루는 데 반해 단가상단은 상계의 정보가 주를 이룬다. 물론 무림과 상계가 서로 관여하는 바가 크니 정보가 겹치는 부분도 꽤 있긴 했지만, 둘의 정보를 종합하면 상당한 정보를 모을 수 있었다.

단유강은 월영단과 단가상단 덕분에 정보에 관한 한 손가락에 꼽을 정도였다. 거기다가 단가상단과 연계한 성가장과 화룡루에서도 정보를 얻을 수 있으니 정보망의 방대함은 무림맹의 천망단과도 비견될 만했다.

하지만 문제는 이곳 항주에는 단가상단의 힘도, 또 월영단의 힘도 거의 미치지 않는다는 점이었다.

"돈은 좀 들겠지만 화영련에 가봐야 하나."

화영련의 정보력도 만만치 않다. 특히 항주처럼 기루가 많은 곳에서는 더더욱 그 영향력이 대단할 것이다.
 단유강이 선택할 수 있는 방법은 얼마 없었다. 화영련에 의뢰를 하든가, 아니면 항주에 존재하는 작은 정보 단체들을 이용하든가, 그것도 아니라면 백설영을 통해서 받는 무림맹 천망단의 정보를 들춰보는 정도였다.
 "흐음, 뭐, 결국은 몽땅 다 써먹어야겠지."
 정보는 많을수록 좋다. 더구나 지금처럼 뭔가 일어나고 있는 것이 확실하지만 그 실체가 모호할 경우에는 더 그렇다. 쓸모없는 정보들이 자칫 이목을 흐릴 위험도 있긴 하지만, 백설영이나 단유강의 경우는 그런 염려를 할 필요가 없을 정도로 정보를 다루고 옥석을 구분해 내는 데 밝았다.
 "자아, 일단 직접 움직여 볼까?"
 단유강은 예전 무림맹에서 있었던 일이 떠올랐다. 당시 살인 사건을 해결하기 위해 무림맹 근방의 작은 정보 단체들에게서 무림맹에 관한 정보를 닥치는 대로 긁어모았었다. 지금 단유강이 하려는 일이 바로 그런 것이었다.

 "휴우, 이걸 언제 다 읽나……."
 단유강은 한숨을 내쉬며 고개를 절레절레 저었다. 객잔의 별채를 따로 얻었고, 그 별채에 발 디딜 틈이 없을 정도로 서류가 잔뜩 쌓여 있었다. 모두 오늘 하루 동안 정보 단체를 돌아다니며 모아온 것들이었다. 당연히 화영련에서 금을 오백 냥이나 주고 얻어온 정보도 있었다.

단유강은 느긋하게 침상에 누웠다. 그리고 손을 뻗었다. 바닥에 있던 서류 한 뭉치가 둥실 떠올라 단유강의 손으로 빨려들어 갔다. 단유강은 그것을 휘리릭 읽고는 한쪽으로 던졌다. 방 안에서 유일하게 아무것도 없이 비어 있는 공간이었다.

단유강의 손으로 다시 다른 서류 한 뭉치가 날아왔고, 그 서류도 조금 전의 서류와 같은 과정을 거쳐 한곳에 쌓였다. 단유강은 그런 식으로 방안의 서류를 하나하나 읽으며 머릿속에 차곡차곡 정보를 저장했다.

모든 정보를 흡수한 단유강은 묘한 표정으로 턱을 쓰다듬었다. 단유강의 한 손이 슬쩍 움직이자 한쪽에 쌓여 있던 서류 뭉치에서 화르륵 불길이 일었다. 촌각도 지나지 않아 서류들이 몽땅 재로 변했다. 주변에는 그을음조차 남지 않고 서류만 타버린 것이다.

항주는 스무 개나 되는 문파가 각축전을 벌이는 곳이었다. 그 스무 개의 문파가 모두 장사에 있는 청검산장 정도 되는 수준이었다. 그 문파들 아래에 백여 개의 문파가 또 존재했는데, 스무 개의 대문파와는 별개로 그들 나름의 치열한 각축전을 벌였다.

"전쟁터나 다름없는 곳이군."

있다고 생각하는 게냐?"

"그렇지 않았다면 제 말에 장단을 맞춰주지 않으셨을 테니까요. 공자님께서도 뒤를 따르는 오귀(五鬼)를 눈치채고 계셨던 거 아니었습니까?"

"그놈들이 오귀라 불리는 모양이구나."

"정확히는 항주오귀(杭州五鬼)입니다. 뭐, 그저 질이 꽤 나쁜 파락호에 불과합니다."

단유강은 빙긋 웃었다. 소년의 기지에 내심 탄복했다. 고작 열두어 살이나 되었을까. 그리 나이도 많아 보이지 않은데, 그 담력하며 상황을 꿰뚫는 눈이 대단했다.

"그래, 네가 날 구한 건 무슨 이유더냐? 고작 돈 때문이라고 한다면 난 꽤 실망할 것 같구나."

단유강의 말에 소년이 씁쓸한 표정을 지었다.

"공자님께서 실망하셔도 할 수 없습니다. 전 돈이 필요했을 뿐입니다."

"그래? 만일 내가 돈을 안 주겠다면 어쩌려고 그러느냐?"

"제가 사람 보는 눈이 없음을 탓해야겠지요. 그리고 비록 돈을 못 받는다 하더라도 오귀의 손에서 사람을 구했으니, 그것만으로 만족을 하겠습니다."

말은 그렇게 하지만 소년의 눈빛에서는 절대 단유강이 그냥 가지 않을 걸 안다는 듯 자신감이 느껴졌다.

단유강은 그 눈빛에 감탄하며 고개를 크게 끄덕였다.

"좋은 눈빛이로구나. 그래, 돈이 얼마나 필요한 게냐?"

소년은 잠시 머뭇거렸다. 어떻게 대답을 하는 것이 좋을지 머리를 굴리고 있는 듯했다. 단유강은 피식 웃으며 품에서 주머니 하나를 꺼내 그것을 소년에게 던졌다.

"머리를 너무 굴리면 결국 손해를 보게 된다. 때로는 그저 가슴으로 움직이는 게 훨씬 큰 결과를 만들어낼 수도 있는 법이다."

단유강은 그 말을 남기고 돌아섰다. 소년의 모습이 왠지 예전에 제갈무군을 처음 만났을 때와 비슷했다. 그래서 결국 한마디를 던지고 말았다.

소년은 단유강이 던져 준 주머니를 받아 안을 확인하고는 경악을 감추지 못했다. 주머니 안에는 금자가 가득했다. 최소한 오십 냥은 되는 듯했다.

소년은 잠시 멍하니 있다가 단유강이 마지막에 했던 말의 의미를 곱씹었다. 그리고 자신의 머리를 탁, 때렸다.

"이런 바보!"

단유강이 던져주고 간 황금 오십 냥은 작은 결과다. 만일 자신이 상황을 솔직하게 말하고 도움을 구했다면 단유강은 훨씬 더 큰 도움을 주었을 것이다.

"휴우, 그래도 이 정도면 당분간은 걱정이 없으려나."

소년은 심란한 표정으로 주머니를 품에 단단히 갈무리했다. 자칫 잃어버리기라도 하면 큰일이었다. 이렇게 큰돈을 벌 수 있는 기회는 아마 앞으로도 거의 없을 테니까.

 단유강은 소년에 대한 생각을 일단 털어버리고 객잔으로 돌아갔다. 소년이 이곳까지 안내해 준 것은 아마 우연이었을 것이다. 어쨌든 그런 건 지금 상관없었다. 지금 중요한 건 아직도 위장에서 이리저리 요동치며 밖으로 빠져나가려 애쓰는 기운에 대해 조사하는 일이었다.
 단유강은 침상에 가부좌를 틀고 앉았다. 위장에 모아놓은 기운을 분석하는 것이 쉽지 않을 거라고 본능이 외치고 있었다. 단유강은 그 본능의 외침을 무시하지 않았다.
 지그시 눈을 감은 단유강은 위장에 모은 기운을 자신의 기운으로 조금씩 자극하며 그 성질을 파악해 나가기 시작했다. 아마도 이 작업은 하룻밤을 꼬박 새고도 모자랄 정도로 긴 싸움이 될 것이다.

 다음날 아침, 단유강은 심각한 얼굴로 객잔을 나섰다. 오늘은 두 군데를 돌아볼 생각이었다. 하나는 화영련이 운영하는 기루였고, 다른 하나는 탐미루처럼 의심이 가는 기루 한 군데였다.
 어제 분석한 기운의 정체는 실로 놀라웠다. 그것은 일종의 강시 제련술에서 기인한 기운이었다.
 음식마다 너무 미약한 양이 머물고 있어 별다른 효과는 없지만, 이 음식을 꾸준히 먹은 사람의 경우는 심성과 체질이 조금씩 변하게 된다. 그렇게 심성이나 체질이 변화된 사람을 이용해 강시를 제련할 경우 훨씬 큰 효과를 얻을 수 있다.

"그나저나 이름이 탐화루라니, 의심을 하지 않을 수가 없잖아."

단유강이 의심하는 기루의 이름이 바로 탐화루였다. 탐화루에서도 아마 탐미루와 비슷한 일이 벌어지고 있을 것이다. 어떤 방식인지는 아직 확인해 보지 않았지만 말이다.

만일 음식에 장난을 쳤다면 이제는 어제와 달리 단번에 알 수 있을 것이다. 어제 충분히 그 기운을 분석한 덕분에 그 부분에 한해서는 훨씬 예민한 감각을 갖게 되었다. 이런 식으로 다양한 기운을 경험하면 정말로 예리한 감각을 얻을 수 있을 것이다.

단유강은 속으로 이런저런 생각을 하며 화영련의 기루로 향했다. 단유강이 얻고자 하는 정보는 간단했다. 탐미루의 숙수에 대한 것이었다. 그리고 아마 내일이 되면 탐화루의 누군가에 대한 정보도 의뢰하게 될 것이다.

"그나저나 화영련은 정보료가 너무 비싸단 말이야. 왠지 손해 보는 느낌이야."

만일 이곳 항주가 단가상단이나 월영단의 세력권 안에 있었다면 돈 한 푼 들이지 않고 막대한 정보를 얻을 수 있었을 것이다. 그렇게 생각하니 화영련에 주는 돈이 왠지 아까웠다.

물론 그렇게 마구 퍼줘도 단유강의 입장에서는 정말로 티끌만큼밖에 안 되는 돈이었지만 말이다.

화영련에서 정보를 얻어 가지고 나온 단유강은 그 정보를 모두 머릿속에 저장했다. 생각보다 화영련이 알고 있는 정보가 적었기에 별로 돈은 들지 않았다. 그래도 다른 자잘한 정보 단체에 주는 것보다는 훨씬 큰돈이 들었다.
"고작 이 몇 마디 정보에 금 오십 냥이라니, 정말 너무하는군."
탐미루의 숙수는 일 년 전 탐미루가 생겼을 때부터 함께한 사람이었다. 지난 일 년 동안 이곳 항주에 강시 제련을 위한 기운을 퍼뜨린 셈이었다.

그에 대한 정보는 그게 끝이었다. 그가 이곳 항주에 오기 전에 과연 어디서 무슨 일을 했는지, 또 이곳 항주에 오게 된 이유가 무엇인지도 전혀 알려지지 않았다. 화영련에서 알 수 있었던 건 그가 항주에 온 시기와 그가 무공을 익히고 있다는 사실이 전부였다.
"비밀이 많은 사람은 대부분 구린 구석이 있는 법이지."
단유강은 의미심장한 미소를 지으며 이번에는 탐독서점 쪽으로 향했다. 아직 기루에 가기는 좀 이른 시간이었기에 다른 곳을 먼저 둘러볼 생각이었다.
화영련에서 곁가지로 얻은 또 다른 정보 하나가 바로 탐화루와 탐미루의 주인이 같은 사람이라는 점이었다. 그는 다른 사업체도 몇 개 더 가지고 있었는데, 다들 비슷한 이름이었다. 지금 단유강이 향하는 탐독서점 역시 그의 사업체 중 하나였다.

탐독서점은 항주에서 가장 큰 서점으로, 없는 책이 없다는 소문이 돌 정도로 막대한 장서량을 자랑했다. 당연히 그곳을 드나드는 사람도 무수히 많았다.

탐독서점에 도착한 단유강의 눈이 살짝 커졌다. 자신이 생각했던 것보다 그 규모가 상당히 컸기 때문이다. 총 삼 층으로 이루어진 서점이었는데, 각 층이 온통 서가로 가득했다.

"대단하군."

단유강은 일단 서점 안으로 들어서며 감각을 집중했다. 이곳에서도 분명히 탐미루에서 겪은 것과 비슷한 일이 기다리고 있을 거라 판단했다.

'역시.'

이제는 익숙해진 덕분에 서점에 들어서자마자 그것을 알아챌 수 있었다. 아주 작은 양의 기운이 각 서적에 골고루 퍼져 있었다. 그저 책을 펼쳐 보는 것만으로는 별일 없겠지만, 꾸준히 책을 읽는다면 자연스럽게 그 기운이 몸에 쌓일 것이다. 또한 이곳 서점에서 오랫동안 머물러도 조금씩 기운을 흡수할 것이다.

'그럼 이제 남은 곳은 탐웅무관인가.'

단유강은 탐독서점에서 책을 몇 번 펼쳐 보며 기운을 확실히 느끼고는 고개를 몇 번 끄덕인 후, 밖으로 나갔다. 이번에 향하는 곳은 탐웅무관이었다.

탐웅무관 역시 다른 곳과 마찬가지로 일 년 전에 생긴 무관이었다. 단유강은 무관에 도착한 후, 묘한 표정을 지었다. 이곳 역시 다른 무관과는 조금 달라 보였기 때문이다.

단유강이 무관에 다가가자 무관 입구를 지키고 있던 무사 한 명이 살가운 미소를 지으며 정중히 포권을 취했다.

"무슨 일로 오셨습니까?"

단유강은 누가 보더라도 풍류공자처럼 보였기에 웬만한 무관이라면 이렇게 살갑게 맞아주지는 않았을 것이다. 한데 이곳 탐웅무관은 조금 달랐다.

"아, 그저 조금 구경이나 하고 싶어서 왔소이다."

"하하, 잘 오셨습니다. 소문을 듣고 오신 모양이군요. 저희 탐웅무관에서 무공을 익히시면 아주 건강한 생활을 하실 수 있습니다."

무사는 그렇게 말하고는 마치 귓속말을 하듯 단유강에게 다가와 손을 슬쩍 올려 입을 막고는 조용히 말을 덧붙였다.

"그리고 정력에도 아주 큰 도움이 됩니다. 이곳에서 무공을 익히신 많은 공자님들이 벌써부터 효과를 보고 계십니다. 아, 소문을 듣고 오셨으니 다 아실 텐데, 제가 너무 호들갑을 떨었군요. 일단 안으로 드시지요."

단유강은 눈에 이채를 띠고 무사를 따라 안으로 들어갔다. 안에 들어가자마자 눈에 들어온 광경은 무인이라고는 절대 생각할 수 없는 사내들이 동작을 맞춰 무공을 수련하는 모습이었다.

'완전 춤을 추고 있군.'

"하하, 어떠십니까? 일단 오늘은 차분히 구경을 하시면서 생각을 해보십시오."

무사는 그렇게 말한 후 다시 자신의 자리로 돌아갔고, 어느새 다가온 문사 차림의 중년인이 단유강을 맞이했다. 그는 무관 곳곳을 돌아다니며 단유강을 구경시켜 주었다. 그러면서 탐웅무관의 무공을 익히면 어떤 효과가 있는지 자세하게 설명해 주었다.

덕분에 단유강은 한 시진이나 탐웅무관을 샅샅이 살펴볼 수 있었다.

탐웅무관에서 나온 단유강은 의미심장한 표정으로 고개를 끄덕였다. 탐웅무관은 훨씬 더 노골적이었다. 탐미루나 탐독서점을 통해 몸에 쌓은 기운을 이용해 본격적으로 체질과 심성을 바꾸는 작업을 바로 이곳 탐웅무관에서 하고 있었다.

역시나 다른 곳과 마찬가지로 지극히 은밀하게 진행되고 있었으므로 단유강이 아니었다면 아마 누구도 발견하지 못했을 것이다. 단유강도 탐미루에서 기운을 모아 그것에 대한 감각을 극대화시키지 않았다면 아마 아무것도 모르고 넘어갔을 것이다.

'그럼 탐화루는 과연 어떤 곳일까?'

탐미루와 탐화각에서 기운을 모으고 탐웅무관에서 그것을 활성화한다. 그렇다면 탐화루에서는 그렇게 채득한 기운을 사용할 가능성이 컸다. 이렇게 지속적으로 기운을 쌓고 쓰면서 흐름을 만들면 훨씬 몸에 녹아드는 속도가 빠르기 때문이다.

단유강은 자신의 예상을 확인하기 위해 천천히 기루들이 밀집한 지역으로 발걸음을 옮겼다.

'그나저나 이번에는 그걸 어떻게 확인하지? 그냥 지켜보는 것만으로는 알기가 쉽지 않을 텐데 말이야.'

단유강은 어쩌면 오늘 탐화루의 기녀들을 안아야 할지도 모른다고 생각하며 걸음을 옮겼다.

第十章
탐화루의 기녀들

蛟龍濤
태룡전

단유강은 기루들이 밀집한 지역에 들어선 순간, 눈에 익은 소년을 발견했다.

'응? 저 녀석은?'

분명 자신을 구하겠다고 나섰던 소년이었다. 소년이 어제 팔았던 백경이라는 사람에 대해서도 이미 조사를 마쳤다. 여백경, 항주에서 제법 영향력깨나 떨치는 여가장의 둘째 딸이었다.

미모가 출중하긴 하지만 성격이 불같고, 이기적이라 많은 사람들이 두려워했다. 더구나 여가장은 항주에서 열 손가락 안에 드는 무가였다.

고작 항주오귀 정도의 파락호들이 감히 넘볼 만한 여인이 아니었다. 그녀의 이름만으로도 항주오귀가 벌벌 떨 정도로 대단한 여인이었다. 물론 단유강과는 비교조차 할 수 없지만 말이다.

소년은 구석진 곳에 자리를 잡고 서서 눈을 빛내고 있었다. 보아하니 어제와 비슷한 일이 생기면 또 사람을 구하고 돈을 받을 심산인 모양이었다.

'황금 오십 냥으로는 좀 모자랐나?'

어제 단유강이 그에게 준 돈은 무려 황금 오십 냥이다. 황금 오십 냥이면 은자로 무려 천 냥이나 되는 큰돈이다. 그 정도면 항주에 그럴듯한 점포도 하나 만들 수 있을 것이고, 마음만 먹으면 그 점포를 이용해 더 많은 돈을 벌어들일 수 있을 것이다.

'어제 보니 제법 똑똑해 보였는데, 그럼 굉장히 큰돈이 지속적으로 필요한 건가?'

보아하니 어제 받은 황금은 하나도 남지 않은 것 같았다. 어딘가에 벌써 쓴 모양이었다.

단유강은 문득 호기심이 일었다. 그리고 제갈무군을 닮은 소년을 한 번 더 도와줘도 괜찮겠다는 생각이 들었다. 물론 이번 일에 방해가 되지 않는 선에서 말이다.

어느새 단유강이 소년의 뒤에 도착했다. 소년은 거리만 주시하고 있었기에 단유강이 뒤에 있는지도 알아채지 못했다.

"여기서 뭘 하는 거냐?"

단유강의 물음에 소년이 화들짝 놀라며 돌아섰다. 그의 눈이 화등잔만 해졌다.

"아, 고, 공자님이셨군요."

소년은 당황하던 표정을 금세 지우고 부드럽게 미소 지으며 허리를 꾸벅 숙였다.

"어제 주신 돈은 정말로 감사했습니다. 저도 설마 그렇게 큰 보상을 받게 되리라고는 생각도 못했습니다."

단유강이 그 말에 피식 웃었다.

"음흉한 놈, 내 말이 무슨 뜻인지 알았으면서도 그런 말이 나오는 게냐?"

"그래도 고맙다는 사실이 바뀌지는 않으니까요. 그렇게 큰 돈을 만져 본 건 처음이었습니다."

단유강이 고개를 끄덕였다.

"그래, 그건 그렇고. 여기서 뭘 하는 거냐? 설마 또 어제와 같은 일이 있기를 바라면서 기다리고 있는 것이냐?"

소년은 대답하지 못했다. 하지만 살짝 얼굴이 붉어지는 걸 보면 부끄러워 하는 것이 분명했다. 단유강은 나직이 혀를 찼다.

"쯧쯧, 뭐 부끄러운 게 있다고. 사람을 구해주는 좋은 일을 하고 있는 거 아니냐. 어제의 그 다섯 귀신에게 걸리면 자칫 목숨을 잃을 수도 있지 않겠느냐."

"그, 그건 그렇습니다만……."

그래도 그런 일로 돈을 벌고 있다는 게 그리 자랑스럽지는 않아 보였다. 소년의 마음을 짐작한 단유강은 빙긋 웃었다.

"사정을 한번 들어보자. 참고로 난 더 이상의 기회를 줄 생각은 없다. 이번이 마지막 기회라는 걸 명심하고 얘기해 봐라."

소년은 긴장으로 침을 꿀꺽 삼켰다. 어제 날아갔던 기회가 다시 찾아왔다. 그는 본능적으로 이 기회를 놓치면 평생 후회하게 될 거라고 생각했다.

"마, 말씀드리겠습니다."

소년은 단유강의 마음이 변할 새라 황급히 자신의 사정을 얘기했다.

소년의 이름은 진자소였다. 그는 탐화루에서 잡일을 하던 아이였다. 진자소는 일곱 살 무렵부터 기루를 전전하며 잡일을 도맡아 해왔다. 그러다가 일 년 전 탐화루가 생기며 그곳에 완전히 자리를 잡았다. 싹싹하고 눈치가 빨라 기루에서 일을 부려먹기가 참으로 좋았기 때문에 탐화루에서도 꽤 좋은 조건으로 일을 할 수 있었다.

탐화루의 기녀들 중 몇몇은 진자소를 마치 친동생처럼 아껴주었다. 그 기녀들 역시 다른 기루에서 일을 하다가 탐화루로 팔려온 경우였기에 진자소와는 꽤 오랜 시간 인연을 맺어 온 사이였다.

그렇게 진자소는 처음으로 많은 돈을 벌 수 있었다. 탐화루는 항주의 다른 기루들을 압도할 정도로 인기가 좋았고, 진자소와 친한 기녀들 역시 마찬가지로 인기가 좋아 금세 많은 돈을 벌 수 있었다.

탐화루는 기녀들이 돈을 많이 벌 수 있는 체계를 충분히 갖추었기에 그곳의 기녀들은 대부분 돈을 잘 벌었다. 그리고 잘 버는 만큼 잘 썼다.

하지만 진자소와 친한 기녀들은 그렇게 돈을 함부로 쓰지 않았다. 진자소는 어리지만 똑똑했고, 그녀들에게 미래에 대한 조언도 아끼지 않았다. 그녀들은 진자소와 오래 인연을 맺어왔기 때문에 그의 말을 들어서 나쁠 게 없다는 걸 잘 알았고, 진자소의 말대로 돈을 착실히 모았다.

그때까지만 해도 좋았다. 문제는 진자소와 친한 기녀들의 몸에 이상이 생긴 후부터였다.

"몸에 기력이 없고 피부에 붉은 반점이 생겼다 사라지기를 반복하니, 손님들이 찾지를 않았어요. 탐화루에서 약을 제공해 줬지만 그 약값이 너무 비싸 그걸 감당할 만한 여력이 되지 않았어요. 그리고 몸이 나빠지니 점차 손님들도 멀어졌고요. 결국 그만둘 수밖에 없었죠."

기루를 그만둔다고 모든 일이 끝나는 게 아니었다. 그녀들에게는 약이 필요했고, 그 약을 구하기 위해서는 돈이 필요했다.

진자소는 자신이 모았던 돈을 이용해 그녀들을 구했다. 그녀들이 머물 수 있는 허름한 집을 구했고, 그리고 이렇게 돈을 벌어 약값을 구했다.

"어제 황금 오십 냥으로 약을 잔뜩 살 수 있었어요. 아마 그 정도 약이면 몇 달 동안은 아무 걱정 없을 거예요. 정말로 감사합니다."

진자소는 단유강에게 다시 인사를 했다. 단유강은 그 말을 모두 들은 후, 곰곰이 생각에 잠겼다. 그러다가 눈을 빛내며 진자소를 바라봤다. 진자소는 단유강의 눈빛에 움찔 몸을 떨었지만 이내 당당하게 단유강을 마주 봤다.

"혹시 다른 기녀들은 그 병에 걸리지 않았느냐?"

"최근에 또 한 명이 그 병에 걸렸다는 말을 들었어요. 그전에도 병에 걸린 사람이 아예 없는 건 아닌데, 우리 누나들과는 조금 달랐어요. 피부가 검게 죽는 병이었는데, 그건 금방 고쳤다고 하더라고요."

단유강은 크게 고개를 끄덕였다. 대충 감을 잡았다.

"좋아, 일단 내가 뭘 도와줄 수 있는지 알아보자. 네 누나들을 보고 싶은데, 괜찮겠느냐?"

진자소는 잠시 머뭇거렸다. 다들 기녀였던 여인들이다. 사내가 작정을 하고 핍박하면 좋지 않은 일이 벌어질 수도 있었다. 게다가 아직도 그 여인들은 꽤 아름다웠다. 웬만한 사내들이라면 음심이 동할 수도 있었다.

하지만 진자소는 이내 고개를 끄덕였다. 왠지 모르지만 단유강은 믿을 수 있을 것 같았다. 이렇게 직감으로 움직인 건 이번이 처음이었다. 진자소는 이 일이 과연 화를 불러올지 복을 불러올지 몰라 가슴이 두근거렸다.
"감도 꽤 좋구나."
단유강은 그렇게 말하며 진자소의 뒤를 따랐다.

집은 상당히 허름했지만, 그래도 꽤 넓었다. 진자소가 그동안 모아뒀던 돈이 꽤 컸던 모양이다. 진자소는 자신이 모았던 돈으로 집을 구하고 그녀들의 약까지 샀다고 했다.
"어린 나이에 제법이군."
단유강의 중얼거림을 들은 진자소가 머쓱한 표정을 지었다. 사실 지금까지 진자소가 해온 일은 고작 열네 살 아이가 할 수 있는 일이 아니었다. 아니, 생각조차 쉽지 않은 일이었다. 하지만 진자소는 해냈다. 단유강은 그 점을 칭찬하고 있는 것이다.
단유강은 기감을 집중해 집 안을 살펴봤다. 이제는 익숙해진 기운이 바로 감지되었다. 단유강의 안색이 살짝 굳었다. 모인 기운의 양이 대단했다. 일 년 내내 탐미루의 요리를 먹고 탐독서점의 책을 읽는다 해도 얻기 어려울 정도의 양이었다. 아니, 그렇게 해도 지금 기녀들이 몸에 가진 기운의 절반도 얻기 어려울 것이다.

단유강은 진자소가 안내하기도 전에 다짜고짜 방문을 열었다. 기녀들은 하나같이 침상에 누워 있었다. 그녀들은 기력이 딸려 고개를 돌리는 일조차 어려워했다.

"누, 누구……?"

기녀 중 한 명이 억지로 입을 열었다. 그녀의 눈에는 놀람이 가득했다. 그리고 다른 기녀들 역시 비슷한 표정이었다.

진자소는 황급히 방안으로 들어가 기녀들을 안심시켰다.

"걱정하지 마. 내가 데려온 손님이야. 우리를 도와주겠다고 하셨어."

그제야 기녀들이 안도하며 편안히 누웠다. 그녀들은 진자소에 대해서 잘 알고 있었다. 진자소라면 아무나 이곳으로 데려오지 않았을 거라 믿었다. 진자소가 여기까지 데려왔다면 정말로 믿을 만한 사람인 것이다.

그녀들은 오늘 진자소가 처음으로 감에 의지해 사람을 판단했다는 사실을 꿈에도 알 수 없었다.

진자소는 일단 기녀들을 안정시킨 후, 단유강을 바라봤다.

"지금은 이렇지만 열흘쯤 약을 먹고 나면 아마 가뿐하게 일어날 겁니다."

단유강은 그 말을 듣고 표정을 살짝 굳히며 기녀들에게 성큼성큼 다가갔다. 아무래도 가까이서 살펴보는 것이 상태를 더 정확히 파악할 수 있었다.

한동안 기녀들을 살피던 단유강이 진자소를 바라보며 말

했다.

"약을 가져오너라."

진자소는 단유강의 말을 듣고는 황급히 달려가서 약을 가져왔다. 탐화루에서 준 그대로였다. 약은 비단으로 된 포에 싸여 있었고, 비단을 펼치자 안에서 엄지손톱만 한 새까만 단약이 잔뜩 나왔다.

단유강은 단약 하나를 들어 기운을 슬쩍 흘려보았다.

파삭!

단약이 부서지며 가루가 허공에 흩어졌다. 단유강은 기를 이용해 그 가루가 퍼지지 않게 모았다. 그리고 그것을 자세히 살폈다.

"역시 그렇군."

예상했던 대로였다. 그 약은 병을 고치는 약이 아니었다. 오히려 병을 더 키우는 약이었다. 아니, 더 정확히 말하면 기녀들의 몸에 특별한 기운을 키우는 약이었다. 그 특별한 기운은 당연히 강시 제련에 쓰는 기운이었다.

만일 탐웅무관에서 무공을 익힌 자들이 이 기녀들과 방사를 하면 서로 간의 기운이 소통하며 더욱 빠르게 서로의 기운을 북돋게 될 것이다.

'탐화루에는 갈 필요가 없겠군.'

이제 그들이 하는 일을 모두 파악했다. 그들은 항주에서 꽤 영향력을 미치는 사람들의 몸에 강시의 기운을 불어넣고 있었다. 왜 그런 일을 하는지는 명약관화했다.
 '꼭두각시로 만들 속셈이로군.'
 강시 제련의 기운을 모은다고 꼭 강시가 되는 건 아니었다. 강시는 상당히 복잡하고 긴 제련이 필요했다. 강시를 만드는 건 단순히 시체와 기운만으로 되는 간단한 일이 아니었다.
 하지만 강시 제련의 기운은 그 외에도 꽤 쓸모가 많았다. 그 기운은 사람의 심성과 체질을 변화시키는데, 그때 특별한 대법을 이용하면 그의 정신을 지배할 수도 있다. 물론 당하는 자는 아주 자연스럽게 따르게 된다. 강시가 시술자의 명령에 절대복종하는 것과 비슷한 이치였다.
 '항주를 쥐고 흔들 셈이로군.'
 탐미루는 비싼 곳이다. 그런 곳을 이용하는 사람들이니 특별한 위치에 있는 사람들이 많을 것이다. 그리고 탐화루 역시 이름난 기루였다. 그곳 역시 꽤 특별한 사람들이 자주 이용한다. 탐독서점은 글줄깨나 읽는 사람들이라면 모두 이용한다 해도 과언이 아니다.
 그런 사람들의 심령을 흔들 수 있다면 항주를 넘어 절강에 혼란을 주는 것도 가능하리라.
 '그리고 이번 일에 처음으로 이들을 이용해 볼 속셈이로군.'
 단유강은 내심 혈교라는 곳이 대단하다고 생각했다. 그동안 혈교에 대해 이런저런 얘기들을 많이 들었다. 하지만 대부분이 그저 그랬다. 직접 혈교를 겪은 사람들에게서 들은 얘기였지만, 그들이 조심하는 건 그저 강시가 전부였다.

'오히려 강시보다는 이런 게 훨씬 더 까다로운데 말이야.'

단유강은 눈살을 찌푸리며 열양지기를 일으켰다.

화르륵!

단약을 싸고 있던 비단이 그대로 재가 되어 흩어졌다. 진자소는 놀란 눈으로 그것을 바라봤다. 너무 어이가 없고 황당해 말도 나오지 않았다. 그게 어떤 약인가. 누나들의 목숨을 이어줄 약이다. 그 약을 사는 데 무려 황금을 오십 냥이나 주었다. 한순간에 황금 오십 냥이 날아가 버린 것이다.

단유강은 놀란 진자소를 향해 대수롭지 않다는 듯 말했다.

"이건 약이 아니야. 독이다. 이런 걸 먹일 필요는 없어."

단유강의 말에 진자소가 또 다른 의미로 놀라 눈을 크게 떴다.

"그, 그게 무슨 말씀이십니까?"

"보면 안다."

단유강은 일단 가장 가까이 있는 기녀에게 다가가 그녀의 손을 잡았다.

우우웅.

단유강의 몸에서 기운이 회전하며 기녀의 몸에 있는 강시 제련의 기운을 맹렬히 빨아들였다.

"흐으윽."

기녀가 기이한 신음 소리를 냈다. 그것은 마치 성합을 하며 절정에 도달했을 때나 낼 듯한 소리였다.

순간, 기녀의 몸에서 놀라운 일이 벌어졌다. 피부에 붉은 반점이 생긴 것이다. 진자소는 너무 놀라 크게 소리쳤다.

"누나! 지금 뭐 하시는 겁니까!"

진자소의 눈에 단유강은 마치 기녀들의 병을 더 키우고 있는 것처럼 보였다. 단유강은 그런 진자소에게 여전히 대수롭지 않다는 듯 대답했다.

"별것 아니다. 병이 낫고 있는 거야. 이 붉은 반점은 병이 아니라, 병이 사라지고 있다는 신호다."

"그, 그런……."

진자소는 단유강의 말을 믿을 수 없었다. 그 말대로라면 자신이 지금까지 기녀들의 병을 키우고 있었단 말이 아닌가.

단유강은 기녀의 손을 놓았다. 그녀의 몸에는 여전히 붉은 반점이 가득했다. 숨소리도 가빴고, 안색도 좋지 않았다. 하지만 단유강은 다 끝났다는 듯 다음 기녀를 향해 움직였다.

그렇게 여섯 명이나 되는 기녀의 몸에서 강시 제련술의 기운을 모두 뽑아낸 단유강은 한 발 물러나 기녀들을 잠시 지켜보다가 고개를 끄덕였다.

"대충 끝난 것 같군. 앞으로는 요양만 좀 하면 괜찮아질 거다."

진자소는 여전히 불신 가득한 눈으로 기녀들과 단유강을 번갈아 쳐다보고 있었다.

"왜? 내 말이 믿기지 않는 거냐?"

"그, 그렇습니다. 누나들의 몸이 나은 걸로는 보이지 않아요. 게다가 이젠 약도 없으니……."

"그 약은 먹일 필요가 없다고 했지? 그건 약이 아니라 독이라니까 그러네."

"대체 탐화루에서 뭐가 아쉽다고 누나들에게 독을 먹입니까?"

단유강은 턱을 쓰다듬으며 생각을 정리했다.

"몸을 팔게 하고 싶었던 거지. 더 많은 사람들에게 조금씩이라도 기운을 심어두고 싶었을 거다."

진자소가 영문을 모르겠다는 눈으로 단유강을 바라봤다. 단유강이 하는 말을 진자소가 알아들을 수 있을 리 없었다. 단유강은 조금 더 설명을 해주었다.

"탐화루에서 원하는 건 특별한 기운을 사람들에게 퍼뜨리는 거다. 그 기운을 오랫동안 몸에 담고 있으면 정신이 피폐해지고, 성정이 조금씩 이상하게 변해가지. 여기 있는 여인들은 그 기운을 잔뜩 몸에 지니고 있었다. 어디서 그 기운을 얻었는지는 얘기하지 않아도 되겠지?"

 진자소는 대번에 단유강의 말을 이해했다. 이대로 가면 자신이 돈을 버는 것도 한계가 있을 것이다. 그러면 기녀들은 결국 할 수 있는 일이 하나밖에 남지 않는다. 돈을 위해 몸을 파는 것뿐이다.

 하지만 이런 몸으로 돈이 많은 사람들을 받을 수는 없다. 상류가 아닌, 하류 계층이 이들의 몸을 주로 살 것이다.

 그렇게 번 돈은 또 약으로 들어갈 것이고, 약으로 몸을 추스르고 나면 또 약값을 벌기 위해 몸을 팔아야 할 것이다. 실로 모래지옥에 빠져드는 것과 다름없었다.

 진자소는 몸을 부르르 떨었다. 만일 단유강의 말이 사실이라면 탐화루는 정말로 용서할 수 없는 악마들의 집단이나 다름없었다.

 "아마 다른 기녀들도 조만간 이렇게 될 거다. 어쩌면 벌써 몸을 팔고 있는 기녀가 있을지도 모르겠군."

 단유강의 말에 진자소가 무겁게 고개를 끄덕였다.

 "맞습니다. 벌써 그런 기녀들이 있습니다. 탐화루에서 쫓겨난 기녀들은 그렇게 할 수밖에 없습니다."

 모든 기녀가 진자소 같은 동생을 두고 있지는 않을 테니까 말이다. 상황은 생각했던 것보다 더 심각했다. 하지만 이제 원인을 알았으니 그것을 해결할 방법을 찾는 것도 훨씬 용이했다.

"일단 내가 드러나선 안 되니 네가 수고를 좀 해줘야겠구나."

진자소가 깊이 고개를 숙였다.

"뭐든 시켜만 주십시오. 누나들의 병을 고칠 수만 있다면 뭐든 하겠습니다."

단유강이 빙긋 웃었다.

"병은 이미 고쳤다. 그러니 더 걱정할 필요는 없다. 내가 시킨 일을 제대로 하면 대가도 섭섭하지 않게 지불해 주지."

"맡겨만 주십시오."

단유강은 다시 허리를 꾸벅 숙이는 진자소를 바라보며 의미심장한 미소를 지었다. 이제부터가 반격의 시작이었다.

항주무림은 상당히 불안정한 상태였다. 고작 몇 달 사이에 문파들 간의 사이가 많이 틀어졌고, 상황에 감정적으로 대응하는 경우가 늘어났다.

게다가 귀령채라는 큰 수채의 존재는 그들을 더욱 불안하게 만들었다. 지금은 모습을 감춘 혈룡채와 독왕채 역시 언제 다시 나타날지 몰라 항주의 상인들은 불안에 떨고 있었다.

이런 항주의 상황을 무림맹에서 모를 리 없다. 무림맹은 흑마성교의 일이 마무리된 지 얼마 되지도 않아 또 귀찮은 일이 벌어지니 난감했다.

마인들이 사천과 감숙에 쳐들어왔을 때, 무림맹이 입은 피해는 예상했던 것보다는 적었다. 하지만 그래도 적지 않은 피해를 입었다. 예상했던 피해는 세 개 무사단의 전멸에 가까운 타격이었는데, 실제로는 절반이 넘게 돌아왔으니 말이다.

하지만 그렇게 타격을 입은 상태에서 또 항주에 무사를 파견할 여력은 많지 않았다. 기껏해야 감숙에서 살아남은 무사단을 모아 보내는 정도였다. 물론 그조차 아직 하지 않고 있지만 말이다.

그것이 열흘 전까지의 상황이었다.

탐화루, 탐미루, 그리고 탐독서점과 탐웅무관의 주인인 정탐성은 크게 일그러진 얼굴로 방 안을 서성였다. 그의 눈빛은 초조하기 그지없었다.

"왜 이런 일이 벌어진 것이냐. 대체 뭐가 잘못되었기에."

정탐성은 자칫하면 자신의 목숨을 장담할 수 없을지도 모른다는 사실에 식은땀이 흘렀다. 지금까지 그를 물심양면으로 도와주던 사람은 굉장히 무서운 자였다. 만일 이번 일을 실패하면 그냥 죽는 걸로 끝나지는 않을 것이다.

"이러다간 몽땅 죽는다. 그것도 모자라 강시가 되어 영원토록 지옥에 갇혀 살 것이 틀림없어. 뭔가 대책을 마련해야 해."

원래 계획은 항주를 혼란으로 몰아간 후, 무림맹이 개입했을 때 혈룡채와 독왕채를 움직여 무림맹에서 온 무사들을 궤멸시키는 것이었다.

딱 거기까지만 하고 정탐성 자신은 빠져나가기로 되어 있었다. 그렇게 되면 무림맹은 항주에 더 신경을 쓸 수밖에 없고, 이미 심령이 흔들린 항주의 무림인들은 무림맹과 전쟁을 일으키게 될 것이다. 물론 이미 철강시로 변해 버린 혈룡채와 독왕채 역시 무림맹을 향해 송곳니를 드러낼 것이고 말이다.

여기까지가 정탐성이 세운 계획이었다. 그에게 힘을 실어준 비검운은 만일 그 계획이 실현된다면 그에게 막대한 부와 힘을 건네주겠다고 약속했다.

정탐성이 그 약속을 철석같이 믿는 것은 아니지만 그래도 적당히 이익을 취하고 안전을 도모할 수는 있다고 자신했다. 비검운이 비록 무서운 자이긴 하지만 쓸모있는 사람을 함부로 내치지는 않는다.

아무튼 그렇게 계획을 세웠고, 그 계획은 무난히 진행되었다. 이대로라면 거의 성공이나 다름없었다. 그 계획을 위해 항주에서 일 년이 넘는 시간 동안 작업을 계속해 왔으니까 말이다.

한데 갑자기 일이 틀어졌다. 항주의 분위기가 가라앉은 것이다. 정탐성은 아직도 그 이유를 알 수 없었다. 이유라도 알아야 대처를 할 터인데 그조차 모르니 속수무책으로 손을 놓고 있을 수밖에 없었다.

"정말 이상해, 이상한 일이야. 대체 왜 갑자기 항주의 무가들이 조용해졌을까?"

그들의 심성을 자극하는 기운을 계속해서 불어넣었다. 탐미루의 음식과 탐화루의 기녀들을 안은 사람들 중 가장 큰 비중을 차지하는 것이 바로 무가의 사람들이었다.

무사들은 보통 술과 여색을 즐기게 마련이다. 절제를 바탕으로 뛰어난 무공을 익힌 진짜 고수들의 경우는 조금 다르지만, 일반 무사들은 술과 여자를 결코 마다하지 않는다. 더구나 탐미루의 요리는 정말로 대단해서 찾는 사람들이 정말로 많았다.

그렇게 항주에 있는 무림인들의 심성을 바꿔왔다. 게다가 최근에는 암시까지 걸어 그들이 쉽게 난리를 칠 수 있도록 조장해 왔다. 그런 것들은 상당한 효과를 발휘했다. 열흘 전까지는 말이다.

열흘 전부터 상황이 조금씩 이상해지기 시작했다. 무사들이 차분해졌고, 더 이상 서로 쓸데없는 견제를 하지도 않았다. 심지어는 귀령채마저도 심한 수적질을 자제할 정도였다.

정탐성이 방 안을 거닐며 고민에 휩싸여 있을 때, 그의 수하 하나가 다급히 다가왔다.

"어르신, 말씀하셨던 사람이 물건을 가져왔습니다."

정탐성은 그 말에 반색을 했다.

"어서 들어와라."

정탐성은 수하가 건네주는 함을 받으며 만면에 희색을 띠었다. 그리고 수하가 돌아가자 천천히 함을 열었다. 그 안에는 정성스럽게 작성한 서류가 들어 있었다.

정탐성은 그 서류를 하나하나 꺼내 읽기 시작했다.

"진가 약재상? 설마 이 작은 약재상 때문에 일이 이렇게 되었다는 건 아니겠지?"

정탐성은 고개를 갸웃거리며 계속해서 서류를 읽어나갔다. 그리고 모든 서류를 읽은 후, 그의 얼굴은 사정없이 일그러졌다.

"감히 이 쥐방울만 한 놈이!"

서류의 내용은 진가 약재상에서 기녀들에게 기이한 약을 팔고 있다는 정보였다. 보통은 그저 별것 아닌 일에 불과했다. 하지만 진가 약재상에서 약을 사 가는 기녀들이 바로 탐화루의 기녀들이라면 얘기가 달라진다.

정탐성은 일을 더 확실하게 하기 위해 탐화루 쪽의 정보도 준비 시켰다. 물론 탐화루의 정보를 준 자는 비검운이 직접 내려준 뛰어난 능력의 수하였다. 그가 없었다면 이렇게 강시 제련술의 기운을 퍼뜨리는 일은 불가능했을 것이다.

비검운은 모두 다섯의 수하를 내려주었다. 그들은 각각 네 사업체를 하나씩 맡았고, 나머지 한 명이 정탐성을 호위했다.

정탐성은 그들에게서 정보를 받았다. 그리고 확신했다. 진가 약재상에서 주는 약이 강시 제련술의 기운을 흩어놓는다는 사실을 말이다.

정탐성은 일단 진가 약재상의 주인인 진자소를 처리해야겠다고 생각했다. 그렇지 않으면 당장에라도 비검운이 달려와 자신을 강시로 만들어 버릴 것만 같았다. 그것은 정말이지 지독한 공포였다.

단유강은 만족스런 표정으로 멀찍이서 진자소를 지켜봤다. 진자소를 이용해 정탐성의 눈을 흐리게 한 건 주효했다. 항주의 분란들이 갑자기 가라앉았으니 다른 생각을 할 여유가 없었으리라.

"조금만 생각해 보면 고작 이런 작은 약재상 하나로 항주 전체가 조용해졌다는 건 말이 안 된다는 걸 금방 알 수 있을 텐데 말이야."

단유강은 진자소에게 강시 제련술의 기운을 흩어놓을 수 있는 약재를 팔도록 시켰다. 그 약은 거의 공짜나 다름없는 가격으로 팔았다.

그리고 진자소가 데리고 있던 기녀들의 인맥을 이용해서 탐화루의 기녀들이 그 약을 이용하도록 손을 썼다. 또한 탐화루에서 쫓겨난 기녀들에게도 그 약을 전해주었다. 이제 더 이상 그녀들이 탐화루에 휘둘릴 일은 없을 것이다.

"자아, 이제 조금만 더 버티자. 문제는 그놈이 의심하지 못하도록 처리를 해야 한다는 점이지."

단유강은 그렇게 중얼거리고는 슬며시 자리를 떴다. 단유강이 감시해야 할 곳은 이곳 진가 약재상이 아니라 정탐성이 있는 정가장이었다.

단유강이 사라지고 얼마 지나지 않아 정탐성이 보낸 무사들이 몰려왔다. 그들은 적당히 파락호처럼 보이는 복장을 하고선 진가 약재상이 있는 곳으로 왔다. 그들의 목적은 딱 하나였다. 진가 약재상에 시비를 걸어 진자소를 끌어들이고, 우발적인 것으로 위장해 그를 죽이는 것이었다.

별로 걱정하지도 않았다. 그런 일이야 식은 죽 먹기보다 쉬웠다. 그들은 껄렁한 자세로 진가 약재상을 향해 걸어갔다.

약재상 안에 있던 진자소는 그들을 발견하고는 크게 긴장했다. 하지만 단유강을 믿었기에 불안에 떨지는 않았다. 단유강은 어떻게든 버티라고 했다. 그리고 충분히 버틸 수 있을 거라고 했다. 진자소는 그 말을 철석같이 믿었다.

"어이, 여기 주인 어디 있어?"

무사 중 하나가 침을 찍 뱉으며 말하자 진자소가 쭈뼛거리며 다가갔다.

"제가 주인입니다만……."

"훗, 이런 애새끼가 주인이라고? 아가야, 장난하지 말고 주인 나오라고 해라."

"제, 제가 정말로 주인입니다."

"이놈이 말로 해선 안 되겠군. 내가 이런 애들한테까지 손을 쓰고 싶지는 않았는데 말이야."

무사는 주먹을 꽉 쥐었다. 더 시간을 끌 것도 없이 단번에 머리통을 날려 버릴 생각이었다. 약재상 주위에 있던 사람들이 웅성거리는 소리가 들려왔지만 전혀 신경 쓰지 않았다.

그가 주먹을 막 들어 올리려는 순간, 누군가가 약재상 안으로 들어와 그를 말렸다.

"그 주먹 내려놓는 게 좋을 텐데?"

무사는 반사적으로 고개를 돌려 안에 들어온 사람을 확인했다. 그리고 인상을 확 구겼다. 그는 항주에 있는 천망단의 단원이었다. 무림맹 사람 앞에서 함부로 사람을 죽일 수는 없었다.

'고작 천망단 따위가.'

무사는 속으로는 그렇게 생각했지만 겉으로 그 말을 할 수는 없었다. 천망단원의 이어진 말 때문이었다.

"너, 정가장의 무사 아니었나? 난 그렇게 알고 있는데 말이야."

무사들의 안색이 살짝 변했다. 천망단원은 아직 약재상 밖에 서 있는 무사들을 힐끗 보더니 고개를 끄덕였다.

"밖에 있는 놈들도 다 정가장에서 왔군. 대체 여긴 무슨 일이지? 왜 행패야?"

무사들은 순간 천망단원을 죽이고 입을 씻어버릴까 하는 생각을 했지만 이내 그 계획을 접었다.
어느새 약재상 밖에 천망단원들이 잔뜩 나타났기 때문이다.
"무슨 일이야?"
밖에 나타난 천망단원 하나가 묻자 안에 있던 천망단원이 정가장 무사들을 턱으로 가리키며 말했다.
"정가장에서 행패를 부리는 거 같아서."
"뭐, 정가장? 정가장이면 탐미루의 주인 아니야?"
"맞아, 그 정가장."
"그 정가장이 뭐가 아쉬워서 이런 작은 약재상에서 행패야? 뭔가 구린 구석이라도 있나? 그리고 보니 여기 약재상 주인이 탐화루에 있던 기녀들을 먹여 살리고 있단 얘기를 듣긴 했는데, 혹시 그 때문인가?"
천망단원들이 정가장 무사들을 노려보자 그들은 더 이상 이곳에 있을 수 없었다. 정가장 무사들은 이를 갈며 물러났다. 그들이 가진 힘이라면 천망단 정도야 충분히 쓸어버릴 수 있지만, 그렇게 되면 정탐성이 어떤 짓을 할지 모른다.
정가장 무사들이 모두 물러가자 천망단원이 진자소의 머리를 쓰다듬었다.
"네가 진자소로구나. 얘기는 많이 들었다."
"도와주셔서 감사합니다."

"감사는 무슨. 우리도 대가를 받고 일하는 건데. 아무튼 앞으로는 걱정하지 마라. 우리가 지켜줄 테니까 말이야."

진자소는 그 말에 연방 고개를 숙였다. 마음속에 조금 남았던 불안감이 모조리 날아가 버렸다.

정탐성은 안절부절못했다.

"이런 멍청한 놈들, 고작 그런 꼬맹이 하나 처리하지 못하다니. 이제 이걸 어쩌지? 이젠 그 꼬맹이 하나 처리한다고 해결할 수 있는 상황이 아니야."

정탐성은 자신에게 주어진 기회가 모두 날아갔다는 걸 인정하지 않을 수 없었다. 이제 남은 건 목을 깨끗이 씻고 비검운을 기다리는 일뿐이었다.

'아마 조만간 오겠지? 아니, 어쩌면 벌써 와 있을지도 모르지.'

항주의 일이 제대로 진행되지 않으니 비검운이 와서 확인하는 건 당연한 일이었다. 어쩌면 벌써 와서 자신이 모르는 사이에 은밀히 감시하고 있는지도 모른다.

"어쩌지? 대체 이를 어쩐단 말이냐."

"목숨으로 갚으면 된다."

정탐성은 갑자기 들려온 말에 소스라치게 놀랐다.

"어헉!"

"뭘 그렇게 놀라느냐. 지은 죄가 너무 커서 그러는 건가?"

정탐성은 아무런 말도 하지 못했다. 그저 새하얗게 질린 얼굴로 비검운을 바라보기만 했다.

비검운은 비릿한 미소를 지으며 정탐성에게 한 발 다가갔다. 정탐성은 뒤로 물러날 생각도 못하고 비검운에게 목을 잡히고 말았다.

"일 년이 넘게 투자한 일을 실패했다고? 그래, 어떻게 죽여 줄까? 아니지, 그냥 산 채로 철강시로 만드는 방법도 있었군."

정탐성이 온몸을 부들부들 떨었다.

"아, 아닙니다! 아직 실패한 것이 아닙니다! 혈룡채와 독왕채의 강시는 고스란히 남아 있습니다! 제가 더 열심히 혼란을 조장한 뒤에 무림맹을 끌어들이면……."

"닥쳐라. 이미 끝났다. 혼란을 조장하긴 뭘 한단 말이냐. 그리고 고작 무림맹 무사단 몇 개 끌어들이자고 이 일을 계획한 건 줄 아느냐?"

비검운의 말에 정탐성은 입을 다물었다. 그의 얼굴이 공포로 물들었다. 너무나 무서워서 대꾸를 할 수가 없었다. 비검운의 말에 대한 대답은 정탐성의 입이 아닌, 엉뚱한 곳에서 들려왔다.

"그게 아니었단 말이야? 그럼 대체 어떤 계획인지 좀 자세히 들어볼 수 있을까?"

비검운의 눈에서 불꽃이 튀었다. 비검운은 천천히 고개를 돌려 방금 목소리가 들려온 쪽을 쳐다봤다.
 어느새 창문이 열려 있었고, 그 창문을 통해 안을 들여다보고 있는 사람이 있었다. 단유강이었다.
 "정말로 만나고 싶었다. 네가 비검운이지?"
 단유강의 입가에 진득한 미소가 맴돌았다.

『태룡전』 8권에 계속…

共同傳人
공동전인

설경구 新무협 판타지 소설

마교를 재건하라.

혈마옥에 갇히며 마교 장로들의 공동전인이 된 사무진에게 주어진 과제.
역사상 가장 착한 마교의 교주.
하지만 역사상 가장 강한 마교의 교주가 되고 싶다.

고정관념을 버려요.
마교도라고 해서 꼭 나쁜 놈일 필요는 없잖아요.
지금까지와는 다른 마교.
이제 사무진이 만들어가는 새로운 마교가 모습을 드러낸다.

 유행이 아닌 자유추구 -
WWW.chungeoram.com

Book Publishing CHUNGEORAM

Book Publishing CHUNGEORAM

백준 新무협 판타지 소설

토사구팽(兎死狗烹)!
토끼를 모두 잡으면 사냥개를 삶는다.

사냥개는 모두 죽었다… 나 혼자만을 남겨두고…
그게… 그들의 실수였다.

무림맹의 제자와 백화성의 제자 사이에서 태어난 운소명.
천변만화(千變萬化)의 얼굴과 성격을 지닌,
본인조차도 자신의 능력에 대해서 단정 짓지 못하는 가운데
무림맹주는 그를 척살하기 위해 움직이는데…

끊임없이 쫓고 쫓기는
숨 가쁜 추격전 속에서 펼쳐지는 대복수극.

유행이 아닌 자유추구 -
WWW.chungeoram.com
Book Publishing CHUNGEORAM

少林棍王
소림 곤왕

한성수 新무협 판타지 소설

감동의 행진을 멈추지 않는 작가 한성수!

구대문파 시리즈의 두 번째 이야기 『소림곤왕』!!
그 화려한 무림행이 펼쳐진다

"너는 지금부터 날 사부님이라 불러야만 하느니라.
소림사의 파문제자인 나, 보종의 제자가 되어서 앞으로 군소리없이 수발을 들고 모진
고통을 이겨내며 무공 수련을 해야만 한다."

잡극계의 천금공자 엽자건!
소림의 파문제자 보종의 제자가 되다!!

역사와 가상.
실존의 천하제일인과 가상의 천하제일인에 도전하는 주인공!
이제부터 들어갑니다. 부디 마음껏 즐겨주시기 바랍니다.
- 작가 서문 中에서.

유행이 아닌 자유추구 -
WWW.chungeoram.com
Book Publishing CHUNGEORAM

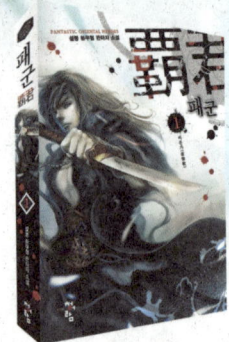

覇君
패군

설봉 新무협 판타지 소설

**무협계를 경동시킨 작가, 설봉!
그가 다시금 전설을 만들어간다!!**

수명판(受命板)에 놓고 간 목숨을 거둔 기록 이백사십칠 회!
생사를 넘나드는 전장에서 매번 살아 돌아오는 자, 계야부.
무총(武總)과 안선(眼線)의 세력 싸움에 끼어들다!

"죽일 생각이었으면 벌써 죽였다. 얌전히 가자."
"얌전히. 그 말…… 나를 아는 놈들은 그런 말 안 써."
무총은 그를 공격하지 않는다. 공격할 이유가 없다.
다른 사람들은 그의 존재조차도 알지 못한다.
오직 한 군데, 안선만이 그를 안다.
필요하면 부르고, 필요치 않으면 버리는
철면피 집단이 다시 자신을 찾아왔다.

나, 계야부! 이제 어느 누구에게도 휘둘리지 않겠다!!

유행이 아닌 자유추구 -
WWW.chungeoram.com
Book Publishing CHUNGEORAM

天劍無缺

천검무결

매은 新무협 판타지 소설

그리고, 전설은 신화가 되어……

한 시대에 한 사람.
언제나 최강자에게로 수렴하던 역사의 흐름이 끊겨 버린 땅.
그 고고한 물길을 자신에게로 돌리려는 욕망의 틈바구니에서
전설은 태어난다.
교차하는 검기, 어지러운 혈향을 뚫고 하늘에 닿아라!

유행이 아닌 자유추구 -
WWW.chungeoram.com
Book Publishing CHUNGEORAM

야차(夜叉) 新무협 판타지 소설

鬼刀風月
귀도풍월

원수를 가르치고 원수에게 배워…
서로의 심장에 칼을 겨누는 것이
숙명인 저주받은 도법,

수라도(修羅刀).

그 기원을 알 수조차 없을 만큼 수많은 세월을 이어져 내려온 이 도법은
새로운 피의 숙명을 잉태하였다.

저주받은 피의 고리를 끊어버릴 것인가,
체념한 채로 운명에 순응할 것인가.

유행이 아닌 자유추구 -
WWW.chungeoram.com
Book Publishing CHUNGEORAM